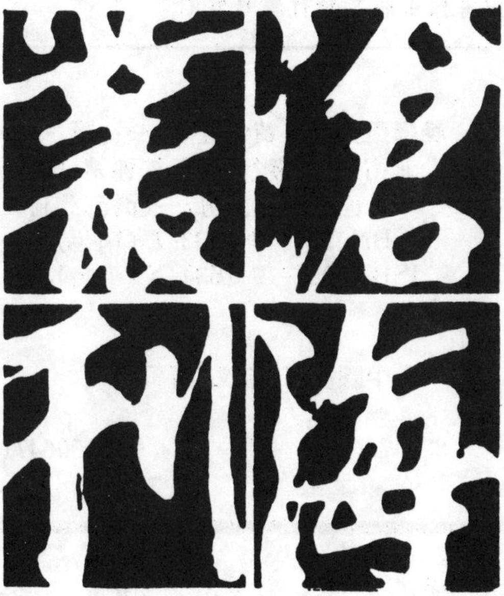

晚學齋文集

黃錦鋐 著

東大圖書公司 印行

國立中央圖書館出版品預行編目資料

晚學齋文集／黃錦鋐著. --初版. --臺
北市：東大發行：三民總經銷，民83
面；　　公分. --(滄海叢刊)
ISBN 957-19-1633-1 (精裝)
ISBN 957-19-1634-X (平裝)

1. 中國文學-論文，講詞等

820.7　　　83006471

著作人　黃錦鋐
發行人　劉仲文
著作財產權人　東大圖書股份有限公司
臺北市復興北路三八六號
發行所　東大圖書股份有限公司
地　址／臺北市復興北路
郵　撥／〇一〇七一七
印刷所　東大圖書股份有限公司
總經銷　三民書局股份有限公司
門市部　復北店／臺北市復興北
重南店／臺北市重慶南
初　版　中華民國八十三年　八
編　號　E 82070
基本定價　肆元捌角
行政院新聞局登記證局版臺

ISBN 957-19-1634-X

晚學齋文集

黃錦鋐著

汪中敬署

序

我生於寒家，幼逢離亂，長遇兵災，幾無寧日。未能接受完整之學校教育。然吾母「為學在己」之教，未敢或忘。故雖日惴惴生活於坎坷困躓之中，未敢一日廢學也。近從教職退休，賴政府制度之建立，生活得以粗安，乃整理舊文，得數十篇，取其中參加國際學術會議所發表之論文，以及受邀演講之記錄，計十餘篇，依論文之內容性質，分上下輯，都為一篇。憶昔晉平公七十欲學恐晚，問於師曠，對曰：「少年之學，如日出之光，二十而學，如日中之光，老而學，如秉燭之明，然孰與夜行。」平公稱善。因顏曰「晚學齋文集」。以秉燭夜行、兼毋忘先母之遺訓而已，幸識者垂教焉。

本集之得能出版，承蒙東大圖書公司董事長劉振強先生之敦促，並慨允發行。又得汪履安教授惠賜題簽，謹致萬分謝意，是為序。

民國八十三年六月

黃錦鋐述

目次

上輯

下輯

輯上

儒家的發展知識

一、前　言

什麼是發展智識，從知識的性質說，可以分爲經驗的知識和發展的知識。我們從書本上或日常生活中，直接認取的對象稱經驗的智識。由經驗知識的啓悟，又產生一種有價值的觀念或理論，稱發展的知識。所以經驗的知識可以說是累積的、具體的、人所熟知的，但不是創造性的。發展的知識，是非累積的，是抽象的理論或觀念，具創造性的。也因爲這樣，有人認爲：科技的成就稱爲發展的知識，而人文的知識是經驗的知識。是的，學習科技的知識，其目的在探求新知，需要不斷的發展。過去化學課本上的元素消失了，代之而起的是許多新的元素；在我們生活中，許多事物不見了，代之而起的是許多新的事物。人文則重視累積，語體文出來了，唐宋八大家的古文還要再唸；新詩寫出來了，《詩經》、《楚辭》還要保存下來。所以科技的知識，是發展的，也是揚棄的；人文知識是經驗的，也是累積的。雖然這樣，但兩者實在有層遞因果的關係。爲什麼呢？因爲人類文明的進步，必須在前人累積的知識基礎上，經過思考實驗，才能產生高層次的發明與創造。上古有巢氏教民架木爲巢，以逃避洪水猛獸，這是有巢氏的創造。今天我們住著舒適的高樓大厦，和架木爲巢的情況來比較，不知道要高過幾千萬倍。這是現代人類的發明與創造。但是今天的高樓大厦，何嘗不是從架木爲巢的觀念逐漸發展出來的。就像電器化的火車頭出來了，以前燒煤炭的火車頭，只好放在臺北新公園供人憑弔，但也不能說，電器化的火車頭，不是由燒煤炭的火車頭發展出來的。了解這一點，就可以知道，發展知識與經驗知識，在某一管道上，是有相當的關係。

經驗的知識因爲是累積的，所以每個人所得到的都是一樣，讀《詩經》、誦《楚辭》、唸唐宋八大家文章、吟新詩、讀朱自清、徐志摩的散文，大家所得到的內容，沒有什麼不同；但每個人讀過這些文章後，對內容的感想可能都不相同，有的人讀過《詩經》〈蓼莪篇〉，或許覺得這篇詩很優美。而晉朝的王裒讀了「哀哀父母，生我劬勞」，卻痛哭流涕起來。班固讀了屈原的作品，認爲屈原「怨懟沉江，不合經義」；而司馬遷讀了，卻會感動而流涕，這是每個人發展出來的感想不一樣。不過這種不同的發展，卻寄寓一種很有價值的抽象觀念。這個抽象的觀念，是創造發明的基本動力。在文學上稱爲創作，司馬遷、班固對屈原作品所產生不同的觀念，但同樣有價值。在科學上說就是發明了，蘋果掉在地上，這是每個人所同具有的經驗，大家都知道，蘋果一定是掉在地上的，不會飛上天去。但牛頓的感覺，卻與別人不同，他能夠從人人所同具的經驗中去發展，終於發現了地心吸力。所以發展知識是具有科學的觀念。人在沐浴的時候，會有浮起的感覺，這是每個人所同具的經驗，而歐基米得卻在這個經驗中去發展，發現了比重的原理，我們稱爲「歐基米得原理」。這些發現，在當時都是了不起的發現，許多科學家的發明，都借助這個發現，創造人類無窮的物質文明。不過，這些原理與規律，在今天已變爲人所共知的經驗，並不稀奇了。幾何上，兩點以直線爲最短；三角形的內角和是一百八十度；圓周率三點一四一六，這是小學生都知道的常識，但在當時，卻被人稱爲數學的大發明。人類的知識就這樣層遞推進，由經驗知識去發展，發展後又變爲經驗的知識，互爲推展，造成今天的文明世界。

不過，發展的知識有兩方面，文學的發展是創作，是人類精神的文明世界；科技的發展是發明，是人類物質的文明世界，但無論是精神文明與物質文明，從舊有經驗發展出來的價值觀，則沒有什麼不同。

二、儒家的發展知識

那麼，儒家的發展知識又是什麼呢？在先秦諸子中，除了道家直接談論發展知識外，儒家也重視發展知識，不過儒家主張發展知識與經驗知識並重。因爲發展知識是在經驗知識的基礎上去推求而得到的。不從經驗智識去推求，就無從去發展。然而，單求經驗知識而不發展，也不是儒家教育的目的。儒家教學生取得經驗的知識只是手段，學生能夠自己推求發展，才是教育的目標。但要發展必須先取得經驗的智識，所以孔子一生都在力學取得經驗智識，然後以求發展。曾說：「發憤忘食，樂以忘憂，不知老之將至。」又說：「十室之邑，必有忠信如丘者，不如丘之好學。」也因爲這樣，一般人認爲儒家所追求的，都是經驗的知識，忽視發展的知識。其實這是錯誤的看法。孔子也深恐學生只求得經驗的知識爲滿足，而不知道再進一步去追求發展的知識。有一次，特別告訴子貢，說明從經驗知識去追求發展知識的途徑，《論語》〈衛靈公篇〉說：

「賜也，汝以予為多學而識之者與？」「然，非與？」曰：「非也，予一以貫之。」

多學而識，是教育的基本條件，但多學而識也不過只是經驗的知識而已，必須把經驗知識通過一以貫之，才是發展的知識。但發展的知識，又是不可知的，不知道學生在得到經驗的知識之後，能夠發展出什麼概念。教師如果把自己發展的概念告訴學生，只是教師的發展，在學生方面來說，卻是獲得經驗的知識而已。因此孔子特別告訴子貢，應在多學而識的基礎上，自己去融會貫通，追求新的發展的知識。發展的知識是非累積的、不能傳授的，是要學生去自悟而得。所以表面看起來，儒家只重視經驗的知識，其實是兩者並重。

然而，每個人的生活環境以及領悟的層次不盡相同，如果指導學生朝特定的方向去尋求發展的知識，那學生所得的結果，不是一無所獲，就是得到了，那所得的成果，每個人都一樣，像同一個工廠生產出來的成品一樣，發展知識也就不可貴了。在教育理論上說，是抹殺天才、限制個性發展、違反教育的原理。在另一方面說，人類的文明，也就停頓在某一個固定的層次，永遠不會進步了。所以儒家的教育，是要學生能夠以發展知識爲最重要的目標。也因爲這樣，孔子教學生，只舉一隅而已，其餘要讓學生自己去發展。曾說：

舉一隅不以三隅反者，則不復也。

「舉一隅」，是經驗的知識，前人的經驗的知識，可以賴他人口傳而聞知；發展的知識，則有賴於自己推求而獲得。所以，孔子認爲不能以三隅反的學生，則不復也，因爲再告訴學生，也還是經驗的知識呀！至於發展的途徑與方法，則是「憤」、「悱」，所以又說：

不憤不啓，不悱不發。

朱子說：「憤者，心求通而未得之貌。悱者，口欲言而未能之意。」意思是說，要學生自己去思考，心求通到口欲言而不能的地步，然後再啓引學生，那才有助於學生去發展。孔子教學，就是希望學生能夠從前人的經驗中去思考，自己去尋求解答。那才是發展的知識。所以孔子諄諄告誡學生的，不外「溫故」與「知新」，因爲要知新而不溫故，新固無從知；若只能溫故，而不能知新，即使將所有古籍背誦如流，美其名不過是隻會說話的鸚鵡、有腳的書櫥而已，於己於人，都無益處。孔子自謙「述而不作」（〈述而〉），其一生只是在不斷的力學，但孔子何嘗不是在已知的基礎上，去追求發展呢？所以又說：

我非生而知之者，好古敏以求之者也。

「求之」的「之」字，應該是指上句非生而知的事物。孔子的意思，他並不是天生就知道發展的知識，而是從好古，也就是從經驗的知識中，努力去推求得來的。

不過，發展的知識，不是可以用語言來說明的，所以孔子有時要無言，曾說：

予欲無言。子貢曰：「子如不言，則小子何述焉？」子曰：「天何言哉，四時行焉，百物生焉，天何言哉？」（〈陽貨〉）

孔子不是要無言，因爲所可言者，都是前人累積的經驗知識，惟有效法天道無言，而四時自然運行，百物自然生長，造就宇宙無限生機，去悟出天道運行發展的道理，才是最重要的。宇宙四時的運行，萬物的生長，看似依舊，春秋代序，百物盛衰，循環不已，其實都是一種日新又新的發展，不是停頓的循環。就整個宇宙的構造原理說，是生生不息的，人生也應該像流水不斷地流逝，所以孔子看到水流，就嘆息地說：

逝者如斯夫，不捨晝夜。〈子罕〉

我們人生，就應該像水流一樣，生生不息，在時間上說，是永無休止的努力。孔子自稱別無所長，只是「學不厭，誨人不倦」而已。不厭不倦就是天道的誠心。所以孟子說孔子「學不厭，是智也；誨人不倦，是仁也，夫子既智且仁矣，夫子既已聖矣。」宇宙的運行、水的流逝，還有其變與不變的規律。水永遠在流，後水推前水是變，但也因爲水永遠在流，河流也不會永久不變的存在。就變的方面說，人生應該不斷地求新，像四時運行、百物生長、水流不停一樣，沒有片刻的停留。水如果停留不動，稱爲死水，死水終會乾涸，水流乾涸，那河流可就不存在了。人生也是一樣，人生如果停留在某一層面，不求發展，不但是個人沒有進步，而社會也永遠不會進步了。因此，孔子常告訴學生要「日知其所亡，月無忘其所能」。

在孔子弟子中，只有顏回、子貢與子夏最能發展。有一次，子貢問孔子說：「貧而無諂，富而無驕，何如？」孔子回答說：「可也，未若貧而樂，富而好禮者也。」子貢立刻就聯想到《詩經》上所說的，「如切如磋，如琢如磨」那兩句話。其實這個問題與《詩經》所說的「如切如磋，如琢如磨」是不相干的，但觀念上則是相通的。一個人由貧而無諂到貧而樂，由富而無驕到富而好禮，是需要通過一個什麼途徑才能到達的。不過，這個途徑，孔子沒有說，要讓子貢自己去發展，子貢立刻體悟到《詩經》上所說的「如切如磋，如琢如磨」那兩句話。當然其他的途徑還很多，可能每個人所由的途徑不同。不過這個途徑不失爲一條正確的途徑，在具體的意義說，是聯想力很強，讀書會應用。在抽象的意義說，子貢能把孔子所回答的具體意見，歸納出一個抽象觀念，做爲努力的原則，以求達到富而好禮的境地。所以孔子聽了，很高興地說：「賜也，始可與言詩已矣，告諸往而知來者。」「告諸往」是經驗的知識；「知來者」是自己的發展。

其實，子貢所問，孔子所回答的，都是靜態的範圍，靜態的，只能停留在了解經驗的階段；動態的才是實踐、發展的智識。孔子的教學目標、自己傳授的，當然都是靜態的、經驗的了解。動態的，由於每個人知識、個性、環境的差異，必須由自己去發展，所以孔子要因材而施教。

因爲發展知識是不可而知的，有時學生的發展，會出乎教師的意料之外。〈八佾篇〉記載子夏問詩說：

巧笑倩兮，美目盼兮，素以為絢兮，何謂也？

《詩經》上所說的「巧笑倩兮，美目盼兮」我知道，但「素以爲絢」，卻不知道。所以問「何謂也？」孔子答以：「繪事後素。」素是白顏色，意思是說：畫圖畫的事，在塗白顏色之後。子夏就立刻體會到禮的方面，說：「禮後乎？」禮以誠爲本，畫圖的事則以素爲先，然後五彩，就像禮文要以誠正爲本一樣。這是子夏從這個具體的規矩法則發展到抽象的行爲法則（從畫畫到禮儀），這是很好的發展，所以孔子特別稱讚他說：「起予者，商也。」

孔門弟子，子貢自稱聞一可以知二，顏回則可以聞一知十（〈公冶長〉），孔子自謙，比不上顏回。這都可以看出：孔門教者，不以了解經驗知識爲限，而更重視發展的知識。

三、發展知識的價値

孔門討論學問，在字面上看來，都是談論人生具體的行爲與修養知識，其實都是寄託一種抽象的規律。這種抽象的規律，往往具有永恒的價値，同時也是後世據以發展的重要觀念。先秦諸子，惟有儒家最善發展，所以其他各家，遠不如儒家能流傳久遠而普遍，這或許是中國社會數千年來，都是受儒家思想支配的原因吧！譬如說：孔子談水，只說「逝者如斯，不舍晝夜」。孟子則發展爲「有本」，《孟子・離婁篇下》云：

徐子曰：「仲尼亟稱於水曰：『水哉！水哉！』何取於水也？」孟子曰：「原泉混混，不舍晝夜，盈科而後進，放乎四海，有本者如是。」

後人爲之注，謂「水有本源，才可盈科而後進，放乎四海。」比喻君子人，也必定要「學有本源」，然後才能像有本源的流水一樣，不會中道而停止。孔子只說流水的性質，孟子發展爲人生之「有本」，以喻君子之爲學，結出「聲聞過情，君子恥之」的人生規範。程子又從流水的「不舍晝夜」，水流永不間斷這個觀念，發揮他的意見，因爲沒有間斷，便是天德的流行，人能具有天德流行的修養，就可以和他談論政治了，所以說：

有天德，便可語王道。

這是說，水流有本，像天德，比喻人有本源。人有本源才可以和他談論王道的事。王道屬於政治，但也是倫理的，所以程子接著說：

王道其要，在於慎獨。

王道怎麼會與愼獨有關聯呢？程子的意思是：要學者體會那川流不息、萬物生生無窮的道理，應當精進不已，自強不息，無稍間斷，假使間斷了，就不是水流。天德是流行不息的，換句話說，間斷了也就不是天德。但要不間斷，先要愼獨。爲什麼不間斷就是愼獨呢？朱子說：「人大多在獨居處間斷。」所以要在獨居時謹愼使其不間斷。又說：「間斷，造化就死了。」在天德說，天理的流行，不能間斷；在人說，也不用間斷，間斷，人性就滅絕了。宋人的修養，大都在愼獨的地方，就是在人所不見、己所獨見；人所未聞、己所獨聞的地方小心謹愼，不使人欲間斷天理。《宋元學案》記載一段故事：

（許衡）（魯齋先生）嘗暑中過河陽，渴甚，道有梨，衆爭取啖，先生獨危坐樹下。或問之。曰：「非其有而取之不義。」或曰：「此無主。」曰「梨無主，吾心獨無主乎？」

這是由水流的不間斷，發展到天理的流行不間斷，再發展到人性的流行，不讓他被私慾所間斷。以後朱子對於流水的見解，又認爲是道德的本然，他在《論語集註》說：

天地之化，往者過，來者續，無一息之停，乃道體之本然也。

朱熹從孔子所說的流水，體悟到宇宙道體的本然。朱熹所說的道體，大概是指「天地運行不已、日來日往、寒來暑往的本體」。所以說：「道體的本然。」《易・繫辭》也說：

> 日往則月來，月往則日來，日月相推而明生焉；寒來則暑往，暑來則寒往，寒暑相推而歲成焉。

從川水發展爲宇宙的本體。了解這個道理，才能夠了解儒家的知識，可以無窮的發展，這或許也是儒家思想經先秦諸子紛爭之後，而能獨傳於後世的最大原因吧！

朱子後來還根據孟子的泉源有本，寫了一首詩說：

> 半畝方塘一鑑開，
> 天光雲影共徘徊，
> 問渠那得清如許，
> 為有源頭活水來。

從孔子對流水有「逝者如斯，不舍晝夜」，發展爲孟子的泉源有本；再發展爲程子從天道、語王道、到愼獨，而後朱子集大成，這都可以看出發展知識的線索。

我們研究儒家學說，就應該重視儒家發展的知識。前人說：半部《論語》治天下，半部《論語》定太平。漢昌盛王平生只讀《論語》、《孝經》，謂讀此能行足矣。半部《論語》怎麼能治天下呢？爲什麼平生只讀《論語》、《孝經》呢？當然，說這些話的人，都是善能發展的人。由此也可見儒家發展知識的眞價值。

從上面的說明看來，儒家學說重視發展觀念的知識，近人常認爲古代的東西不科學，要否定過去的知識，其實科技的成就，也是先有一種抽象的理論觀念爲基礎，而後才有具體物質的製成。像今天最進步的飛機、車船，以至於聲光、電化等日常用品，無一不是源自抽象的基礎理論與觀念。儒家重視觀念原則的發展，正是科技發明的基礎。相傳日人湯川秀樹得諾貝爾獎，其得獎的論文，就是借助於《道德經》中，道生一，一生二，二生三，三生萬物的理念。二十世紀影響人類文明最大的若干科技成就，都是抽象理論成熟發展的結果。以供應人力的大發電廠來說，便是源自法拉第的電磁場理論。有了馬克斯威爾的電磁理論，才有無線電、電視、甚至雷射的發展。但是發展的知識固然可貴，也還是從經驗的知識中去推求。換言之，我們要發展知識，必須先從經驗知識入手，不過，是要通過經驗的知識去發展，而不是拘守經驗的知識自以爲得，而不知發展，終日「詩云」、「子曰」的不知思考推求，即使是滿腹詩書，還是一個冬烘學究，因此孔子又說：「學而不思則罔，思而不學則殆。」（〈爲政〉）思考是探究發展知識的工具，但只知探求發展知識，而不去學，也是白費心力，萬丈高樓，還是從平地一層一層蓋起來的，能夠勤學，接受前人的經驗，再加上思考，那爲學才能有成。

我國自孔子以後，科技常識都很發達，墨子的聲光電化，據《淮南子・要略》說，墨子是學孔子之術，受儒者之業。漢代的儒家，無論他是以經學、文學、思想、歷史見長，都具備科技的知識。如司馬遷、劉向、劉歆都是天文家；鄭玄是數學家；張衡發明地動儀、渾天儀，更是一個傑出的科學家，這當然都與儒家發展的知識有密切的關係。去年的報章刊載日本首相中曾根康弘說：日本經濟的繁榮，得力於中國的儒家思想，這都是儒家發展知識的價值。

四、結　論

中華文化的主流，可以說是以儒家爲中心。梁啓超曾說：

> 自孔子以來，直至於今，繼續不斷的，還是儒家勢力最大，自士大夫以至臺輿皂隸，普遍崇敬的，還是儒家信仰最深，所以我們可以說，研究儒家哲學，就是研究中國文化。

因此，我們也可以說，中華文化以儒家思想爲代表，也不爲過。儒家思想，幾千年以來，就支配我們的社會，今天的社會中，無論那一個行業，都有或多、或少、直接、間接的受到儒家思想的影響。或許有人說，儒家思想能夠支配中國社會，是因爲歷代帝王的提倡，諸如漢武帝尊崇儒術，罷黜百家，所以儒家思想才能流傳久遠。這種說法，並非事實。我們知道，一種思想的流傳久遠，必有它的原因，不是帝王的提倡可以決定的。譬如秦始皇以嚴苛的手段，厲行法治，焚書坑儒，但不旋踵而國家滅亡。漢武帝名爲尊崇儒術，事實上是利用儒術，他實行的也是外儒內法的政治制度，也並不是眞正純粹的儒家思想。可見一種思想的流行久遠，並不是藉任何力量的反對或尊崇可以做到的。而是思想的本身，具有永恒普遍的價值。儒家思想經戰國諸子紛爭之後，而能獨傳於後世，其原因究竟是什麼，個人認爲最重要的是：儒家重視爲學，但更重視爲學以後的發展知識，發展知識是領導社會進步的動力。中華民族有今天博厚、精深的文化，都是儒家思想重視累積發展的結果。

孔子的和諧境界

戰國雖然是諸子爭鳴、處士橫議的時代，但是諸子思想，都有調和人生的趨向，不過，都是就人生界現實的問題來立論，沒有像儒家希望達到天人合一的境界爲目標，因爲就人生界現實的生活來立論，難免會趨於功利，不能達到心靈的安適與和諧，惟有儒家以達到天人合一的境界爲目標，而求心靈的安適與和諧，這是儒家思想自先秦經戰國諸子而能獨傳後世的原因。或許有人以爲儒家思想爲歷代君主所提倡，所以才能長久流傳，這是不明瞭儒家思想的本質的緣故。孔子雖然主張君君、臣臣，但也曾說君義臣忠，言外之意，認爲君臣是一種相對的關係。到了孟子，更直接提倡民爲貴、君爲輕的主張，都沒有希望藉國君的力量來傳播儒家思想的意思。漢武帝時，聽從董仲舒、公孫弘的意見，定儒術於一尊，一般都以爲儒家思想藉此而流傳，其實漢武帝是借重儒家的德義，來實施所謂「外儒內法」的政治理想，並不是專爲提倡儒家思想而定儒術於一尊。這是首先要說明的。

那麼，儒家所求心靈的安適與和諧的境界又是什麼呢？簡單的說，是一個樂字。《論語》中提到樂字的地方有四十九處，其中有作禮樂用的（名詞）「樂」（音ㄩㄝˋ），有作愛好（動詞）用的「樂」（音ㄧㄠˋ），有作喜樂（形容詞）用的樂（音ㄌㄜˋ）。用作喜樂用的大概有十四處，這十幾個「樂」字，其表面意義和詞性雖然都一樣，但其內容的意義可以區別爲兩種，一是外在行爲規範的約束，一是內在的心靈的安適，然兩者有其密切的關聯。不通過外在行爲規範的約束，就不能達到心靈的和諧，沒有心靈的和諧，行爲規範的約束就變成沒有意義了。所以，行爲規範的約束，是達到心靈和諧的必要步驟，心靈的和諧，又是行爲規範的指標，兩者實是一體的兩面，可以說是一件事。或許，有人要說行爲規範的約束，和心靈和諧的樂，又有什麼關聯呢？這有提出說明的必要。我們知道古代許多仁人志士，有的以自苦爲極，奮勉不已，有的甚至犧牲自己生命，在所不顧，在一般人看來是苦的，他卻認爲是樂，像陶侃運甓、孫登乞火、螢囊映雪、聞雞起舞，這許多古人，在別人看來是苦，在他自己卻認爲是樂，別人看到的是生活行爲的苦，他自己卻是心靈和諧的樂。還有文學家的埋首創作，三更燈火五更雞，何嘗不苦呢？但當創作成功，那種心靈的快樂，又豈是別人所能體會。其他如科學家的終身實驗研究，廢寢忘食，以求發明定理，造福人羣，都是要通過生活行爲的約束與努力，才能達到心靈和諧安適的樂。近世有少數人，認爲儒家禮教束縛人生活的行爲，甚以有吃人的禮教的說法，但是他們不知道在生活行爲約束的另一面，有和諧安適的悅樂的境界。宋人詩曰：「時人不識余心樂，將謂偷閒學少年。」正可說明其中的眞趣。文天祥的「鼎鑊甘如飴，求之不可得」，就是行爲生活的約束，以達心靈和諧的境界最好的說明。

孔子一生，都是在約束自己的行爲，從約束自己的行爲中達到心靈和諧安適悅樂的境界，他曾說：

> 飯疏食、飲水、曲肱而枕之，樂在其中矣，不義而富且貴，於我如浮雲。（〈述而〉）

顏回的一生也是：

> 一簞食，一瓢飲，居陋巷，人不堪其憂，回也不改其樂。（〈雍也〉）

這都是在說明，生活行爲的困厄，造成心靈上的悅樂，也是心靈上的和諧境界。不過，孔子和顏回所樂的境界稍爲不同而已。孔子是「樂在其中」，顏回則是「不改其樂」。「樂在其中」，是所在皆樂，隨遇而樂，無所而不樂。因爲其樂無有不在於此，就無所慕於彼，自然就視富貴如浮雲。我們今天看「疏水」、「曲肱」，就可以體會出一幅優遊自得的和樂境界。甚至有人以「疏水」、「曲肱」爲高士生活的寫照。顏回居陋巷、一簞食、一瓢飲，在那麼苦的生活中，還是「不改其樂」，可見顏回在富貴也是樂，在貧賤也是樂，富亦樂、貧亦樂，正是心靈和諧的一種境界。

但是「不改其樂」與「樂在其中」有程度上的差別。說到「不改」則有人爲努力的因素在內，孔子則是「樂在其中」，所在皆樂，心靈上的樂，與外在行爲融合一體，沒有一點勉強的成分，有勉強的成分，其樂不能持久。所以孔子說：「顏淵三月不違仁，其餘則日月至焉而已矣。」（〈雍也〉）宋人常常在學生入學的時候叫學生寫一篇「尋孔顏樂處」的文章。其原因據我推測，無非是要訓練學生在生活困苦的遭遇中，去求得心靈上和諧快樂的境地。

那麼，孔子心靈上的樂是樂什麼呢？具體說，是天道的仁心。孔子罕言天道，但也常用宇宙間所發生的現象，來說明天道的流行，〈陽貨篇〉說：

子曰：「予欲無言。」子貢曰：「子如不言，則小子何述焉？」子曰：「天何言哉？四時行焉，百物生焉，天何言哉？」

四時行、百物生，莫非天道的流行，流行就是仁，不流行就是痲木，痲木就是不仁。所以孔子說天道的流行，也是說天地的仁心。天道的流行，也是孔子一生努力的寫照，從前葉公問孔子於子路，子路不對，孔子說，你爲什麼不答應呢？我不過是：「其爲人也，發憤忘食，樂以忘憂，不知老之將至云爾。」可見孔子一生都是在發憤忘食、樂以忘憂，和「四時行、百物生」是一樣的流行不息。天道的流行，正是孔子發憤忘食、樂以忘憂的寫照，天地永遠是四時行、百物生。孔子也永遠在「發憤、忘憂，不知老之將至」。所以天道流行是天地的仁心，那孔子一生努力不懈，也是孔子體天道的仁心，所以孔子能夠「無往而不樂」。孔子無往不樂的心靈和諧的境界，也可以說是孔子「仁」的境界。

心靈和諧的仁的境界，以天道說是流行不息，以人道說則是時中的精神。時中不是調和，不但不是調和，而且是改革，在行爲規範上說，則是從衆，從衆是服從多數。服從多數又不是鄉愿。孔子有時爲了眞理，也要違背多數人的意見。但孔子無論是改革也好，服從多數也好，違背多數也好，都是爲了通過行爲的規範，求得心靈上的和諧。大家知道，孔子雖然是祖述堯舜、憲章文武，但時異勢殊，先王的禮法，未盡合乎後世的需要，孔子有時也要度其時宜，取捨從違，以求適應當時社會的需要，《論語・衞靈公篇》記載，顏淵問爲邦。孔子答以：

行夏之時，乘殷之輅，服周之冕，樂則韶舞。

因爲夏時春以人爲正（夏以寅爲人正）。殷時，春以地爲正（商以丑爲地正）。周時，春以天爲正（周以子爲天正）。但時以興事，歲月自當以人爲紀，所以孔子雖然說：

周監于二代，郁郁乎文哉，吾從周。（〈八佾〉）

但在歲時上，仍舊要「行夏之時」。輅是大車，古代以木爲車，到了商代而有「輅」的名稱，才改變制度。周代則用金玉爲車的裝飾品，所謂「飾之以金玉」。這樣則過於奢侈，而且容易毀壞，不如商代的車子（商輅）樸實、渾厚、堅固。等級威儀也都可以辨別，而能得其中道。所以孔子主張「乘殷之輅」。至於周冕，集注說：周冕有五，祭服之冠也。冠上有覆，前後有旒。黃帝以來，已經有了。不過制度儀等，到周代才完備。但其體積很小，而又是戴在頭上的東西，所以雖然華貴一點，也不算靡麗，雖然費用昂貴一點，也不算太奢侈，因此孔子選擇周的冠冕。在禮文方面，能夠得其中道。樂則韶舞者，韶，是舜時候的樂章，盡善盡美，故夫子取之。這都可以看出孔子取捨的意義。又說：

> 先進於禮樂，野人也；後進於禮樂，君子也。如用之，則吾從先進。

這一章所說的先進、後進，各家說法雖然不一，但其意義不外乎是說，孔子之意，將移風易俗，歸於淳樸，使損其過者，以就中道，使無過與不及之差。這是孔子在求移風易俗，歸於淳樸，寧拋棄後進君子的禮樂，從古之禮樂的原因。這都可以看出孔子改革適應時代的精神，以求達到處事的和諧。

在行爲規範上，孔子一生重視多數人的意見，〈子罕篇〉說：

子曰：麻冕，禮也；今也純、儉，吾從衆。

古禮冕是緇布做的，用這種緇布做冠，要三十升的麻布。用麻布做冠，細密難成，要費多少的工夫；用純絲來做冠，容易做，因此當時的人都用絲來做冠。孔子以用絲來做冠，容易做而價錢又便宜，所以說，儉（禮與其奢也寧儉）。因此主張不必從古禮戴麻布冠，而要遵從多數人的意見用絲做冠，所以說「吾從衆」。但服從多數也要不違背眞理，如果違背眞理原則，孔子也不肯隨聲附和。接著孔子又說：

拜下，禮也。今拜乎上，泰也。雖違衆，吾從下。

古代臣下向國君行禮，當拜於堂下，然後升堂成禮。孔子的時代，臣子驕傲已極，拜國君，就在堂上，這是一種不禮貌的行爲，所以說：

今拜乎上，泰也。

泰是驕傲的意思，孔子認爲禮應以恭敬爲主，不能驕慢不遜，所以儘管大家在堂上才拜，孔子還是仍舊要依古禮在堂下就拜。雖然違背多數人的意思，孔子還是要遵從古禮。孔子認爲應該從衆的時候，雖違背古禮，他還是從衆。如果認爲應該遵從古禮的時候，卽使違背多數人的意見，他還是遵從古禮，而著眼點在從衆是爲了「儉」的美德，不從衆是因爲那是「泰」，驕傲的行爲，沒有道理的事，孔子也是不惜違背衆人的意思而反對，但無論是從衆或是不從衆，孔子都是在求心靈的和諧安適。節儉是一種美德，驕泰是敗德的行爲，就是所謂求心之所安。因此宰我問三年之喪，其已久矣（三年之喪是太久了），君子三年不爲禮，禮必壞，三年不爲樂，樂必崩，主張期可矣（〈陽貨〉）。孔子只表示說，於汝安乎？汝安則爲之。安，則是求心境的和諧安適，孔子一切的主張，其表現在事物上是時中，其目的還是求心境的和諧與安適。宰我認爲爲父母守期年之喪就可以了，孔子斥其不仁，因爲「子生三年，然後免於父母之懷。」做兒女的爲父母守三年之喪，是天下之通喪（〈陽貨〉）。如果不這樣做，其心不安，心境不和諧安適，也就是不仁。宰我不求心之所安，所以駡他不仁，這也可以說明孔子的和諧境界，是要達到仁的目標的最好說明。其實時中的本身也就是仁道的行爲。宰我問曰：

> 仁者，雖告之曰，井有仁（人）焉，其從之也？子曰：「何為其然也。君子可逝也，不可陷也，可欺也，不可罔也。」（〈雍也〉）

仁者可以殺身以成仁。拯救溺水的人，這是仁者之所必當爲。但殺其身無益於救人，仁者之所必不爲也。仁者也要求事理之適中，不是不去考慮事理的當否，必欲犧牲自己才是仁。所以說「好仁不好學，其蔽也愚」（〈陽貨〉）。仁者必有勇，但勇者不必有仁，都是要在時中的精神上去求得仁道的說明。孟子稱孔子自有生民以來，未有孔子也。孔子之所以成爲古今的大聖人，也是來自他可以仕則仕、可以止則止、可以久則久、可以速則速的時中精神，時中外在上是生活行爲規範的表現，其內在上是要達到心靈的和諧，其理想的目標則是仁道。孔子的言行規範，幾乎無處不是在表現其行爲的時中，也無有不是在求內在心靈的和諧。不過，其間要有一種溝通的因素，那就是一以貫之。孔門雖分四科，有德行、有言語、有政事、有文學，朱子說：「學不可以一事名，德行、言語、政事、文學皆學也。」程子說：「博學之、審問之、愼思之、明辨之、篤行之，五者缺一非學。」很可以說明孔子貫通和諧的精神。孔子自己也說，吾道一以貫之。一以貫之，就是使外在行爲達到和諧境界最重要的步驟。

那麼，怎樣做才可以達到這心靈和諧的理想境界呢？顏淵問仁，孔子告訴他，克己復禮。《左傳》昭公十二年也說：「克己復禮，仁也。」克己是內在的修養，復禮是外在的行爲，仁而無禮無由實踐其條目，禮無仁無以表現其價值。禮無仁不立，仁無禮不行。仁與禮相須以進，正像骨之與肉的依存關係一樣，不可須臾分離。仁與禮能夠相須以進，則吾人日用之間莫非天理之流行。天理之流行，就是合於天德之仁心。所以孔門弟子問仁，孔子的答覆，因其對象的各異，而有種種不同的說法，但原其本意，不外乎都是在禮的表現上。樊遲問仁，孔子答以「愛人」（〈顏淵〉），中庸說：「仁者，人也。」鄭玄說：「相人偶。」古代所謂「相人偶」，諧合偶俱，彼此親密之辭。用現在話說，就是和人相處，要融洽和諧。如果不愛人，就不會相處得很和諧融洽。但人與人之間相處得和諧融洽，必須以禮來維繫，俗語說，熟不知禮，是從「孰不知禮」訛化而來。熟人還是要知禮，夫婦都要相敬如賓，何況是人與人的關係呢！仲弓問仁，孔子答以：「出門如見大賓，使民如承大祭，己所不欲，勿施於人，在邦無怨，在家無怨。」其意還是著重在禮方面，是說出門使民，要客客氣氣的，「己所不欲，勿施於人」，也不是只知道有自己不知道有別人的人可以做到的。要做到己所不欲，勿施於人，還是要在禮上面討分曉。都可以說明仁與禮之不可以分。孔子曾告訴曾子說：

吾道一以貫之。

曾子解釋爲夫子之道忠恕而已矣（〈里仁〉），根據孔子答覆仲弓問仁的話來看，這種解釋是很正確的。因爲「忠恕」正符合「己所不欲，勿施於人」的意思。忠，是盡己爲人謀，恕的字型是如心，如心就是以待自己的心去對待別人，可以說是己所不欲、勿施於人的同義詞，都是爲仁的具體表現。克己復禮、愛人，和己所不欲，勿施於人，不但是爲仁的具體表現，也是求人與人之間流行、沒有隔閡的途徑，更是達到孔子和諧境界的主要關鍵。

禮是仁的外在表現，仁是禮的內在本質，仁與禮相須，構成一種和諧境界。仁在天道說，是天體的流行，在人道說，是人與人之間的關係，其聯繫又在於禮，所以孔子一生重視禮。相傳孔子小的時候，就學習禮儀，常陳俎豆，做模仿祭祀，學習禮儀的遊戲，前期的儒家，幾乎都要從事禮的研究，禮是維護社會秩序的規律，是人類行爲的準繩，上至國家制度，下至個人行爲，都需要禮爲根據。在人的情性說，人有喜怒哀樂的情感，情感易偏而難公，故必須以禮節之，所謂喜怒哀樂未發之謂中，發之皆中節之謂和，中節就是合禮。

孔子和諧的境界，其本質是仁，行爲則是時中。其表現則爲禮，但其基本的途徑則是學。所以孔子一生都在學，「十室之中，必有忠信如丘者，不如丘之好學也。」在時間上說，孔子爲學「不知老之將至」，在空間說，則無處不學，「入太廟，每事問。」「吾少也賤，故多能鄙事。」「吾不試，故藝。」都可見孔子無時不學無處不學的精神。然則孔子所學學什麼？〈爲政篇〉說：「吾十有五而志於學」。朱子說：「心之所之，謂之志。」謂心有所主。諸葛武侯說：「使庶幾之志，揭然有所存，惻然有所感。」這是說所存之志不放失，卽惻然有感之心，所謂仁之端是也（大意如此，見《論語集釋》）。照這樣說：孔子十有五而志於學，就是志於仁，假使是泛泛之心有所之，則可之於善，也可之於惡。朱子所謂心有所之，應該是心有存主，而之於仁。這才是孔子志學的本義。

學，有解釋爲覺（《白虎通》）的，蔽覺之謂惑，去蔽之謂覺。人心息息與天地萬物同流，本來自覺，但習於懈怠，不肯求知，則蔽其覺。還有私欲私意，幢幢往來不息，更常常蔽其覺。這是人之所以惑的原因。然本心之覺，未嘗不在，終能照惑，而克治其蔽。而無閉塞之患，所以十有五而志於學，就是志於仁。覺被蒙蔽就是痲木不仁。謝上蔡說：「覺，仁也。」可以說得孔子學字的眞義。學的另一意義是效（見《集注》）。效則取法於事物的法則。覺是學的本體，效則是學的應用。孔子「入太廟，每事問」，「多能鄙事」，「吾不試，故藝。」都是從效中得來，另外孔子又能將博學而一以貫之，使學的應用（效），與學的本體（覺），融會起來。與天道之仁相溝通流行，孟子所謂上下與天地同流，就是這個意義。

孔子學不厭，是卽物窮理研究各種技藝的事，卽所謂下學。但又說「默而識之」（〈述而〉）。默而識之可以說是專心一意思維貫通所學，就是所謂反躬，反是相反相成的反，躬是自己內省。《禮記》說：「不能反躬，天理滅矣。」和孟子所謂「萬物皆備於我，反身而誠。」的「反身」，同一意義。必要反躬，反身而誠，則樂莫大焉，誠則可以說是下學而上達的契機。

《易經》所謂窮理、盡性，以至於命，窮理卽學不厭之事，盡性則應該是默而識之之事。然後才知萬物皆備於我，能反身於誠，知道天地萬物之性，卽吾人自性，以至於命，命是天命流行，流行不息，像四時運行百物生長永無休止。這是宇宙的一大本體，也是孔子窮畢生之力，發憤忘食，樂以忘憂，不知老之將至，而加以一以貫之而後得此道理，而後才能樂在其中。

所以孔子的和諧境界，其基本必須學，學則應窮理盡性，然後以至命，或說孔子罕言性，但孔子自說十有五而志於學，四十而不惑，五十而知天命。諸子書記載，孔子年五十而知四十九之非，五十學《易》，《史記》說孔子晚而喜《易》，學《易》、喜《易》，應該是盡性的事，孔子知天命，年五十而知四十九之非，應該是在五十歲以後由窮理而盡性會通物我，而能達到「樂」的和諧境界，是經過爲學窮理，一貫盡性，而知宇宙造化的大流行，應該是沒有錯的。所以孔子能夠因物卽物，不加以措意於其間，希望達成一個康和樂利、和諧的大同社會。

總而言之，孔子的和諧境界是仁，其基礎則是學，學則無間寒暑，不論環境的困苦，約束自己的行爲，然後達到心靈的悅樂，以達到安適和諧至仁的境界。

《莊子・逍遙遊篇》郭象與支遁義之異同

〈逍遙遊篇〉，是莊子主要的思想之一，也是最不好理解的一篇，很多名賢學者，都在研究，各人有各人的意見，各人有各人的見解，眞可說是議論紛紛，莫衷一是。不過，他們的理論學說都不能超越向（秀）郭（象）的範圍。那麼，向、郭的逍遙遊義是什麼呢？爲什麼許多名賢學者所討論的都不能超過他們的範圍呢？我們且先看郭象的莊子逍遙遊義是什麼？他認爲「物的大小雖然不同，只要處於自得的場合，任物的本性，配合他的才能，各適其分，逍遙是一樣的，其間是沒有什麼分別的。」❶劉孝標在《世說新語》文學門注提到向秀、郭象的「莊子逍遙遊義」說：「大鵬上飛九萬里的高空，尺鷃只能飛到楡枋樹上就停止，雖然小大有不同的差別，如果各任個性所適，都能迎合其本分的話，那麼逍遙都是一樣的。」❷劉孝標的注和郭象《莊子・

❶ 見《莊子・逍遙遊篇》郭象注，原文爲「夫小大雖殊，而放於自得之場，則物任其性，事稱其能，各當其分，逍遙一也，豈容勝負於其間哉！」

❷ 見《世說新語・文學》，原文爲「夫大鵬之上九萬，尺鷃之起楡枋，小大雖差，各任其性，苟當其分，逍遙一也。」

逍遙遊篇》的注義，大體相同。不過，我們要指出的是，向秀、郭象以及劉孝標的《世說新語》對莊子逍遙遊義的意見，和莊子原意並不符合，《莊子》裏面所謂逍遙遊，是說鷽鳩所飛不過榆枋樹上而已，有時飛不到，就停止在地上，尺鴳也不過是騰躍數尺而上罷了，都是有限度的，不能突破那個時空的界限，不能算是逍遙，小的像鷽鳩、尺鴳固然不能逍遙，就是大鵬又何嘗能夠逍遙呢？大鵬雖然能夠飛到九萬里的高空，那可以說是非常的高了，高遠的程度，就像我們在地上看天空一樣，是一種蒼蒼然的顏色，大鵬在天空看地上也是一樣的。這在我們世俗的眼光看來，那可以說是逍遙了。但是莊子卻認爲大鵬還是不能逍遙，這是爲什麼呢？簡單的說，莊子所謂的逍遙遊，是超時空的，凡是我們在時空中認爲逍遙的，莊子都認爲不逍遙，所以不但是鷽鳩、尺鷃限在一定的空間中，不能算是逍遙，就是大鵬雖然衝破九萬里的高空，又何嘗超出時空的界限呢？既然不能超出時空的限制，那還是一樣的不能逍遙。所以莊子特地指出，大鵬是要靠著六月海動的大風才可以高飛九萬里的天空❸，假使沒有大風，是不能承受大鵬那麼大的翅膀的，而這個大風，又必是在六月海動時才有的。很顯然的，是說受了時間的限制。鷽鳩，尺鷃不必等待大風，可以隨時的飛，不受時間的限制，但是受了空間的限制，只能「搶榆枋而後止」，大鵬不

❸ 見林希逸《莊子口義注》，原文爲「海運者，海動也。今海瀕之俚歌，猶有六月海動之語，海動必有大風，其水湧沸，自海底而起，聲聞數里，言必有此大風而後可以南徙也。」按郭注云：「非冥海不足以運其身。」則解運爲轉。《王先謙集解》引《玉篇》曰：「運，行也。」均與莊子文意未合，兹從口義。釋德清亦曰：「謂海氣運動。」宣穎《南華眞經解》亦以運爲動。

受空間的限制，但受了時間的限制，要等六月動的大風才能高飛。鷽鳩、尺鷃不知道自己受了空間的限制，所以笑大鵬，莊子稱爲「以小笑大」。這又和「知效一官，行比一鄉，德合一君而徵一國」的人是一樣的自以爲是很可以了，但也局限在一定的世俗雜務之中。宋榮子能夠超脫世俗毀譽的羈絆，不受榮辱的影響，但仍有榮辱之見存在心中，不能自樹立。就是列子能夠御風而行，超出世俗榮辱之見，可以說是很好了，但仍然需要等待風，還是不能逍遙。這和大鵬要等待六月海動所發的大風才可以高飛，情形又是一樣的。用一句術語來形容，都是「有待」的。莊子把世間的一切，無論在物方面像鷽鳩、尺鷃，在人方面從「知效一官」的掾吏、忘榮辱的宋榮子，以至於能御風行的列子，都是不能逍遙。那麼莊子所稱的逍遙境界是什麼呢？簡單的說，是「無待」的。莊認爲只有「乘天地之正，御六氣之辯」的人，才能無所待逍遙遊於無窮的時空中。所謂「乘天地之正，御六氣之辯」的「辯」字，和「變」字是相通的❹。「正」就是不變，是說能掌握住那不變的樞紐，適應六氣的變化，與大道化合的人，才能逍遙在無窮的宇宙中，不受時間空間的限制。莊子所說的逍遙遊，也可以說是與宇宙的本體化合，那是一種什麼都有、什麼都沒有的境界。既然什麼都有，所以和物不相忤，任由自然的變化，可以「不行而至，不疾而速，圓通周流，無所滯礙」，那就無往不逍遙了。既然什麼都沒有，那又是超出自我的逍遙，莊

---

❹郭慶藩曰：「辯與正對文，辯讀爲變。」《廣雅》：辯，變也。辯、變古通用。

子認為世人都被一個自我所限，為血肉之軀所繫累，所以莊子要人消除自我，不要執著形骸，達到「無己」的地步，而遊於廣大無窮的無何有之鄉。這種境界，是尺鷃、鷽鳩所不能想像得到的，也不是「知效一官」以及宋榮子、列子等一般人所能達到的。所以郭象說：「小大雖然不同，逍遙是一樣的」，那是他自己的看法。當然，郭象的「逍遙遊義」，有他主客觀環境所造成的因素，和他理論的根據。在主觀的環境說，根據《晉書・郭象傳》的記載，「州郡要徵召他出來做官，他不肯俯就，只是閒居著述，過著像隱士一樣的生活。」他之所以愛好老莊，能淸言，大概就是這個時候表現的，等到被徵召做司徒府的掾屬，東海王薦引做太傅府的主簿之後，任職當權，聲勢傾動內外❺。由此可見他前後期的生活頗不相同，前期則是像隱士的生活，後期是任職當權，聲勢顯赫的生活，這兩種生活是有矛盾的。在客觀的環境說，這種隱居與出仕矛盾的生活，在魏晉時代的人物中，不在少數。別的姑且不談，就以和《莊子》注有密切關係的向秀來說吧！他開始也是過著隱居的生活，以後才出來做官，所以當向秀到洛陽——也就是當時的京都，向朝廷報告工作概況的時候，司馬昭就曾當面諷刺他說：「既然有隱居的志向，為什麼來京師幹什麼？」向秀只好自己解嘲的說：「像巢父、許由那種隱居的人，個性狷介，不會了解堯為天下百

---

❺《晉書・郭象傳》曰：「郭象，字子玄，少有才理，好老莊，能淸言。……州郡辟召不就，常閒居以文論自誤。後辟司徒掾，稍至黃門侍郎，東海王越引為太傅主簿，甚見親委，遂任職當權，熏灼內外，由是素論去之。」

姓的苦心，不值得去羡慕他們。」❻言外之意，所以自己又出來做官了。這是先隱後仕最好的說明。和向秀同爲竹林七賢的山巨源（濤），就因爲隱仕無常，受到孫興公的批評，孫興公曾對人說：「山濤我很不解他，官吏不像官吏，隱士不像隱士。」❼郭象的情形，和他們正相似。他們爲了要替這種矛盾的行爲找一個理論的根據，所以他就根據《莊子》書中「周將處材與不材之間」，以及「無可奈何」、「固有所不得已」的理由，安於「無所逃於天地之間」，就在這個前提之下，把名教自然合而爲一，也就是把「隱居」和「出仕」調和起來。所以他必須認爲小大都可以逍遙，就是隱居也好，出仕也好，都是相通。所以神人也就是聖人，聖人身在廟堂之上，然其心無異在山林之中。就像堯一樣，天下雖然擁護堯做國君，但是堯自己卻未嘗有天下的繫累。我們看他坐在帝王的位置，日理萬機，但他心理未嘗不逍遙❽，照這樣說，郭象一邊出仕當權，一邊談老莊，就不會有抵觸了，這可以說是郭象「逍遙遊義」爲什麼要認爲大小都可以逍遙的主觀因素。

至於郭象「逍遙遊義」的客觀因素，根據近人陳寅恪先生說，和當時的社會潮流很有關聯。我們知道，在東漢的時候，就有人倫鑒識的論調，到了魏晉人物才性論，更是爲當時人士所樂道，像

---

❻ 見《世說新語・言語類》，原文爲「嵇中散被誅，向子期擧郡計入洛，文王引進問曰：『聞君有箕山之志，何以在此？』對曰：『巢許狷介之士，未達堯心，不足多慕』」。

❼ 見《世說新語》。

❽ 《莊子・逍遙遊篇》「窅然喪其天下焉」句郭注曰：「天下雖宗堯，而堯未嘗有天下也，故窅然喪之，而嘗遊心絕冥之境，雖寄坐萬物之上而未始不逍遙也」。

劉劭的《人物志》，就談論到人材各有所宜，不在乎大小的問題❾，他認爲大的可以包容小的，就像雞和牛一樣，牛大雞小，煮的鼎也應該有大小，小鼎固然不能烹牛，但是大鼎可以烹牛，也可以烹雞。由此推論，治理大郡的人材，也可以治理小郡，所以人材各有所宜，不僅是大小而已。這種理論，和郭象所說的「做事要切合他的材能，適應大小的性分」的說法，在某一觀點上，是有若干近似的地方。而且在「適性」的意義上，郭象更有若干的發揮，譬如說，大鵬一飛就是九萬里，到了天池才休息，小鳥一飛只有半天，到榆樹上就停止。就才能說，是有區別的，但在「適性」的話，大小都是一樣的逍遙❿。因此他一邊研究老莊，一邊任職當權，也是「適性」。他又把握住《莊子・逍遙遊篇》中「水載船」的故事來比喻，水假使不深的話，就沒有浮力可以托載大船，在小抝地上注滿了水，放一根草在上面就可以浮，如果放一個杯子就立刻會沉下去，這是因爲物重水淺的緣故。郭象就從這種理由推論出去，認爲大鵬飛到九萬里高空，也是因爲翅膀大，所以必須要大風才能飛，由此可見體積小的所憑藉的不需要大，體積大的所憑藉的也不能小⓫，

---

❾ 劉劭《人物志》中〈材能篇〉云：「凡所謂能大而不能小，其語出於性有寬急，性有寬急，故宜有與小，寬弘之人宜爲郡國，使下得施其功，而總成其事。宜小之人，宜理百里，使事辦於己，然則郡之大縣，異體之大小者也。以實理寬急論辨之，則當言大小異宜，不當言能大不能小也。若夫雞之與牛，亦異體之小大，故鼎亦宜有大小，若以烹犢，則豈不能烹雞乎？故能治大郡則亦能治小郡矣。推此論之，人材各有所宜，非獨大小之謂也。」

❿ 《莊子・逍遙遊篇》郭注曰：「夫大鳥一去半歲，至天池而息。小鳥一飛半朝，搶榆枋而止。此比所能則有間矣，其於適性一也。」

⓫ 《莊子・逍遙遊篇》「水淺而舟大」句郭象注曰：「此皆明鵬之所以高飛者，翼大故耳。夫質小者所資不待大，則質大者所用不得小矣。故理有至分，物有定極，各足稱事，其濟一也。」

所以郭象告訴達觀的讀書人，應該了解這個旨趣，不要拘於形迹固執不變，那就不會曲解莊子的大意了⑫。這大概就是一般人所說的「隱解」，因此，郭象對逍遙遊的意見即使和莊子的旨意不合，自有他的理論根據，並且也有發展，所以一般人所討論的，不能超過他的範圍⑬。

這種情勢，一直到支遁出來後，才稍稍的改變。支遁，字道林，本來姓關，是河南陳留人，少年時就很聰明，開始到京師，太原王濛就非常看重他，認爲可以和王弼（輔嗣）媲美⑭。曾經在白馬寺，和劉系之等談論《莊子・逍遙遊篇》，大家都認爲「適性」就是逍遙，支遁提出反對的論調，他認爲如果是以「適性」就是逍遙的話，夏桀、盜跖以殘害人類爲適性，那夏桀、盜跖也可以算是逍遙了。於是他就自已注〈逍遙遊〉，羣賢看到，沒有不稱讚的⑮。有一次，支道林在白馬寺，和馮太常晤談，因談及逍遙遊，支遁所談的內容，居然超越向（秀）、郭（象）二家所談

---

⑫《莊子・逍遙遊》郭注曰：「夫莊子之大意，在乎逍遙遊，放無爲而自得，故極小大之致，以明性分之適，達觀之士，宜要其實歸，而遺其所寄，不足事事曲與生說，自不害其弘旨可略之耳（耳字從宋本增）。」

⑬《世說新語・文學類》云：「《莊子・逍遙篇》，舊是難處，諸名賢所可鑽味，而不能拔理於郭、向之外。」

⑭《高僧傳・支遁傳》云：「支遁，字道林，本姓關氏，陳留人，或云河東林慮人。幼有神理，聰明秀徹，初至京師，太原王濛甚重之，曰：造微之功，不減輔嗣。」

⑮《高僧傳・支遁傳》云：「遁常在白馬寺，與劉系之等談《莊子・逍遙篇》云：『各適性以爲逍遙。』遁曰：『不然，夫桀跖以殘害爲性，若適性爲逍遙，彼亦逍遙矣。』於是退而注〈逍遙遊篇〉，羣儒舊學，莫不歎伏。」

的意旨之外，和當時的名士賢人也卓然不同，其內容都是當時研究莊子名家所沒有談論到的，於是大家以後就採用支遁的意見⑯。當王逸少在會稽的時候，孫興公帶著支遁一同去看他，王逸少本來就氣質不凡，自視很高，輕視天下名士，支遁到時，不與交談。當王逸少要離開時，車已經在門外等候，支遁就告訴王逸少說，你慢點去，我和你談兩句，就論說《莊子・逍遙遊》，支遁拿出舊作數千言，辭藻新奇，才華映發，王逸少看了，讚嘆流連，不能自已⑰。以後東晉的孫綽，更把七個高僧比作竹林七賢，就把支遁比作向秀⑱，認爲他們都是莊子學的權威，雖然時代不同，但討論莊子的玄理，都各有所長哩！

支遁的莊子逍遙遊義，爲什麼可以和向(秀)、郭(象)的逍遙遊義分庭抗禮，並且有駕凌而上的趨勢，而令人流連忘返呢？因爲文獻不多，不知道其中的詳情，不過，我們可以肯定的，支遁所談的《莊子・逍遙遊》，必定和佛教的經義有關，是沒有問題的。因爲研究《道行經》是支遁的專

⑯《世說新語》文學類云：「支道林在白馬寺中，將馮太常共語，因及〈逍遙〉。支卓然標新理於二家之表，立異義於眾賢之外，皆是諸名賢尋味之所不得，後遂用支理。」

⑰《世說新語》文學類云：「王逸少作會稽，初至，支道林在焉。孫興公謂王曰：『支道林拔新領異，胸懷所及，乃自佳，卿欲見不？』王本自有一往雋氣，殊自輕之。後孫與支共載往王許，王都領域，不與交言。須臾支退。後正值王當行，車已在門。支語王曰：『君未可去，貧道與君小語。』因論《莊子・逍遙遊》，支作數千言，才藻新奇，花爛映發。王遂披襟解帶，流連不能已。」

⑱見《高僧傳・支遁傳》。原文爲孫綽〈道賢論〉以遁方向子期，論云：「支遁向秀，雅尚莊老，二子異時，風好元同矣。」

業，他在注〈逍遙遊〉之後，又注《安般》《四禪》諸經、〈即色遊玄論〉、〈聖不辯知論〉、〈道行旨歸〉、〈學道誡〉等。到晉哀帝卽位（西元三六二年），屢次派遣使者，徵召他入都，住在東安寺，時常講論《道行般若》，無論僧俗都推崇他，朝野悅服。現在《出三藏記集・第八》載有支道林的〈大小品對比要鈔序〉一篇，大小品就是《道行經》，《高僧傳・四康僧淵傳》說：「放光道行二般若，卽大小品也。」《道行經》詳細的叫大品，簡略的叫小品，支遁其他的著述，雖然大部散佚，但從他所著現存的篇目看來，知道他對《般若經》用功極爲勤奮。他借《般若經》的經義來解釋《莊子・逍遙遊》，也是理所當然的一件事。在理論上說，當時以向（秀）、郭（象）《莊子注》爲玄談的內容，已經發展達到飽和的程度，所謂「諸名賢已不能拔理於向、郭之外」，玄談的資料，必須另外吸取外來的思想，以充實它的內容，就在這個時候，支道林適時的扮演了這個角色，他把佛經的般若學中取得了新的啓示，擴大了玄學的領域，加濃了玄學的內容，使玄學發展的同時，也促進了般若學的繁榮，議過了二者的合流，使般若學終我爲玄學的支柱。當然，佛敎經義的本身，也需要藉《莊子》的內容爲媒介而傳播。這就是後來所稱的「格義」。所謂「格義」，就是拿「外書」的義理，做爲佛經的子注⑲，使一般人都能了解。這大概是因爲佛經初傳入中國，受到一般士大夫的排斥⑳，所以用中國的子書來比附，容易爲大衆所接受。就像

⑲ 所謂格義、子注之說，詳見陳寅恪先生之〈愍度學說考〉，文刊《蔡元培先生紀念册》。因文長不具引。

⑳ 《高僧傳》卷一九云：「達摩初到北魏，自稱『南天竺一乘宗』，當時文學之士，多不齒之。」

慧遠講經的故事一樣。慧遠在二十四歲，就擔任講說經義，曾經有外客聽講，以實相義（也就是佛義的本體論）相責難。討論愈久，疑問愈多，以後慧遠就引用莊子的義理來比喻說明，於是疑惑的人才明白過來㉑。就在這種情形之下，「格義」大爲流行。因爲「格義」的流行，玄學更與佛學密切的結合起來。另一方面，當然也是般若學的經義和莊子逍遙遊義有若干相通的地方。我們先看支遁所說的逍遙遊義是什麼，他說：

> 逍遙遊的意義，是說明「至人」的內心，莊子創言大道，而寄迹在大鵬尺鷃身上？大鵬因為營生的路徑很曠廣，所以體外不自適。尺鷃以在近而笑遠，內心有矜伐之意（都可以說是不逍遙），至於「至人」高興的乘天地的大道，放浪形骸遊於無窮的時空中，主宰萬物而不受外物的主宰。自我就不會受拘束，不為而自然玄冥感應，不求快速而自然快速，那就逍遙而無往而不適，這才叫做逍遙。假使是有欲望，當他滿足的時候，滿足所滿足的欲望，快意像是適性逍遙了，但是仍然像是飢餓的人吃飽飯，渴的人喝够了水一樣，那裏是真正能够忘情物外呢？如果不是自足，那裏是真正的逍遙呢？㉒

㉑《高僧傳．慧遠傳》云：「年二十四，便就講說，嘗有客聽講，難實相義，往復移時，彌增疑昧。遠乃引《莊子》義爲連類，於是惑者曉然。」

㉒《世說新語．文學類》劉孝標注引支遁〈逍遙論〉曰：「夫逍遙者，明至人之心也。莊生建言大道，而寄指鵬鷃，鵬以營生之路曠，故失適於體外。鷃以在近而笑遠，有矜伐於心內。至人乘天正而高興，遊無窮於放浪。物物而不物於物，則遙然不我得，玄感不爲，不疾而速，則逍然靡不適，此所以爲逍遙也。若夫有欲當其所足，足於所足，快然有似天眞，猶飢者一飽，渴者一盈，豈忘烝嘗於糗糧，絕觴爵於醪醴哉？苟非至足，豈所以逍遙乎？」

支遁所說的逍遙義，就是根據當時流行的「般若學」，所謂「般若學」，當時研究的人很多，各抒新義，派別很多，有所謂六家七宗㉓，支道林是屬於其中的第三家——卽色義。「卽色義」的理論已經亡佚，不知道詳細的內容是什麼，不過從《肇論》中所引的原文及批評看來，和他所論的逍遙遊義，在理論上是有密切的關聯。我們再看《肇論》所引的支道林「卽色義」：

> 卽色這一派，是說明外物不是自己形成的，所以雖然成為物質，但並不就是物質。㉔

又支遁的文集中〈妙觀章〉及《世說．文學注》說：

> 物質的本性，並不是自己形成的，所以說「色不自色」，物質既然不是自己形成的，所以雖然成為物質，也是空幻的，因此說，物質就是空幻的現象，所以說「色卽是空」。但是心裏有了物質的存在，好像物質是確實存在的，那物的存在又和空幻的現象不同了。所以又說「色復異空」。㉕

㉓見湯用彤之《漢魏兩漢南北朝佛敎史》第九章釋道安時代之般若學。
㉔僧肇《肇論》卷二云：「卽色者，明色不自色，故雖色而非色也。」
㉕《世說新語》文學類劉孝標注引《支道林集．妙觀章》云：「夫色之性也，不自有色。色不自有，雖色而空。故曰：色卽為空，色復異空。」

從這兩段文字看來，卽色義的含義是「物質不是自己形成的」，所謂「色不自色」。色之性既然不自色，所以說「色卽是空」，那麼，色怎麼會呈顯色相呢？根據《肇論新疏》說，那是「因心而起色」，就像青、黃等色相，並非色的本性呈現的，如果心裏沒有青黃等色的存在，那青黃色都是空的。所以說「色卽是空」。那麼爲什麼又說「物的存在和空幻的現象不同」，所謂「色復異空」呢？那是就「因心而起色」說的，因爲心理有了色的存在，那所顯現的色又是有，並不是空幻的了。所以又說「色復異空」。這和支遁逍遙遊義所說的「主宰萬物而不受外物的主宰」，就是「物物而不物于物」是同一形式的。「物物而不物于物」，正是「色色而不滯于色」。「色不能自色」和「物不能自物」的意義也相通。而只有「至人」之心，可以色色，也可以物物，心與萬物感通，因應無窮。看他是動的，其實也是靜寂的，所謂「萬聲的鐘響，但響只是一而已。萬物感通聖人，聖人也只是寂以應之而已。」㉖所以支道林主張「寂」不必也不可能離開了「動」來求得，「無」不必也不可能離開了「有」而求得，這樣的「寂」只能因應，而「至人」就是「寂以應之」。這些意見，正是支遁逍遙遊義的理論根據。而這樣的「至人」就超出了向（秀）、郭（象）的「冥於內而游于外的至人」的範圍了。因爲向（秀）、郭（象）的意見是「物自物」，不是「物物而不物于物」，《莊子．知北遊篇》郭象注說：

㉖《世說新語．文學類》劉孝標注引〈大小品對比要鈔序〉云：「夫以萬聲鐘響，響一以持之，萬物感聖，聖亦寂以應之。」

要了解主宰物的無物，而是物自己主宰物，就是「物自物」，物自己主宰物，所以稱爲「冥」㉗。這裏所說的「物自物」，顯然的和支遁所說的「物不自物」、「色不自色」的意義相異。向(秀)、郭（象）是把現象和本體，也就是有無的綜合，所以說「天下雖然推崇堯爲君，而堯自己未嘗有天下」，郭象稱境界叫做「冥」。世人只看到堯的現象，沒有看到堯的本體，在現象說，堯是在做國君，在本體說堯已達到「冥」的境界㉘。從現象看本體，現象與本體是不相同的，但從本體來看，才能體悟現象就是本體。從這一觀點出發，我們就可以了解爲什麼郭象要說：「物的大小雖然不同，只要是處於自得的場合，任物的本性配合他的材能，各適其分，逍遙是一樣的」了。支遁的逍遙遊義則是現象與本體的冥化，因爲他主張「色不自色」，那麼和色相對的「無」也不是自無了。「無不能自無」，理也不能爲理。理不能爲理，那理也不是理了。無不能自無，那麼，無也不是無了。所以是「有」「無」俱冥。在形式上和向(秀)、郭（象）是同樣的，但在內容上卻大有區別。這樣，就給逍遙遊義開闢了新的境界，所以能「卓然標新理於二家之表，立異義於衆賢之外，皆爲諸名賢尋味之所不得。」但是，雖然支道林的逍遙遊義能夠「拔理於向(秀)、郭(象)之外」，然而影響當時思想界的，還是郭象的《莊子注》，這又是我們要知道的。

㉗《莊子·知北遊篇》郭象注原文爲：「明物物者無物，而物自物耳，物自物耳，故冥也。」

㉘《莊子·逍遙遊篇》郭象注曰：「夫堯實冥矣，其迹則堯也，自迹觀冥，外內（宋本作內外）異域，未足怪也。世徒見堯之爲堯（成疏引作世徒見堯之迹），豈識其冥哉！」

章太炎先生的〈齊物論釋〉

在近世的學術界中，很少有人像太炎先生那樣的博學，他的著作，包括先秦諸子、經學、小學、佛學，以及唐、宋、明、清朝代各朝代的學術思想，所以他無論是寫專著或是隨筆、札記，其內容都能夠探幽摘隱，融會貫通，發人所未發，也因爲這樣，讀他的著作，或多或少，會遇到若干困難，現在僅就他的〈齊物論釋〉❶提出讀後的淺見，未敢以爲是，特提出就教於方家。

章太炎先生對於《莊子》，特別的重視，曾說：「讀《莊子》令人聰明」。並且把莊子與文王、孔子、老聃同稱爲菩薩，而《莊子》尤爲契合佛義。他說：

> 文、孔、老、莊，是為域中四聖，冥會華梵，皆大乘菩薩也。文王、老、孔，其言隱約，略見端緒，而不究盡，可以意得，不可質言，至若莊生，則曲明性相之故，馳騁空有之域，委悉詳盡，無隱乎爾。（〈菿漢微言〉）

---

❶章太炎〈齊物論釋〉大概寫成於四十三歲時，烏目山僧宗仰曾爲本篇作了後序（見《章太炎全集》第六冊），後又作修訂，大概寫成於四十三歲之後。今據自臺北藝文影印浙江圖書館刊本及上海新華書店發行之《章太炎全集》第六冊。

把孔子比爲菩薩，又說：「《莊子》尤爲契合佛義」，可見其以佛義籠括儒、道的消息。

太炎先生的莊子著述，除了散見文集及〈菿漢微言〉等提到有關對《莊子》的獨見，還有《莊子解故》與〈齊物論釋〉。《莊子解故》是考證字句訓詁方面，〈齊物論釋〉則脫離訓詁考證的範圍，以他奔放的思想，與獨特的思維方式，闡發《莊子・齊物論》的義旨。那麼，章氏所發揮的〈齊物論〉義旨是什麼呢？簡單的說，是以佛義解莊。用佛家的思想來詮釋《莊子》的理論，並不自章氏開始。從魏晉以來，《莊子》與釋氏思想，即結下不解之緣，遠的不談，晉高僧慧遠，就是用《莊子》來解釋佛家的實相義❷，南宋林希逸更說：「一部《大藏經》，五百四十函，皆從此紬繹出。」❸明代馮夢禎，認爲莊文郭注，是佛法之先驅❹，明清而後，以釋氏理論與《莊子》思想結合的，更不可勝舉。不過章氏以佛家思想詮釋〈齊物論〉，有其獨特的模式。在形式上說，章氏不是以釋氏思想解釋〈齊物論〉，而是以《莊子》思想詮釋佛氏理論。這大概是章氏精通佛典、融會二乘、胸羅釋氏精義所致❺。所以常常在有意無意之間，表現出以《莊子》

❷《高僧傳・釋慧遠傳》：「年二十四，便就講說，嘗有客聽講，難實相義，往復移時，彌增疑昧。遠乃引《莊子》義爲連類，於是惑者曉然。」臺北廣文書局影印海山仙館叢書《高僧傳》。

❸林希逸《莊子口義序》：「東坡一生文字，只從此悟入，《大藏經》五百四十函，皆自此（按指《莊子》）中紬繹出。」臺北藝文印書館影印《莊子集成初編》第七册。

❹馮夢禎《南華眞經評說》序：「余弱冠時，所遭多變，掩戶日讀莊文郭注……後讀佛乘，漸就冰釋，然則莊文郭注，其佛氏之先驅耶？」臺北宏業書局影印歸震川《評點南華經》。

❺太炎先生有〈大乘佛敎緣起考〉，融貫大小乘謂「《法華》、《涅槃》，本通大小乘者。」詳見《章太炎文集》第四册。

詮譯佛典的本色。他有時雖在稱揚《莊子》的思想，但不自覺的卻把《莊子》思想變成佛典的注腳。例如：

文王、老、孔子，其言隱約，略見端緒而不究盡，可以意得，而不可質言，至若莊生則曲明性相之故，馳騁空有之域，委悉詳盡，無隱乎爾。〈庚桑楚篇〉言靈臺有持以下，詳說阿陀那識，與慈氏世親所說，若合符節。卽名相亦不閒飄忽。〈寓言篇〉萬物皆種等語，與《華嚴》無盡緣又同。

六朝時人士常以孔、老證佛，章氏則以《莊子·庚桑楚》言靈臺，與世親所說，若合符節。謂〈寓言篇〉萬物皆種，與《華嚴》無盡緣又同。可謂與六朝人士所說若合符節了。前人稱郭象的《莊子注》說：「不是郭象注莊子，而是莊子注郭象。」章氏的〈齊物論釋〉，也可以說不是以佛典釋《莊子》，而是以《莊子》注佛典了。就〈齊物論釋〉的體例上說，有先論佛典，後舉《莊子》文以爲佐證的。如釋〈有始無始〉一段說：

夫斷割一期，故有始；長無本剽，故無始。心本不生，故夫有夫未始有始。計色故有；長空故無，離色空故。

有時則以佛典語解釋一大段的莊文文意，如「夫隨其成心而師之，誰獨且無師乎」一段，章氏首先就舉出說是這一段是論藏識中種子。他說：

> 此論藏識中種子，卽原型觀念也。色法無為法外，大小乘皆立二十四種不相應行，近世康德立十二範疇，此皆繁碎。

以莊子原文的含義認爲是在論阿賴耶識的種子，這是以佛釋莊很明顯的例子。在全文中章氏也常常以《莊子》文以喩佛典中術語，或以莊文比附佛典，如「莊子書〈德充符〉靈府卽阿羅耶」、「〈庚桑楚〉言靈臺，卽阿陀那識」（《章太炎文集》六十五頁）。「天籟中吹萬者喩藏識，萬喩藏識中一切種子。」（同上）又詮釋〈德充符〉篇的「心與常心」說：「心卽阿陀那識，常心卽菴摩羅識。」（同上七十一頁）這些例子，簡直可以說是把《莊子》中的詞語與佛典的術語比同而觀，分不出是以佛典釋《莊子》，或是以《莊子》釋佛典了。不過，本來章氏就認定〈齊物論〉是在詮釋佛家的名相，所以開頭就說「齊物本以觀察名相，會之一心。」把佛典與莊文相提並論，也就沒有什麼奇怪了。

這種詮釋的形式，也可以說是章氏獨特的表現，因此胡適先生稱「到章太炎，方纔於校勘、訓詁的諸子學之外，別出一種有條理系統的諸子學。太炎的……〈原名〉、〈明見〉、〈齊物論釋〉三篇，更爲空前的著作。」❻這裏所說的「別出一種有條理系統的諸子學」，或許指的就是像〈齊物論釋〉這種脫離訓詁考證逐句解釋的獨特注釋方式吧！

至於〈齊物論釋〉的內容，一般都說章氏是以佛學中的法相宗來注解〈齊物論〉，這大概是因爲章太炎自定年譜記載在十六歲時讀老、莊。三十七歲時在獄中讀《成唯識論》，次年讀《瑜伽師地論》。四十三歲撰〈齊物論釋〉❼。現在看〈齊物論釋〉中所引佛經著述除了《瑜伽師地論》、《解深密經》、《大乘入楞伽經》、《大毗婆沙論》、《成唯識論》外，還有《大般若經》、《攝大乘論》、《華嚴經指歸》、《起信論》、《十輪經》等，範圍很廣，不單是以法相宗教義來解釋《莊子·齊物論》。嚴格說起來，〈齊物論釋〉也不單純是佛典教義，其中還包括經、子方面，經書方面有《周易》（包括《王弼注》）、《左傳》、《禮記》與《春秋》，諸子方面有《老子》、《墨子》、《荀子》、《公孫龍子》、《愼子》，間還引用《律曆志》、《山海經》、物理學、語言學及西洋哲學。內容相當豐富而龐雜，但章氏都能貫通融會，斷以己意。這大概就是胡氏所謂「別出一種有條理有系統的諸子學」吧！

---

❻ 見胡適《中國古代哲學史》，臺北商務印書館五十五年（西元一九六六）修訂本。

❼ 見日本荒木見悟〈齊物論釋〉注。惟王仲犖〈齊物論釋定本校點後記〉以章氏三十歲左右受友人宋平子影響，開始接觸佛學，開始看《涅槃經》、《維摩詰經》、《華嚴經》、《法華經》諸書，三十八歲囚禁獄中，鑽研法相宗的《瑜伽師地論》、《成唯識論》、《大毗婆沙論》、《大乘入楞伽經》等經論。

太炎先生初期精研先秦諸子，而歸於荀卿韓非，但太炎先生並不是純粹法家，在本質上，太炎先生是以經學家立場來研究諸子學術，而漢代經學多出自荀卿傳授。因此，太炎先生對荀卿特爲推重。這也可以看出章氏是以佛典教義而歸範於名家的邏輯範疇，從他所引《墨子》也是多援自〈大取〉、〈經說〉，可以看出這種趨向。

至於以佛義解莊來說，大家都知道，《莊子》的中心思想與佛家教義本可相通，都是不承認物質世界的眞實性，法相家所論的八識，簡單的說，就是由識的本體推衍出八識的範圍，眼、耳、鼻、舌、身、意六識，和第七識末那識、第八識阿賴耶識，這八識中，前五識是屬於感官的感覺，第六識是屬於思維的活動，思維活動與感官感覺也有相互依賴的關係，思維可以控制感官。第八識則是控制全體一切的活動，第七識具有前六識和第八識的聯繫作用，也屬於第八識控制的範圍，由於有第八識、第七識，才能起聯繫作用。第八識可以說是本體，法相宗所謂八識的層次，有他的原因，他認爲感官的五識判斷外界的事物。能力有限，所謂「由五轉識，行相粗動」（《成唯識論》卷七頁六）第六識判斷外界事物則較爲深入，它能夠分別自我與事物的界限。雖然第六識分別外界事物的能力比較深入，但外界事物遷流間斷，終無已時，所判斷難免有偏差，所以要依賴第七識來調和，第七識和六識都不一樣，它不以自我判斷外界爲滿足，而是以第八識阿賴耶識爲判斷外界事物的根據，因爲第八識阿賴耶是永恒的，外界是虛幻的，所以從第五識到第八識，各種識的作用雖互有差別，互有依存，但以第八識爲中心。這也是太炎先生開始就說地籟則能吹，所吹有別，天籟則能吹所吹不殊。地籟能吹，所吹有別者，各識作用互有差別，天籟能吹，所吹不殊者，即各識都以第八識阿賴耶識爲中心。

八識之所以稱爲阿賴耶識，是因爲它有一種潛在的能力，即太炎先生所稱的種子，當種子顯現時，便成爲現行意識，現行由種子生起，但又反過來熏習種子，原來的種子被熏之後，轉化爲新種子。所以現行雖由種子而生，但反過來又轉變爲現行生種子，種子與現行，互相而生，互爲因果，這就是〈齊物論〉所說的「非彼無我，非我無所取。」也就是太炎先生所謂的「由斯而談，彼我二覺，互爲因果，曾無先後，足知彼我皆空，知空則近於智矣。」簡單的說，這也是〈齊物論釋〉論「先說喪我，爾後名相可空。」的重要理論根據。

〈齊物論釋〉也有吸收《華嚴》一多相攝的理論，以說明〈寓言篇〉「萬物皆種也，以不同形相禪。」的義旨。《華嚴經探玄記》云：「是故無有不多之一，無有不一之多。一多既爾，多一亦然。」以數錢爲喻，「若一不即十，十即不成，由不成十故，一又亦不成。何以故？若無十，是誰一故，今既得一，知一即十。」（《華嚴一乘教義．分齊章》）一是十的一，十是一的十，在形式上說是合乎推理的。《莊子．秋水篇》所說：「萬物一齊，孰短孰長。」與《華嚴》所說的個別與一般有依存的關係相符。《華嚴》可以說是佛教中的綜合派，他也吸收法相宗的理論，所以太炎先生也引《華嚴》以詮釋〈齊物論〉。其實太炎先生精通二乘，他已經把佛典中的精義與《莊子》思想結合在一起，融會貫通，成爲系統的論著，〈齊物論釋〉只是表達他對諸子思想系統研究的一種模式罷了。

把各家不同的學說結合在一起，成爲有系統的著述，必定有其方法，那麼太炎先生是用什麼方法來詮譯〈齊物論〉呢？簡單的說，是以言出意，遺其所寄，他在釋篇題中就說：「蓋離言說相，離名字相，離心緣相，畢竟平等，乃合齊物之義。」他又引《般若》所云：「字平等性，語平等性也。其文既破名家之執，而泯絕人法，兼空見相，如是乃得蕩然無閡。若其情存彼此，智有是非，雖復汎愛兼利，人我畢足，封畛已分，乃奚齊之有哉！」又曰：「如水說爲水，火說爲火，尋其立名，本無所依。若夫由水言準，由火言毀，皆由本名孳乳，此似有所依者，然本名既無所依，所孳乳者竟何所恃，其猶畫空作絲，織爲羅縠而已，此名與義果不相稱也。」太炎以如果執著文字，不能遺其所寄，則「如言公主，顯目帝女，本義乃是平分、燭焌。如言校尉，顯目偏將，本義乃是木囚、火伸。如言列侯，顯目二十級爵，本義乃是解骨、射侯。如言鴻臚，顯目主賓贊官，本義乃是大雁、肥腹。苗本佳穀，裔本衣裾，遠孫亦曰苗裔。酋本久酒，豪本豪豬，夷目亦曰酋豪。顯目密詮，相距卓遠，若斯之倫，不可殫舉。」雖然太炎先生舉這些例子是在詮釋「類與不類，相與爲類。」說明齊物之旨，但顯然也是以抽象的同與概括具體之異，所謂「但有一同，雖兼數異，且說爲同。」

總而言之，〈齊物論釋〉雖然是以法相宗教義詮釋齊物之旨，但也引用其他佛典。太炎先生精通佛學，隨手寫來，都能自成系統，所以所引雖多，不嫌其雜。而〈齊物論釋〉雖名爲釋〈齊物論〉，但其內容實爲詮釋整部《莊子》思想，從整篇文意看，有時他不在詮釋〈齊物論〉，例如：以阿羅耶釋〈德充符〉靈府，以阿陀那釋〈庚桑楚〉靈臺。以〈消遙遊〉「至人無己」、〈在宥篇〉「頌論形軀，合乎大同，大同而無己，無己，烏乎得有有」與〈齊物論〉喪我相提並論。有時則引〈天下篇〉以解釋《起信論》，釋〈天下篇〉引關尹曰：「在己無居，形物自著。」說：「無居卽業識，形物自著卽依轉識所起現識。」所以說太炎先生是借〈齊物論釋〉來發揮他以佛典義旨與諸子思想揉合在一起的產物，當不爲過吧！

張載的生平及其思想

一、張載的生平

張載，字子厚，長安人，僑居在鳳翔郿縣（陝西省）的橫渠鎮，學者因稱橫渠先生。他生於北宋天禧四年（西元一〇二〇），卒於熙寧十年（西元一〇七七），年五十八歲。他的父親曾經做過涪州縣令（四川重慶），卒於任所。他少孤自立，很有豪氣，喜談兵事，亟思結合青年，保衞洮西邊疆，在他二十一歲那年，上書當時的執政范文正公，自述他的志向。范文正公一見就知道他器識不凡，是一個可造就的人才，就告誡他說：「儒者自有名教可樂，何事於兵。」並勸他研究《中庸》一書，張載聽從范文正公的勸告，讀了《中庸》，然並不很滿足，又研究佛教和道教的書籍，仍無所得，於是又回頭研究六經，在六經中，對他影響最大的是《易傳》。嘉祐初年（西元一〇五六）他到達京師，設壇講論《易經》，聽者甚衆。一日二程子來見，與之講論易學，大爲欽服，就對聽衆說：「比見二程深明《易》道，吾所弗及，汝輩可師之。」（《宋史・本傳》）卽日停止講授，從此，時與二程子講論道學❶，渙然冰釋，說道：「吾道自足，何事旁求？」於是盡棄異學。

嘉祐二年（西元一〇五七）張載三十八歲，考中進士，曾做過祁州司法參軍和雲巖縣令，他在雲巖令任內，就以教育者的態度，教化百姓，所謂「政事以敦本善俗爲先」，又於每月吉日，備酒食邀請一些高年的父老，親自勸酬，談論養老事長的道理，同時詢問民間的疾苦，及告訴所以訓誡子弟之意❷。

熙寧二年（西元一〇六九）御史中丞呂正獻公（呂晦叔）推薦，說他研究古禮，學問很好，可召見諮詢。那時神宗剛卽位，很想得到有才能的人輔佐，因卽召見，問他爲政之道，張載回答說：「爲治不法三代，終苟道也。」神宗聽了很高興，叫他做崇文院校書。當時王安石執政，對張載說：「新政之更，懼不能任，求助於子，何如？」張載回答說：「公與人爲善，則人以善歸公，如教玉人琢玉，則宜有不受命者矣。」❸王安石聽了很不高興，剛好那時浙東明州發生苗振貪汚的案件，就派他去審理，事畢回朝，他就託疾辭官，回歸橫渠鎭故居。據《宋史》記載，那時他一面講學，一面著述。終日危坐一室，左右簡編，俯讀仰思，遇有心得，卽使夜半，也必起坐，取燭

---

❶ 呂與叔作〈橫渠行狀〉，有「見二程盡棄其學」之語……伊川曰：「表叔（按張載爲二程子表叔）平生議論，謂頤兄弟有同處則可，若謂學於頤兄弟，則無是事。屬與叔删去，不謂尚存斯言，幾與無忌憚矣。」（見《張子語錄・後錄上》）

❷ 《宋史》卷四二七〈本傳〉云：「政事大抵以敦本善俗爲先，每以月吉具酒食，召鄉人高年會於縣庭，親爲勸酬，使人知養老事長之義，因問民疾苦及告所以訓戒子弟之意。」

❸ 見《宋史・本傳》。

書寫，曾經說：

吾學既得諸心，乃修其辭命，辭命無失，然後斷事，斷事無失，吾乃沛然。（〈橫渠先生行狀〉）

志道精思，未嘗須臾怠忽。平居常告諸生說，爲學必立志爲聖人而後止。他認爲：

知人而不知天，求為賢人而不求為聖人，此秦漢以來學者之大蔽也。（《宋史》）

他一生爲學，以《易》爲宗，以《中庸》爲鵠的，以禮爲體，以孔孟爲極。告誡學者最重要的一句話，就是「學必如聖人而後已」（〈行狀〉）。

熙寧八年（西元一〇七六）他把多年來研究學問的結果，集成一書，名曰《正蒙》。所謂「正蒙」，就是訂正蒙昧的意思，這是他一生最主要的著作，他對宇宙本體的看法、教育的主張，都集中在這部著作裏，可以說是他思想的精華。到了熙寧九年（西元一〇七七），他已經五十七歲了，因呂大防的推薦，說張載始終發明聖人的遺意，議論政治也有所見，應該復其舊職，以備諮訪。於是再召入京都，任同知太常禮院，終因和上級禮官意見不合，又有病，不久就辭官而歸，中途病劇，到臨潼，自己沐浴更衣而入寢，第二天就去世了。家貧無以爲殮，由門人集資買棺，奉喪返故居。嘉定十三年（西元一二二〇）賜諡曰明公。淳祐元年（西元一二四一）封郿伯，從祀孔子廟庭。

張載除了《正蒙》以外，還有《易說》、《禮樂說》、《論語說》、《孟子解》等，其中只有《易說》尚存，其餘都散失了；此外還有《理窟》十卷，又稱《經學理窟》，無其他刻本；《語錄》和《文集抄》也都殘缺不全。清人朱軾（可亭）所編的《張子全書》❹（十四卷），收集了張載的大部分著作，其中第四卷至第八卷就是《理窟》。《正蒙》中有〈乾稱篇〉上下，張載曾經把其中的兩段，書於學堂的雙牖，左面寫「砭愚」，右邊的寫「訂頑」，程叔子認爲這樣寫易啓爭端，改爲「東銘」、「西銘」。這〈東銘〉、〈西銘〉，雖然是同一時期的作品，但內容深淺，截然不同，所以程子專以〈西銘〉告示學者，而對〈東銘〉則沒有提及。張載的著述，大致就是這樣。

二、張載的思想

（一）宇宙觀

張載的宇宙觀，是從《周易》和《中庸》推衍出來的，當然也有他自己的見解。簡單的說，

❹ 朱軾所編的《張子全書》，中華書局四部備要版計十四卷，《正蒙》不在其中。日本延寶三年所刊的《張子全書》，將《正蒙》與《易說》、《經學理窟》等合爲一集，計十五卷，一卷〈東銘〉、〈西銘〉，二卷至三卷《正蒙》，四卷至八卷《經學理窟》，九卷至十一卷《易說》，十二卷《語錄抄》，十三卷《文集抄》，十四卷《拾遺》，十五卷《附錄》。

他認爲宇宙是由氣的聚散而產生，氣聚而成萬物，氣散則爲太虛。當氣聚的時候，宇宙萬物是確實的存在，張載稱之曰「有」，〈乾稱篇〉說：「凡可狀，皆有也；凡有，皆象也；凡象，皆氣也。」但當氣散時，太虛則空無所有，張載稱之曰「神」❺。〈太和篇〉曰：「散殊而可象爲氣，清通而不可象爲神。」那麼，氣是什麼？神又是什麼？其實氣與神是一體的兩面，張載所說的氣，就是太和中所含的陰陽二氣，氣可聚，氣亦可散，氣聚則有形有象，氣散則太虛空無一物。然而這空無一物的太虛，並非無物的眞空，不過是氣散未聚而已，暫時恢復其絪縕的本體，而不是消滅，所以就稱爲「神」。宇宙間一切的事物，都是太虛中陰陽二氣的聚散、活動、變化而產生。太虛與氣是一體，沒有氣，也就沒有太虛。〈太和篇〉說：

> 兩不立，則一不可見。一不可見，則兩之用息。兩體者，虛實也，動靜也，聚散也，清濁也，其究一而已。

所謂「一」，就是指太極、太虛。《易說》云：「有兩則有一，是太極也。」所謂「兩」，就是聚散、動靜的陰陽二氣。氣與太虛，就像冰與水的關係。氣散入太虛，像冰融於水。太虛是本體，氣是作用，兩者不可分。氣的聚散變化，只是臨時的作用，所以稱爲「客形」。〈太和篇〉說：

---

❺《正蒙・太和篇》說：「太虛爲清，清則無礙，無礙故神。」

太虛無形，氣之本體，其聚其散，變化之客形爾。

又說：

氣聚，則離明得施而有形，氣不聚，則離明不得施而無形。方其聚也，安得不謂之客？方其散也，安得遽謂之無？故聖人仰觀俯察，但云知幽明之故，不云知有無之故。

但是，這種變化萬形的氣，雖然沒有一定，而其產生變化的過程，卻都是遵循一定的規律。〈動物篇〉說：

生有先後，所以為天序，小大高下，相並而相形焉，是為天秩。天之生物有序，物之既形也有秩。知序然後經正，知秩然後禮行。

人之生有先後，這是自然之序，所以稱為天序。及其既生，有小大高下之不齊，相並而相形，這也是自然的分限，所以稱為天秩。這都是自然的法則，出於不得不然者。〈太和篇〉說：

> 太虛不能無氣，氣不能不聚而為萬物，萬物不能不散而為太虛，循是出入，是皆不得已而然也。

張載稱這不得不然的法則，叫做「理」。〈太和篇〉又說：

> 天地之氣，雖聚散攻取百塗，然其為理也，順而不妄。

這裏所說的「理」，是永久存在的。氣的變化雖有二端，但其理則一，並不是氣之外另有理存在。氣與理相須而不相離，就像蘋果掉地下是萬有引力的緣故，而萬有引力就寄託在蘋果掉地下的現象之中，是一樣的道理。自然界如此，人生界亦復如是。因爲人也是萬物之一，人之生，是氣之聚，人之死，是氣之散，聚散雖殊，其爲氣則一，所以氣聚無所增益，氣散也無所損失，知道了這個道理，那麼，生不足留戀，死也不足悲哀了。〈太和篇〉說：

> 聚亦吾體，散亦吾體，知死之不亡者，可與言性矣。

〈誠明篇〉也說：「盡性，然後知生無所得，則死無所喪。」生與死都是宇宙自然的道理，所以說：「君子夭壽不二，實有所見而然也❻」。

總而言之，張載對宇宙的看法，認爲整個宇宙是一個空洞無形象的太虛，太虛中充滿著氣，氣有陰陽之分，陰陽二氣相感而有萬物。即〈太和篇〉所說的「氣本之虛，則湛本無形，感而生，則聚而有象」，沒有陰陽二氣，就沒有太虛，沒有太虛也沒有陰陽二氣。不過這陰陽二氣必須相感通而後生萬物。〈太和篇〉說：

感而後有通，不有兩則無一，故聖人以剛柔立本。乾坤毀則無以見易，游氣紛擾，合而成質者，生人物之萬殊。其陰陽兩端，循環不已者，立天地之大義。

知道陰陽二氣相感，故知宇宙萬物之變化無非天道之流行。知道陰陽二氣其本爲太虛，故知天下萬物無非爲一體。張載就是以這個見解，建立他所說的「乾爲父，坤爲母，民我同胞，物我同類」的宇宙觀。

(二) 人性論

張載的人性論是據自他的宇宙觀及《中庸》的「天命之謂性」推衍出來。人性既然是由於天

❻ 見和刻本《正蒙》高攀龍集註。

命，所以人性與天性也就沒有什麼差別。〈誠明篇〉說：

天性在人，正猶水性之在冰，凝釋雖異，為物一也。受光有小大昏明，其照納不二也。

本性與天性本爲一體，太虛聚而爲萬物，萬物散而爲太虛，〈西銘〉說：「天地之塞，吾其體，天地之帥，吾其性。」性與天地同流而異行。所以要了解性，必先認識天道，也惟有深切認識天地間變化的道理，才可以理解人性的問題。《易說》說：

乾坤，天地也；易，造化也。聖人之意，莫先乎要識造化。既識造化，然後有理可窮，彼惟不識造化，以為幻妄也。不見易，則何以知天道？不知道，則何以語性。

不過，人性雖與造化同流，但其間仍有不同；與天地造化合一的性，是至善的性，外界物欲不足以蒙蔽之。就是〈誠明篇〉所說的「天所性者，通極於道，氣之昏明，不足以蔽之。」張載稱之爲「天地之性」。天地之性無有不善，但當氣變化爲形體時，就稟受種種不同的氣質，那就是〈太和篇〉所說的「形而後有氣質之性」。氣質之性因稟受之不同，難免有偏，所以人就有剛柔、緩急、才與不才之分，於是就有善與不善的差異了，這是張載論性的根本主張。或且說：

「氣既然是本於太虛，爲什麼氣質之性有善惡參差不齊的區別呢？」張載認爲氣有本，氣也有欲。氣之本湛然純一，氣之欲則是口腹飲食，鼻舌臭味。得之於本者，是湛一的體，得之於欲者，是攻取的用。〈誠明篇〉說：

湛一，氣之本；攻取，氣之欲。口腹於飲食，鼻舌於臭味，皆攻取之性也。

攻取之性，張載稱爲「氣質之性」。那是因爲氣聚成形，此性墮於其中，則氣質用事，而有純駁偏正善惡的不同了。所以他主張「善反」與「盡性」，以恢復本然的天地之性。〈誠明篇〉說：

形而後有氣質之性，善反之，則天地之性存焉。

善反也可以說是盡性的另一種說法，「反」是反回天地之性，但其間必須經過盡性的過程。盡有擴充的意思，孟子所謂「苟能充之，足以保四海」，就是擴充這個本具的天地之性。因爲這天地之性是萬物所同具。〈誠明篇〉說：

> 性者，萬物之一源，非有我之得私也。惟大人為能盡其道。

盡其道也可以說是盡性，這和孟子所說的「盡其心者，盡其性，盡其性，則知天矣。」是同一意義。但是盡性還不足以達到知天地之性的境地，因爲盡性是抽象的原則，窈冥的玄思，必須與窮理相結合，然後盡性才不至於落空，所以又說：

> 自明誠，由窮理而盡性也；自誠明，由盡性而窮理也。

只談盡性，不談窮理，固易流於玄思，但只談窮理，不談盡性，亦將囿於見聞，惟有窮理與盡性密切結合，然後才能擴大心胸，認識天命流行的道理，這才是人性修養的最高境界。

當然，張載窮理盡性的理論，是據自《周易》。《易・繫辭》說：「窮理盡性以至於命。」命就是天命流行。張載所說的「自明誠，自誠明」，無非是要達到認識天命流行的地步。〈三十篇〉說：「窮理盡性然後至於命。」又說：「盡性者，方能至於命。」都可以說是《周易》學說的發展。不過，張載的窮理盡性，有更進一步的補充說明。那就是窮理須知順理，盡性還要存乎誠。因爲順性命之理，則人事吉凶都順乎其正。〈誠明篇〉說：「莫非命也，順受其正。」〈誠明篇〉又說：

德不勝氣，性命於氣，德勝其氣，性命於德。窮理盡性，則性天德，命天理，氣之不可變者，獨死生修夭而已。故論生死，則曰有命，以言其氣也。語富貴，則曰在天，以言其理也。

能夠知道性命之正、天命之理，則可以言天人合一了。然而還須存乎誠，蓋誠能無物，可體天地所以長久不已之道。如是則窮理盡性以至於命，才有著落，而後則可「窮神知化」，知「生無所得，死無所喪」的道理，這是張載人性論主要的觀點。

(三) 政治觀

張載一生都是在著書講學，所以他的政治目標理想和他的教育思想是相結合的，他的治政之道，首重敎化，措施的準則，則在於禮樂，而終極至於孔子的大同世界。玆分述於下：

1. 政治與敎化合一

張載把人性分爲二，一爲天地之性，一爲氣質之性，天地之性卽本然之性，沒有不善，氣質之性，則有所偏，人性之所以有剛柔緩急、才與不才，都是由於氣質有所偏，所謂「德不勝氣」，但如何能除去氣質之性，保持天地之性呢？他提出「善反」的主張，所謂「形而後有氣質之性，善反之，則天地之性存焉。」（《正蒙·誠明》）至於如何才能做到「善反」，他又提出「變化氣質」的說法，主張用教育的力量來改變氣質之偏，以回復天地之性，所謂「爲學大益，在自能變化氣質」（《理窟・義理篇》）。因此他在政治上主張用教育的手段去推行政令，改變民間的風俗，他任雲巖令的時候，據《宋元學案》卷十七記載：

> 仕為雲巖令，以敦本善俗為先，月吉具酒食，召父老高年者，親與勸酬為禮，使人知養老事長之義，因問民所苦。每鄉長受事至，輒諄諄與語，令歸諭其里閭。民因事至庭，或行遇於道，必問：「某時命某告若曹某事，若豈聞之乎？」聞則已，否則詰責其受命者，故教命出，雖僻壤婦人孺子，畢與聞，俗用丕變。

根據這一段的記載，簡直是在教育百姓，那裏是傳達政令呢？「俗用丕變」，不是偶然的。張載在政治上所以有這樣的措施，其思想淵源是發自「理一分殊」的觀念，萬物形體雖然各不相同（分殊），但都是由於一個根源而來（理一）所謂萬物「雖無數，其實一而已」（〈乾稱〉），陰陽之氣，散則萬殊，人莫知其一，合則混然，人不見其殊，宇宙萬物雖千差萬別，但其最後的根源則一。所以張載看天下之物，無一物非物，所以說：「民吾同胞，物我與也」，既然民是我同胞，物是我同類，那別人的事情，豈不是自己的事情，別人不知道，也就是自己不知道，他怎麼會不急迫的去使人知道呢？所以呂與叔說他：

答問學者，雖多不倦，有不能者，未嘗不開其端。其所至必訪人才，有可語者，必叮嚀以誨之，惟恐其成就之晚。(〈行狀〉)

朱子也說：

橫渠教人道，夜間自不合睡，只為無可應接，他人皆睡了，已不得不睡。

張載推行政令，就是根據這些理論出發，所以他施政的措施，不是用政令，而是用教育，不是用刑威，而是用德化，因此風俗為之丕變。他是把百姓和自己看做一體，深恐百姓無知而觸犯法網，所以盡己所能教化百姓，這不就是仁政的具體表現嗎？

2.論　禮

張載政令的推行，是以教化為手段，而政治的措施，則是以「禮」為基礎，張載一度曾做禮官，但是因為與當政者不合，才謁告返歸故鄉，其原因是，禮官安習故常，不肯推究古禮之意，據《宋史》及《宋元學案》記載：

(張載)患近世喪祭無法，期功以下未有衰麻之變，祀先之禮，襲用流俗，於是一循古禮為倡，教童子以灑掃應對；女子未嫁者，使觀祭祀，納酒漿，以養遜弟就成德。嘗曰：「事親奉祭，豈可使人為之！」於是關中風俗一變而至於古。

張載推行古禮之意在於實踐，禮是形式節文，如果只空談禮的理論，不去實踐禮的精神，那只是虛禮。從前林放問禮之本，孔子答以：「禮，與其奢也，寧儉；喪，與其易也，寧戚。」儉與戚固然不是禮之本，但由實踐中推求，可得禮之本的深意。張載就是主張從實踐的過程中去體會禮的眞意，所以要教童子從「灑掃應對」的實踐中，去體會禮的重要性，這是孔門爲學的精神，後人以張載「謂周禮必可行於後世，不能使人無疑。」（見《宋元學案》黃百家語）這是不明瞭張載實行古禮的本意。張載的意思，禮是要出於至誠，不是重視形式，但是不從禮的形式去實踐，誠心就無由表現，因此要使「女子未嫁者，使觀祭祀納酒漿，以養遜弟就成德」，了解這些節文，然後還要親自去實踐，才能表現出至誠的心意。他所說的「事親祭祀，豈可使人爲之」，可爲當世人的當頭棒喝，我們試想禮是表現孝道誠心，所謂孝道誠心，可以請人替代，那禮的意義豈不完全失去了嗎？從實踐中去體會禮的深意，表現出至誠的仁心，這也是張載教育百姓的一種方法，他說：

> 學之行之，而復疑之，此習矣而不察者也，故學禮所以求不疑，仁守之者，在學禮也。
> （《經學理窟・禮樂》）

張載就是用「禮」爲「變化氣質」之道，以「禮」爲「經世之方」，所以說：「禮者，聖人之成法也，除了禮，天下更無道矣。」（《經學理窟・禮樂》）以後關中學者，相率於正禮文，都是希望實踐禮文，以達到「修己成德，經世化俗」的目標。二程子重在主敬窮理，所以論禮較偏於道德性命；張載論禮重在經世致用，所以多致力於儀文度數之訂定，雖然兩者論禮的重點稍異，但伊川仍稱關中學者「由其氣質之勁，勇於行」，因此禮教漸成風化，這都可以看出張載用禮施在政治上的精神和效果。

3. 經濟政策

張載認爲政治的基本因素，除了教養百姓，注重禮文之外，還應該注意到經濟的問題，否則，政治和教育的理想都會落空，所以說：

> 仁政必自經界始。貧富不均，教養無法，雖欲言治，皆苟而已。（〈行狀〉）

所謂經界，就是治地分田，劃分耕種的界限。他主張把土地均平的分配，也就是農地重劃，使耕者有其田，所以說：「今以天下之土，棋畫分布，人受一方。」（《理窟・周禮》）至於原來的田主，則暫時讓他們爲「田官」，來補償他們的損失，這是一種很溫和的土地改革政策，也可以看出張載的政治理想，是建築在教育的基礎上，而要實現教育，則非從劃分土地，使貧富均等不可，這三者，政治、經濟、教育是有關聯性的。他土地劃分的辦法是：

> 共買田一方，畫為數井，上不失公家之賦役，退以其私，正經界、分宅里、立斂法、廣儲蓄、興學校、成禮俗、救災恤患，敦本抑末。（〈行狀〉）

這可以說是古代井田制度的遺留，這種制度在當時推行起來，當然有許多困難，但卻是均富的有效辦法，可以使民樂從，又使有田的人，利益不會損失，是安定社會的重要政策，正如他自己所說的：

> 井田至易行，但朝廷出一令，可以不笞一人而定，蓋人無敢據土者，又須使民悅從，其多有田者，使不失其為富。借如大臣有據土千頃者，不過封與五十里之國，則已過其所有。其他隨士多少，與一官，使有租稅，人不失故物。治天下之術，必自此始。（《宋元學案》卷一八）

這可以說是體恤人情，顧到各方面的利益，是一種使政治現代化的土地政策，然而當時不能實現，論者爲之嘆息。

總而言之，張載的政治思想，是政治、教化、禮樂、井田制度，構成一個思想系統，息息相關，缺一不可，而禮更是其中的根本因素，他以禮爲內聖修己之道，由禮發展出經世濟民之學，是一種物質與精神並重的政治思想，〈禮樂篇〉說：「欲養民當自井田始，治民則教化刑罰，亦不出禮外。」（《文集》卷六）可見張載政治思想之內容。他的政治理想，當時雖然沒有見諸實現，但其影響是深遠的，伊川曾稱讚張載說：「子厚（張載字）以禮立教，使學者有所據守。」（《程氏粹言》卷一）張載的門人有呂晉伯（大忠）、呂和叔（大鈞）、呂與叔（大臨）都能篤守禮教，動有法度。呂和叔尚禮文、祭祀、冠婚、飲酒、相見之事，皆不混習俗，一本於禮，節文粲然（《伊洛淵源錄》卷八〈呂大鈞行狀〉）且又喜談井田兵制，以爲治道必自此始。都能得張載之眞傳，以後衍爲關學一派，直到明清而不衰，不是沒有原因的。

（四）教育觀

張載的教育觀是根據他的宇宙觀和人性論而來，以窮理盡性以至於命爲立論的主旨。窮理可以說是知識的範疇，是見聞的知，對外界客觀的感受。盡性則是道德的範疇，是主觀的思維，由客觀的感受通過主觀的思維，而進入道德的範疇，使性與天道相結合，這才是眞知。張載稱之曰

「德性之知」。〈大心篇〉說：

> 見聞之知，乃物交而知，非德性所知，德性所知，不萌於見聞。

聞見之知，只是學習過程所得到的知識，不是眞知。眞知是德性的良知，體事物所以然之理，不是聞見的小知。聞見的小知，是耳目對外界事物的感受，是學，不是道。要達到道的天德良知，必須超出耳目的感受，合內外之知。〈大心篇〉又說：

> 人謂己有知，由耳目有受也。人之有受，由內外之合也，知合內外於耳目之外，則其知也過人遠矣。

合內外之知，才可以消除物我之見，擴大教育的效果。《語錄·中》說：

> 為天地立心，為生民立命，為往聖繼絕學，為萬世開太平。❼

---

❼ 一本生民作萬民，往聖作先聖。

天地本來無心，人通過內外合的認識過程，而對於天地的認識。人能認識天地，也可以說是爲天地立心。然後推及萬民，於是能繼承先民文化，爲人類開創萬世的太平。

然而這種內外合的教育目標，必先具有誠的原動力。張載之學，以《中庸》爲體，而《中庸》全書的精神，只是一個「誠」字而已。誠是天地所以長久不已的道，人之能由聞見之知推及德性之良知，都是以誠爲原動力。所以〈誠明篇〉說：「故君子以誠爲貴。」誠的具體表現，則是篤行，天道永恒不息。《易》曰：「天行健，君子以自強不息。」最能表現誠的精神、行的精神。〈中正篇〉說：

> 行之篤者，敦篤云乎哉！如天道不已而然，篤之至也。

行之篤者，然後能盡性而變化氣質，回復天地之性。這是爲學的目標，也是學爲聖人必由的途徑。張載教育的目標，就是學必至爲聖賢而後止。但其開始則必由學，《經學理窟・氣質篇》說：

> 人之氣質美惡，與貴賤夭壽之理，皆是所受定分。如氣質惡者，學卽能移。今人所以多爲氣所使，而不得爲賢者，蓋爲不知學。

〈義理篇〉又說：

為學大益，在自能變化氣質，不爾，卒無所發明，不得見聖人之奧，故學者先須變化氣質。❽

爲學是因，變化氣質是果，目標則在求成爲聖人，這是張載教育理想的環節。張載自己，除了短暫時間的從政外，一生都在研究著述，《宋史》記載他的生活說：

終日危坐一室，左右簡編，俯而讀，仰而思，有得則識之，或中夜起坐，取燭以書。其志道精思，未始須臾息，亦未嘗須臾忘也。

他自己曾經說：「吾學既得諸心，乃修其辭命，命辭無失，然後斷事，斷事無失，吾乃沛然。」❾都可以看出他重視爲學的精神。朱子曾說：「橫渠之學，苦心力索之功深。」又說：「學者少有能如橫渠之用功者，近看得橫渠用功最親切，眞是可畏。」❿蓋爲學是變化氣質的基

❽ 四部叢刊續編《張子語錄》在不爾之下有「皆爲人之弊」五字，無「故學者先須變化氣質」九字。
❾ 見中華四部備要本《張子全書》卷一五。
❿ 見和刻本《張子全書》附錄。

礎。《語錄抄》說：「有志於學者，都更不論氣質之美惡。」

總之，張載的教育觀，是根據他「兩不立則一不可見」的宇宙觀，和分天地之性與氣質之性的人性論，以力學爲基礎，以求變化氣質，而達到聖賢的目標，從而實現他「爲天地立心，爲生民立命，爲往聖繼絕學，爲萬世開太平」的理想。茲述及內容及教習方法如次：

1. 教育內容

張載的教學內容，最主要的是以《易》爲宗，以《禮》爲體。《正蒙・大易篇》說：

易有聖人之道四焉，以言者尚其辭，以動者尚其變，以制器者尚其象，以卜筮者尚其占。辭、變、象、占，皆聖人之所務也。

又曰：

易，非天下之至精，則辭不足待天下之問。非深，不足通天下之志；非通變極數，則文不足以成物，象不足以制器，幾不足以成務；非周知兼體，則其神不能通天下之故，不疾而速，不行而至也。（《正蒙・大易篇》）

又曰：

易一物而三才，陰陽氣也，而謂之天；剛柔質也，而謂之地；仁義德也，而謂之人。（〈大易篇〉）

又曰：

一物而兩體，其太極之謂歟；陰陽天道，象之成也。剛柔地道，法之效也。仁義人道，性之立也。三才兩之，莫不有乾坤之道。（〈大易篇〉）

由此可見張載重視《易》學的原因。他認爲《易》之爲書，是聖人窮理極精微之處，天下之理盡於斯。因此他教育學者，以《易》爲主要的內容。《橫渠易說·繫辭上》說：

乾坤，天地也；易，造化也。聖人之意，莫先乎要識造化。既識造化，然後有理可窮。彼惟不識造化，以為幻妄也。不見易，則何以知天道？不知道，則何以語性？

很明顯的，張載告訴學者，要爲學窮理，必先要認識造化，造化就是宇宙間變化的根源。認識了宇宙變化的根源，才可以體會宇宙變化的規律，才能知天道、論人事。一切的學問，都非要從《易》入手不可。

其次他並重視禮，認爲禮是天地之德，知禮可以成性，禮也是爲學的基本工夫。《語錄·下》說：「學禮則可以守得定。」不過，張載重視禮，不是注重禮的形式節文，而是要實踐禮的精神。曾說：「強禮，然後可與立。」他自己曾一度做過禮官，但因爲與當政者不合，才謁告返歸故鄉，其原因就是因禮官安習故常，不肯推究古禮之意。當他在關中時，《宋元學案》曾記載他推行古禮的經過說：

（張載）患近世喪祭無法，期功以下未有衰麻之變，祀先之禮，襲用流俗。於是一循古禮為倡。教童子以灑掃應對，女子未嫁者，使觀祭祀納酒漿，以養遜弟就成德。嘗曰：「事親奉祭，豈可使人為之。」於是關中風俗一變而至於古。

張載推行古禮之意，是在求實踐，如果空談禮的理論，不去實踐，那只是虛禮。因爲從實踐的過程中，可以體會禮的眞意，所以要教童子從灑掃應對的實踐中，去體會禮的眞意。後人懷疑張載推行古禮，未必可行於後世⓫，這是不明瞭張載推行古禮的本意。禮是要出於至誠，不是

⓫ 見《宋元學案·橫渠學案》黃百家語。

重視形式。但如果不去實踐，誠心也就無從表現。《經學理窟・氣質篇》說：「蓋誠非禮無以見。」因此要教女子未嫁者，使觀祭祀納酒漿，以養遜弟就成德。這都是使人從實踐禮文中以表現誠心的方式。從實踐禮文以表現誠心，是張載論禮的特點，也是張載教育的精神。

其他《詩》、《書》、《春秋》、《中庸》、《論》、《孟》，也是張載教學的重要內容。他對經書的看法，是以《詩》能道其志，《書》能擴大胸襟，《春秋》可以明百王之大法，正萬世之人心，《論》、《孟》可見聖人之心意⑫，都是學者必須反覆熟讀精思的教材。從這裏也可以看出張載志爲聖賢的精神。

2.學習方法

張載教學者學習的方法，大都根據他的認識論及《禮記》的教學原則而來。他把知識分爲兩方面，一是外界聞見的知識，人所接觸外界事物的感覺，看見會飛的知道是鳥，會流的知道是水。但是如果僅憑外界接觸和見聞，沒有通過思考，就認爲心裏已經知道了，那就會失去心的思考主觀作用。〈大心篇〉說：

> 由象識心，徇象喪心。知象者心，存象之心，亦象而已。謂之心，可乎？

---

⑫見世界版《近思錄》。

荀子曾說過：

心有徵知，徵知，則緣耳而知聲可也，緣目而知形可也。然而徵知必將待天官之當簿其類，然後可也。⓭

認識既然不可憑物象而據以爲知，所以張載主張必須內外合，由見聞的知，進入德性的知，這才是眞知。張子《語錄》說：「聖門學者，以仁爲己任，不以苟知爲得，必以了悟爲聞。」這是學習的良好途徑，近世教育家主張思考教學法、類化教學法，都可以說是張載「合內外」的學習法的發展。

然而德性之知，必須循理而知其原，知道天地萬物產生的道理，不是單由事物的現象去了解，而是要結合主觀的推理而得到。王夫之稱之爲「自喩」⓮。就像我們在暗中用手自指口鼻，不要等待鏡子就可以曉得。但是自喩並不是一蹴可幾，必須勤奮不息，熟悉天理才可。所以張載又主張在學習的開始，必須立志。〈中正篇〉說：「志者，敎之大倫也。」因爲立志，必精神專一，外界所得的見聞，可以通過內心的分析思考，得到眞知。王夫之稱之爲「熟於天理」，張載

⓭ 見《荀子・正名篇》。

⓮ 見世界書局《正蒙・王夫之注》。

稱之曰「德性之知」。爲學能夠熟悉天理進入德性之知，那也就可以變化氣質了，但這都非立志不爲功。《語錄·中》說：

> 有志於學者，都更不論氣質之美惡，只看志如何。匹夫不可奪志也，惟患學者不能堅勇。⑮

立志不但是學習成功的要素，也是認識事物的基礎。近世教育學家有所謂學習自動原則、熟練原則，都要以立志敦篤不怠爲其基本條件。

另方面就教者而論，必須先了解學者的個性與程度，張載稱爲「至學的難易」。〈中正篇〉說：

> 教人者，必知至學之難易，知人之美惡，當知誰可先傳此，誰將後倦此。若灑掃應對，乃幼而遜弟之事，長而教之，人必倦弊。惟聖人於大德有始有卒，故事無大小，莫不處極。今始學之人，未必能繼，妄以大道教之，是誣也。

⑮四部叢刊續編《張子語錄》無質字。

《禮記・學記》曾說：「君子知至學之難易，而知其美惡。」張載根據這個原則，更進一步推論出教者知人知德的重要性。因爲學者的資質，因稟受的差異，各人程度能力必不同，教者必須因勢利導，不可「進而不顧其安，使人不由其誠，教人不盡其材」⑯。《語錄抄》說：

人未安之又進之，未喻之而又告之，徒使人生此節目。不盡材，不顧安，不由誠，皆是施之妄也。

這種人盡其材的教學方法，當然是孔子「因材施教」原則的發展，也是近世教育學家所謂「個性差異」、「計畫教學」理論的根據。

其他張載也主張在學習的過程中，必須有懷疑的精神。《理窟・學大原篇下》說：

在可疑而不疑者，不曾學，學則須疑。譬之行道者，將之南山，須問道路之出，自若安坐，則何嘗有疑？

有了懷疑，就必須發問，所以又說：

⑯ 見中華四部備要本《張子全書・語錄抄》引《禮記・學記》。

> 洪鐘未嘗有聲，由扣乃有聲，聖人未嘗有知，由問乃有知。⑰

這些都是非常寶貴的學習方法。無論在教育理論上、學習方法上，都有很大的貢獻與影響。

總而言之，張載的思想內容，是以《易》爲宗，以《中庸》爲的，以《禮》爲體，以孔孟爲極。他最終的目標，是要「爲天地立心，爲生民立命，爲往聖繼絕學，爲萬世開太平」。可謂求仁致和，純粹博大，尊天立人，自闢一宗，影響後世，極爲深遠。尤以改變氣質之說，發前人所未發。朱子說：

> 氣質之說，起於張（載）程（子），極有功於聖門，有補於後學，前此未曾說到，故張、程之說立，則諸子之說泯。

黃東發也說：

> 橫渠先生精思力踐，毅然以聖人之事為己任，凡所議論，率多起卓。至於變化氣質，謂形而後有氣質之性，善反之，則天地之性存焉，此尤自昔聖賢之所未發，警教後學最為至者也。

---

⑰ 見中華版《張子全書》卷一二，亦見《禮記·學記》，文字略有不同。

王船山並把他與孟子並稱說：

孟子之功，不在禹下，張子之功，又豈非疏洚水之岐流，引萬派而歸墟，使斯人去昏墊而履平坦之坦道哉；是匠者之繩墨也，射者之彀率也。⑱

這些批評，都非常正確，張載一生都在爲傳道、授業、解惑而努力。曾說：「（教者）夜間自不合睡，只因無可應接，他人皆睡了，己不得不睡。」⑲其堅毅刻苦、力學不厭、誨人不倦的精神，留給後人深刻的印象，樹立下永垂不朽的師道典範。

⑱ 見世界書局《正蒙》王夫之注序。
⑲ 見四部叢刊續編《張子語錄》，亦見《朱子語錄》。

朱子的生平與學術

一

朱子，名熹，字元晦，又字仲晦。他的別號很多，有：晦菴、晦翁、雲谷老人、滄州病叟、遯翁。他原籍安徽婺源，南宋高宗建炎四年（西元一一三〇）出生，寧宗慶元六年（西元一二〇〇）去世，享壽七十一歲。他的父親，名松，字喬年，號韋齋，曾研究宋學，行誼很受當時學者尊仰；因爲爲人剛直，不肯附和當時秦檜的和議政策，被遣到福建，做尤溪縣的縣尉。建炎四年，朱松辭官退隱，居住在尤溪縣城外毓秀峯下的鄭氏草堂。朱熹就是出生在那個地方，所以有人認爲朱子是福建人。

朱子幼時就很聰明，剛學會說話，他父親指著天空對他說：「那就是天。」朱子竟然接著問道：「天之上又是什麼呢？」他父親很以爲奇異。《朱子語錄》曾記載這件事。朱子五歲就誦讀《孝經》。讀過一遍，就能通曉，並且題字其上說：「不若是，非人也。」

朱子十四歲喪父。他父親臨終時他遺命向籍溪先生胡憲（字原仲，崇安人）、白水先生劉勉之（字致中，崇安人）、屏山先生劉子翬（字彥冲，崇安人）這三人求教。朱子謹遵他父親的遺命，拜了這三位福建崇安的學者爲師。他們三人也看朱熹如同子侄一樣。劉勉之甚至還把女兒嫁給他。以後不久，劉勉之、劉子翬相繼去世，所以朱子從胡憲受業的時間最久。他們三人雖然都是伊川學派的學者，不過在那時候，朱子所得的並不多。朱子到了二十四歲，才跟延平先生李侗（字愿中，南平人）受業。據說朱子曾經徒步百里向李侗受學。李侗受學於豫章先生羅從彥（字仲素，南平人），羅氏受學於龜山先生楊時（字中立，將樂人），楊氏受業於伊川先生程頤。朱子可算是程子的四傳弟子；他承襲了洛學的正統，發揮程子「涵養須用敬，進學在致知」的精神。他一生的學說基礎，大概就奠定在此時。

他十九歲中進士，二十二歲授福建同安縣主簿。在任所，事必躬親，凡有利於百姓的，雖勞苦也必去做；並且兼管講學的事，選出縣中優秀青年爲弟子員，訪求名士以爲表率。經常講說聖賢修己治人的道理，一時吏政大治，學術風氣更爲世人所稱頌。二十七歲時，任期已滿，先送家眷回鄉，自己留著等候批書。這段時期，他閱讀《孟子》，曉得〈養氣章〉的語脈，逐段記在紙簽上；這就是他《孟子集註》的開始。

孝宗隆興元年（西元一一六三），他三十四歲，這年十一月，孝宗召見他。他上封事談論修己治人之道，闡明格物致知之說，極力反對與金人和議。他認爲大學之道在乎格物致知，天地之間一物必有一物之理；理無形，很難了解，物有形，容易得見；所以要因物以求理，使事物的理瞭然於心目之間，沒有毫髮之差，則處事自不會有毫髮的謬誤；治平之效所以未著，就是由於沒有講求大學之道，而溺心於淺近虛無的過失；南宋對金人有君父之仇，君父之仇不共戴天，不可以和他和議。有人提倡和議，豈非不明事理？事理不明，是因爲沒有從格物致知入手。所以他主張「非戰無以報仇，非守無以制勝」，這都是「天理之所同然，非人欲之私忿也」。這些意見都是朱子從格物致知實際體悟出來的寶貴經驗。據說當時孝宗皇帝聽了很受感動。可是宰相湯思退（字進之，處州人）力主議和，朱子的主張無從實現。

這一年朱子寫成《論語要義》和《論語訓蒙》二書。他研究《論語》是從古今各家入手，以後有所心得，方才盡刪諸家之說，獨取二程先生及其門人朋友數家之說，名之曰《論語要義》。此書訓詁略而義理詳，非初學所能了解，因此他又有《論語訓蒙》口義之作。朱子做官能深究學問，有心得處必用之於治道上，所以出仕是他爲學的體驗，爲學是他出仕的本源，無論出仕、爲學，都能左右逢源。他在〈答許順之書〉中說：

秋來心閒無事，得一意體驗，比之舊日，漸覺明快，方有下工夫處。

更有一首詩說：

半畝方塘一鑑開，天光雲影共徘徊，
問渠那得清如許，為有源頭活水來。

可見他的學問修養有獨到處。他四十三歲時寫成《論孟精義》一書；這書後來改名《要義》，又改名《集義》。其中以二程子的學說爲主體，兼採張橫渠、范祖禹、呂大臨、呂良才、謝良佐、游酢、楊時、侯仲良、尹焞，九家之言，內容都是說明操存涵養的要義。

孝宗淳熙二年（西元一一七五），朱子四十六歲，東萊先生呂祖謙（字伯恭，金華人）來訪，共住十餘日，在寒泉精舍講學，合編《近思錄》十四卷。呂伯恭回去時，朱子送他到信州的鵝湖寺。信州在今江西鉛山縣，鵝湖寺在鄱陽湖邊。當時江西名理學家象山先生陸九淵（字子靜，金谿人）和其兄復齋先生陸九齡（字子壽）都來相會，講論自己的意見與心得，這就是歷史上有名的「鵝湖之會」。從鵝湖之會中，可以看出來朱子和陸象山在學術思想上的分歧。這可以從二人的鵝湖詩中看出。陸九齡有詩云：

孩提知愛長知欽，古聖相傳只此心；
大抵有基方築室，未聞無址忽成岑；
留情傳注翻榛塞，著意精微轉陸沉；
珍重友朋勤切琢，須知至樂在于今。

這裏所說的「孩提知愛長知欽」，是指孟子所說人的本心所固有，使知察識而擴充，就像築室之有基，成岑之有址。不過，據清人的意見說：

聖經賢傳辯別是非邪正，以開牖人的心胸，正恐鹵莽涉獵，不得其精微之意耳；顧謂傳註可不留情，精微可不著意乎？當曰：「溺情章句翻榛塞，著意虛空更陸沉」則得之。

（見《鵝湖講學會編》卷九）

陸象山當時和這首詩說：

墟墓興哀宗廟欽，斯人千古不磨心；
涓流積至滄溟水，拳石崇成泰華岑；
易簡工夫終久大，支離事業竟浮沉；
欲知自下升高處，真偽先須辯自今。

據《象山語錄》說：當說到「易簡工夫終久大，支離事業竟浮沉」時，朱子大不懌。朱子何以不高興？後人說法不一；錢賓四先生說那是因為聽到「留情傳注翻榛塞」、「支離事業竟浮沉」

兩句詩而不高興。

過了三年，朱子追和鵝湖之會的詩。《朱子年譜》說，朱子和鵝湖之會詩是在淳熙六年，那年他五十歲，陸九齡來訪，他就和陸九齡的詩說：

德義風流夙所欽，別離三載更關心；
偶扶藜杖出寒谷，又枉籃輿度遠岑；
舊學商量轉邃密，新知培養轉深沉；
只愁說到無言處，不信人間有古今。

錢賓四先生認爲這首詩述學論交兼而有之，商量舊學，培養新知，以己心傳古聖人。這就是後世所謂朱陸異同的開始。朱陸之所以異同，基本的因素不外乎是關於無極、太極的問題，以及修養工夫的次第問題。這是古今學者討論朱陸學術思想異同的主要課題。詳見錢賓四先生《朱子學案》及戴師靜山〈涵養與察識〉一文。

淳熙五年（西元一一七八），朱子四十九歲，奉詔知江西南康軍；過了三年，就在淳熙八年，陸象山來訪，請他替陸九齡寫墓志銘。於是他就請象山先生在白鹿洞書院講解《論語》「君子喻於義，小人喻於利」一章，聽的人很受感動。朱子也稱讚說切中學者隱微深痼之病。就在這一年，朱子五十三歲，提舉江南西路掌平茶鹽公事。但是不到一年，他就離任回鄉了。以後他屢辭任職，直到淳熙十六年（西元一一八九），他都六十歲了，朝命知福建漳州，他再辭不允，才受命在第二年到任。就在這一年，他爲《大學章句》和《中庸章句》寫序。這兩本書定稿已很久，但還隨時修訂；直到這時他才認爲允當，因此才撰寫序文，並各著或問，《中庸》更有輯略。朱子的微言大義都在這兩篇序文中。

《朱子語錄》說：《大學》是爲學綱目，先通《大學》，立定綱領，其他經都雜說在裏面；通得《大學》，去看他經，才見得那裏是格物致知的事，那裏是正心誠意的事，那裏是修身的事，那裏是治國平天下的事。又說：看《大學》且逐章理會，須先讀得本文，其次將章句來解釋本文，又將或問來參章句，須逐一令記得，反覆尋究，待他明白了，已經逐段曉得，將來再統看溫習尋究才是。要靠心裏去體會，若是靠抄寫，如何能夠得到其中義理呢？又說：讀《大學》，要從頭逐句理會，到不通處，再看《章句》。《大學或問》是注解的注解，不必深理會。又說：學者且去熟讀《大學》正文，又再仔細看章句，《或問》不要看，等到有疑惑的地方，才可去看。他自稱平生精力，盡在《大學》這本書上，所以再三告訴學者，先須讀通《大學》，才可以讀書。他知福建漳州只有兩年，就改知湖南潭州。這一年他六十三歲，寫成《孟子要略》。他認爲《孟子》一書，都歸之於仁義。他說：要見得這道理通透，才見得裏面本來都沒有別的事物，只有個仁義。

過了兩年，朱子六十五歲，調為寧宗侍講。那時韓侂胄當權，朱子憂慮他擅權害政，上疏直言竊權的害處，為韓侂胄所忌，只做了四十多日就被免職。於是反對朱子的黨派，羣起攻擊，奏疏謂：論文風之弊，都是由於朱某僞學；以朱某匹夫而竊人主的權柄，鼓動天下，請求將語錄之類除毀。當時科舉取士，只要稍涉義理，都被黜落第。六經、《論》、《孟》、《大學》、《中庸》，為世大禁，稱朱子的同道為逆黨，甚至有人上書請求殺朱子以阻止禍端。這就是歷史上所謂的「慶元黨禍」。有人勸朱子解散學徒，閉戶反省以避禍。他答說：「禍福之來，只是命運。」仍舊在竹林精舍講學如故，以闡發聖人之道為己任，這可見他的剛毅。慶元六年（西元一二〇〇）三月甲子，他在福建建陽考亭家中逝世，享年七十一歲。同年十一月，葬在建陽縣唐石里的大林谷，四方來參加會葬的有好幾千人。

綜觀朱子的一生，自十八歲登進士第起，到六十九歲罷官返鄉，這五十一年中間，做外任官五任：就是二十二歲做同安縣主簿，共五年；五十歲知江西南康軍，共四年；五十四歲提舉浙東掌平茶鹽，不滿一年；六十一歲知福建漳州，共兩年；六十三歲改知湖南潭州，共兩年。召回朝廷擔任寧宗侍講，才四十多天。綜計他先後做官不過十四年，大部分時間都是從事私人講學。

他在十四年從政的時間中，除了處理政事以外，又兼學事，設立書院和州縣府學。例如他任同安縣主簿時，就開辦縣學。縣學內分設志道、據德、依仁、游藝四齋，各齋分別設置齋長一人，主持事務。選縣民優秀子弟，入學受教。身率諸生，規矩很嚴，每日講授聖賢修己治人之道。就是在知南康軍時，修白鹿洞書院，供講學之所，把儒家所主張的教育目標綱要，以及修己治人之道，編成有名的〈白鹿洞書院學規〉，使父子有親，君臣有義，夫婦有別，長幼有序，朋友有信：這就是所謂五教。至於爲學次序，也有五項，那就是：博學之、審問之、愼思之、明辨之、篤行之。至於修身則言忠信，行篤敬，懲忿窒慾，遷善改過；處事則正其誼不謀其利，明其道不計其功；接物則己所不欲，勿施於人，行有不得，反求諸己。極力主張教人爲學，無非是要講明義理以修身，然後推己及人；並不是欲務記覽，爲詞章以釣聲名、取利祿而已。

他在知漳州時，也創設州學，刊四經及四子書。教人以《大學》、《論語》、《孟子》、《中庸》爲入道的次序，而後及諸經。以爲不先讀《大學》，則無以提綱挈領，而盡《論》、《孟》之精微；不參之《論》、《孟》，則無以融會貫通，而極《中庸》之旨趣。然而不會其極於《中庸》，則何以建立大本，經綸大經，而讀天下之書？至於讀書，必使之辨別音釋，正其章句；玩味其辭語，尋求其義理；研精覃思，以究其所難知；平心靜氣，以驗其所自得。辨別義利，毋自欺，謹愼獨之戒。對於這些，朱子都諄諄教誨。在知潭州時，也提倡州縣學。詔回朝廷時，又是擔任侍講的職位。寧宗向他執弟子禮，所用以講述的教材就是《大學》。他每講一章，必編成講義：首列經文，次附小注。對於行事，如有所見，也必編册呈獻給皇上。可惜爲期只有四十多天。

朱子一生都在著書講學。著述種類很多，在性質上說，包括經史子集；在體裁上說，有考據，有語錄，有創作，有注解。一生講學，先後達五十年之久，始終不變，眞可以說是學不厭、誨人不倦了。他生當衰世，遇奸佞當道，所以多次辭官不就；就是任官，也無法實現其理想。晚年又受到黨禁，但是他都能夠處之泰然。對於著書講學，絲毫不受其影響。可見他平時篤信眞理、守死善道的精神。

二

朱子是宋代理學家中一個集大成的學者。宋儒學派開始於胡安定(瑗)(西元九九三～一○五一)，闡發於周濂溪(敦頤)(西元一○一七～一○七三)，後來樹立這學派正統的則爲程伊川(頤)(西元一○三三～一一○七)。朱子受學於伊川的三傳弟子李侗，所以他的致知力行的工夫，是從伊川學說中發展出來的。他不但繼承了伊川學派的傳統，並且吸收了當時各家學說，加上自己的意見，而成爲一個體系。他從周濂溪那裏吸收了〈太極圖說〉。〈太極圖說〉雖只有兩百多字，卻是理學的重要文獻，發生過相當大的影響。理學正統派固然奉之爲經典，就是許多反對派也曾利用太極圖裏的某些術語形式，裝上不同的內容。那麼〈太極圖說〉的理論是什麼呢？朱子從〈太極圖說〉理論中吸收些什麼呢？又有什麼發展呢？我們知道，宋代理學亦即所謂的新儒學，它之所以興起，固然是當時學者對於舊儒學，也就是漢代的皓首不能窮一經的訓詁之學，表示厭倦與不滿，此外也是受了魏晉以來道教思想和隋唐興起的佛學思想的影響。所以周濂溪的〈太極圖說〉，無疑也受了道教思想的影響。太極圖開始說：「無極而太極。」這是周濂溪的本體觀。他認爲太極是宇宙的本體，這個本體又是虛無的，所以又稱之爲無極；並不是說太極之上另外有一個什麼無極，只是說太極本來不是有物的存在。它是沒有方所、沒有形狀的，就像現代大家所談論的太空一樣；所以下面他又說：「太極本無極也。」故總統 蔣公在民國五十七年四月十四日給蔣經國先生的信裏說：「無極而太極，以近太空探測所得之經驗來解之，則太空乃爲無極之說近似也。故我國古先聖哲對宇宙之理，早已發明於先矣。」但是這個沒有方所、沒有形狀的太極，卻是產生天地萬物的根源。周濂溪所說的太極，是其宇宙觀。這個以太極爲宇宙觀的學說，是伊川先生理氣學說之所本。當然伊川先生又有他自己的見解和發展，奠定了宋代理學的基礎。伊川先生的見解和發展，在《二程遺書》裏記載頗多。

二程子說：「在天爲命，在義爲理，在人爲性，主於身者爲心，其實一也。」我們可不可以去了解這個「天命、人性、人心，其實一也」的理，然後了解「天下萬物的衆理」呢？朱子的答覆是肯定的。他說：「人有此心，莫非全體。」就是說人心是具有了解天下萬物衆理的本能。這種說法又和孟子所說「萬物皆備於我，反身而誠」及二程子所說「萬物皆備於我，不獨人事物皆然」是一意相因的。

程子論性，分理與氣；理無不善，氣則有善有不善。朱子繼承這個意見，認爲理與氣，決是二物；在物上看，二物渾論不可分開；在理上看，則雖未有物而已有物之理，然亦但有其理而已，未嘗實有是物也。從這個觀點出發，朱子主張「理」在事物產生之前，就已經存在，沒有理就沒有氣，沒有理也沒有物。從周濂溪的太極，到二程子的談理，到朱子的談理氣，是一個系統繼承下來的；不過，到了朱子而集大成。

朱子的學說，除了繼承周濂溪、二程子之外，另一方面還繼承張橫渠（載）（西元一〇二〇～一〇七七）的學說。張橫渠著有〈西銘〉和《正蒙》，朱子作了〈西銘解〉和〈正蒙解〉；以後又彙集宋四子（周濂溪、張橫渠、二程子）的語錄，編成《伊洛淵源錄》十六卷，說明宋學的系統。

張橫渠，名載，因爲他家住陝西郿縣橫渠鎮，當時學者稱他爲橫渠先生。他和周濂溪、二程子同時，小周濂溪四歲，比二程子大十幾歲，且是二程子的表叔。《宋史》把周濂溪、張橫渠、二程子、朱子都列在卷四二七、四二九的〈道學傳〉裏。張橫渠少年時候很有豪氣，原要學習兵事；以後得范仲淹的啓發，才遍究六經，兼及佛家和道家的典籍。他一生刻苦用功，到熙寧九年（西元一〇七六），他已五十七歲，把畢生研究學問的心得，集成一部書叫做《正蒙》。所謂正蒙，就是「訂正蒙昧」之意，這是他一生最主要的著作，他的哲學精華，都表現在這部著作裏。第二年他由京師回家鄉的時候，因病在臨潼逝世。家貧沒有辦法安葬，由門人集資搬運棺木回鄉。《正蒙》共有九卷，十七篇，其中有〈乾篇〉上下篇，張橫渠將其中的兩段寫在學堂的兩邊窗牖上，左邊寫「砭愚」二字，右邊寫「訂頑」二字。以後伊川先生認爲這樣容易產生爭端，就改爲「東銘」、「西銘」。這〈東銘〉、〈西銘〉雖然是同時寫的，但是內容深淺卻不一樣，所以朱子說程子專以〈西銘〉啓示學者，很少談到〈東銘〉。〈西銘〉所談論的，有兩個要點：其一是說：仁者以天地萬物爲一體。蕺山先生劉宗周就認爲這篇是求仁之學，仁者以天地萬物爲一體，所以說民胞物與，痛癢相關。醫書上說手足痲痺叫「不仁」，只知有己，不知有人，正是因爲不知同一體的痛癢，所以不仁。而〈西銘〉既然認爲吾人之體就是天地之體，吾人之性就是天地之性，所以看天地像父母，天底下的人是同胞，天底下的物爲同類，胸襟極其闊大。因此，朱子說：

> 〈西銘〉大要即在於「天地之塞吾其體，天地之帥吾其性」此二句上。塞是說氣，孟子所謂以直養而無害，則塞於天地之間。張子此篇，大抵是從古人說話集來。

「塞」既然是說氣，那麼「帥」就是主宰天下之氣，充滿吾人之體，吾人之性又是天地主宰。那麼，吾人之性也就是天地之性，天地之仁也就是吾人之仁。我們如果有不仁，那只是不知道與天地是同體。若是知道天地大自然之間的一切物類，都是同體，那就不會有不仁之心了。所以《正蒙・中正篇》說：「以愛己之心愛人，則盡仁。」

但是人終是良莠不齊的，還會有不仁之人存在，這就產生出第二個要點，所謂「理一而萬殊」。天地萬物在沒有形成的時候，是純粹的、湛一的、完善的，但是發展到了萬物，就各不相同了。所以他把「性」分爲天地之性和氣質之性。天地之性，無有不善；氣質之性，就因稟賦不同而有清濁之分了。這就是所謂的「理一而萬殊」。但是惟有大人才能夠返性的本初；能夠返性的本初的人，就不會受氣質之性的影響，不以氣質之性爲性了。這就是萬殊又歸返理一。這種學說是源於《孟子》，見《孟子・盡心下篇》：

> 口之於味也，目之於色也，耳之於聲也，鼻之於臭也，四肢之於安佚也，性也，有命焉；君子不謂性也。仁之於父子也，義之於君臣也，禮之於賓主也，智之於賢者也，聖人之於天道也，命也，有性焉；君子不謂命也。

這裏所說的「性」與「命」，是可以轉換的，和「理一化爲萬殊」、「萬殊歸於理一」的循環，在形式上是相同的。不過孟子主要的意思是叫人不要安於萬殊，當求理一。換句話說，不要安於氣質之性，應當追求天地之性。君子應該改變氣質，返回天地之性。那就是孟子所說君子不以聲色安佚爲性，應安於天命之所安排。仁義禮智、天道，這是天命之所固有；但是有的人限於氣質所稟賦，有所不及。至於君子，不應該安於氣質所稟賦，認爲那是天命所固定，不去改變氣質，而達於天地之性。這就是所謂萬殊而返歸於理一了。朱子對於張橫渠的理一而萬殊有進一步解釋，朱子認爲萬物雖然都是由天地所生，但是人所得的是天地的正氣，物則是得形氣之偏。《朱子語類》說：

> 萬物雖皆天地所生，而人獨得天地之正氣，故人最靈，故民吾同胞，物則亦我之儕輩。

他在《大學章句》說：

> 明德者，人之所得乎天，而虛靈不昧，以具衆理而應萬事者也，但爲氣稟所拘，人欲所蔽，則有時而昏。

這和張橫渠所說的氣質之性相似。總之，張橫渠的全部思想，雖然有許多和二程子不同，後人稱之爲理學中的「關派」，和二程子的「洛派」學說不同。但朱子在理學中卻是集大成的人物，關洛之學都是他所繼承的。像上面所說的〈西銘〉裏面有關「仁者以天地萬物爲一體」及「理一而萬殊」的理論，朱子大致都贊同而接受的。不過朱子的見解也有和張橫渠不同的地方。這種意見上的分歧，表現在對事物的看法上。張橫渠不離開有談無，所以說：「兩不立，則一不可見；一不可見，則兩之用息。」這裏「兩」字，就是指陰陽；「一」是指天的本體。當本體中陰陽未分，二氣合一，所以說「兩不立」；在兩不立，陰陽未分的情狀下，不是目力所能及，所以說「一不可見」。換句話說，沒有陰陽，則沒有本體。所以下面又說：「不有兩，則無一。」可見張橫渠是不離有談無。朱子則以有無來區別虛實。《朱子語類》上記載有人問朱子：「張載之所謂虛實，是否就是說陰陽？」朱子回答說：「以有無言。」因朱子批評橫渠談客感客形與無感無形，未免分截作兩段事。聖人不如此說，只說形上形下而已。朱子的意見大概是認爲張橫渠過度重視外在客觀的存在，把外在客觀所存在的客感客形，和主觀所了解的無感無形，分作兩部分。聖人只說形而上者謂之道，形而下者謂之器。器不是道，但當卽器以求道。朱子說：聖人只說形上形下，就是把器（客感客形）和道（無感無形）是看作一件事。這是他們兩人看法分歧的地方。朱子雖然認爲張橫渠把宇宙看作兩截，但是大體上，還是繼承張橫渠大部分的學說。總而言之，朱子是北宋理學的集大成者，而自己成立了一個思想體系。

要明瞭朱子的主要思想，首先應該談到的就是他的理氣之說。什麼叫做理？什麼叫做氣？理和氣又有什麼關係呢？《朱子文集》說：凡有形有象的叫做器；這個器的理，就叫做道。可見他認爲理和道都是抽象的東西。所謂形而上者，既然是形而上的，那當然是抽象無形的、超越時空的東西。因此，他解釋周濂溪所說的「無極而太極」，說無極而太極只是說無形而有理。這個理，是宇宙萬物的根源。一切的事物，都是從這個理產生出來的。所以又說：惟其理有許多，所以物也有許多。做出這件事，就是這裏有那個理。凡天地間能生出那件物的，便是那裏有那個理。理雖然是抽象無形的，但不能說他是不存在的，而且可以說是先萬物而存在的。所以說：

> 以理言之，則不可謂之有；以物言之，則不可謂之無。

譬如說，在瓦特發明蒸汽機之前，就有了蒸汽機的理，不過沒被發現而已；先有這個蒸汽機的理，才能造出蒸汽機來。〈大學或問〉說：

> 至於天下之物，則必各有其所以然之故，與其所當然之則，所謂理也。

這個理，也就是太極。他解釋周濂溪所說的太極，說：極是道理的極至；總天地萬物的理，就是太極。太極只是一個實理。可見朱子對於理的含義，又是由太極轉化過來的。朱子經常談到氣的問題。他認為理是抽象的，氣卻是具體的。朱子〈答黃道夫書〉說：

> 天地之間，有理，有氣。理也者，形而上之道也，生物之本也；氣也者，形而下之器也，生物之具也。是以人物之生，必稟此理，然後有性；必稟此氣，然後有形。其性其形，雖不外乎一身，然其道器之間，分際甚明，不可亂也。

朱子雖然把理和氣分爲兩件事來說，但理與氣是不能分開的。沒有氣就不能成物，理也沒有附著的地方。氣聚成物，理就寄寓在其中了。

這樣看，理與氣本來是沒有先後的分別，有氣就有理，有理就有氣；朱子不過爲了說明方便起見，分做兩部分說，把理叫做形而上，把氣叫做形而下。《朱子語類》說理與氣本來沒有先後之可言，然必欲推其所從來，則須說先有是理。所以，理是太極，那氣就是陰陽。不過陰陽雖然是兩個字，卻是一氣的流行。《朱子語類》說：

> 太極（理）自在陰陽（氣）之中，非能離開陰陽。然至論太極，自是太極；陰陽，自是陰陽。然陰陽雖是二字，卻是一氣之消息，一進一退，一消一長。進處便是陽，退處便是陰；長處便是陽，消處便是陰。只此一氣之消長，做出古今天地間無限事來。

萬物也就在這一進一退、一消一長的過程中生長出來。

由上面所說的看來，理與氣的關係是分不開的。他們二者的關係是「本體」與「現象」的關係。氣是由理而來，但理就在氣中。沒有本體，固然就沒有現象；但是沒有現象，本體也沒有地方附搭。《朱子語類》說：「天下未有無理之氣，亦未有無氣之理。」理是氣的決定者，所以《朱子語類》說：「理爲氣之主。」理與氣就是這種相互形成的關係，構成這個世界。從這個宇宙觀的基礎出發，轉到人性論的問題上，就把人性分爲天地之性和氣質之性兩種。朱子認爲：天地之性是專指理而說的，就是天理，所以渾厚至善；氣質之性是指理與氣相雜而說的，因爲人稟氣有清濁、厚薄，所以性有善惡。

至於心與理與性之間的關係，又是怎樣的呢？朱子對於這方面也曾談到。後人都認爲程朱主張性就是理，陸王主張心就是理，因此稱程朱的學說叫「理學」，陸王的學說叫「心學」，其實朱子也談到心與性的異同。他說：心就是教人認識道理存在的地方。心雖然具有理，和理相合爲一，但不說是心就是理。至於心與性也是一樣，心以性爲體，心之所以具有這個理，就是因爲有性的緣故。不過心有善惡，性無不善，性只是氣質之性才有不善。照這樣說，朱子是把性做爲心與理中間的層次，理是永恒存在的，卽使天地消滅，理也是存在的。理又是抽象的普遍的法則，它可以應用到任何事物上；它又是事物法則的標準、人行爲的鵠的，有了它，可以與天地合其德。由理發展到性，就有分別了。性有天地之性和氣質之性。天地之性，是與理爲一體，沒有不善的；氣質之性，就有善惡之分了。而心又是和氣質之性同樣的，有善有不善。不過，這是就分開的方面來說，假使就相合的觀點說，理、性、心又是一貫的。朱子〈答張敬夫書〉說：

來示又謂：心無時不虛。熹以為：心之本體固無時不虛，然而人欲己私汩沒久矣，安得一旦遽見此境界乎？做聖人必曰：正其心。而正心必先誠意，誠意必先致知。其用力次第如此，然後可以得心之正，而復其本體之虛。亦非一日之力矣！今直曰：無時不虛。又曰：既識此心，則用無不利。此亦失之太快而流於異端之歸矣。若儒者之言，則必也精義入神，而後用無不利，可得而語矣！

這裏所說的人欲已私，當然不是與生俱來的，但也不是本心所自有。然而我們也不能說人心沒有人欲已私。由此可見人心是屬於氣的一方面，容易偏差，所以朱子主張：心可以具有此理，但心終不是理。因此朱子主張先要認識《大學》上所說的明德是什麼，就要切身下工夫，去掉氣稟物欲之蔽，保存自己虛靈不昧的本心，那個心就可以具衆理、應萬事了，這就是《大學》所說的「明明德」。

無論涵養、致知，朱子都要以敬爲主。「敬」可以說是通貫動靜的道理，也可以說是主一，也就是精神專一、收斂身心、整齊純一、不隨便放縱的意思。無論事之大小，要常使自己精神思慮盡在於此；應接事物時如此，沒有事的時候也是如此，這才是敬。孔子說出門如見大賓，使民如承大祭，非禮勿視，非禮勿聽，都是敬。孟子說的存心養性，《大學》說的格物致知、正心誠意，到程子提出敬字，千頭萬緒，其實只是一個道理。敬字工夫，是聖門的綱領、存養的要法。主於敬，沒有內外精粗的分別。朱子繼承了伊川「涵養須用敬」的學說，加以闡發，認爲學者只要在敬字上著實用功，則不怕不達到聖賢的境地。《朱子語類》說：「敬字工夫，是聖門第一義，徹頭徹尾，不可頃刻間斷。」這可以看出朱子對敬字的重視。敬，不但是入聖階梯，也是爲學的步驟，更是修養的座右銘。至於怎麼樣才算是敬呢？《朱子語類》說：敬不是塊然兀坐，耳無所聞，目無所見，心無所思，而後才叫做敬；敬只是有所畏謹，不敢放縱；這樣則身心收斂，如有所畏。常常如此，氣象自然與衆不同。有得此心，才可以爲學。這樣說，敬不是收視反聽，而是自我反省；不是放馳追逐外求，而是收斂專一精神。這可以說是孟子所說求放心的發揮。程子常教人靜坐，不過，靜坐固然是收斂身心的一個方法，但是如果只停留在虛靜上，那也不是靜。敬則靜，但虛靜不可叫做敬。所以有人問朱子：「程子常教人靜坐如何？」朱子回答說：「這也是他見人要多慮，且教人收拾此心耳。」初學應當如此。因爲靜中有聞見的道理在，靜的相對字就是動，行動要敬，虛靜也要敬。所以程子教人靜坐，只是達到持敬的一個方法，並不是說靜坐就是敬。虛靜要是不知道持敬，儘管是閉門學坐求靜，一旦事情來了，急求排遣，外面儘管像沒有事一樣，心中卻甚忙。如果能夠持敬，外面事情紛紛而至，也能隨事而應，毫不紛亂。所以敬須主一，那個一也可以說是理；心主於理，那就無事不可應、無事不可容了。

朱子的學說思想，大體就是這樣的，他一方面繼承了周濂溪的〈太極圖說〉及二程子的性理說，另一方面又繼承了張橫渠「理一而萬殊」的理論，創造出自己的學術思想體系。影響後世的深遠，除了孔孟之外，恐怕很少人能夠和他比擬。近人錢賓四（穆）先生說：「朱子崛起南宋，不僅能集北宋以來理學之大成，並亦可謂集孔子以下學術思想之大成。這兩人，先後矗立，都能滙納羣流，歸之一趨。自有朱子，而後孔子以下之儒學，乃重獲新的生機，發揮新的精神，直迄於今。」這些話並非過譽。

朱子與李退溪性情說的淵源與影響

談論性情是儒家學說的特點，孔子最先提出性相近、習相遠的言論。性相近發展爲孟子的性善說，習相遠發展爲荀子的性惡說；漢代董仲舒論性又有別於善惡說，揚雄則直接說性是善惡混；唐代的韓愈則主張性分三品；到宋代諸儒，集論性之大成。儒家論性之所以比其他各家爲多，其目的無非是藉討論人性來說明教育的重要性。朱子與李退溪的論性，也是爲了要說明學習的步驟與過程。不過，朱子的性情論，內容很複雜。因爲要討論朱子的性，必須牽涉到理氣的問題；要討論朱子的情，必須討論心統性情的問題。這都不是這篇短文所能包括，這裏不過只是扼要的說明，朱子對於性與情的主張而已。

朱子主張學習要分層次，所以說「理與氣是二物」。但其實理與氣是分不開的，所以又說：「天下未有無理之氣，亦未有無氣之理。」（《朱子語類》）從這個理論出發，轉到人性論上，就把人性分爲天地之性和氣質之性兩種。朱子認爲天地之性，是專指理而說的，就是天理，所以渾厚至善；氣質之性，是指理與氣相雜而說的，因爲人之稟氣有清濁、厚薄，所以有善有惡。這種說法，是繼承程子論性的理論而來，大程子曾說：

人生而靜以上，不容說，才說性時，便已不是性了，凡人說性，只是說繼之者善也。孟子言人性善是也。

朱子加以發揮說：

人生而靜以上，就是人物還沒有生時。人物沒有生時只可謂之理，說性未得，言才謂之性，便是人生以後，此理已墮在形氣之中，不全是性的本體矣。

宋人談性，大概都是與理氣合併而論。照朱子的說法，也可以說是天地之理，就是人生而靜以上，也就是人物未生之時。人生以後，理已掉入形氣之中。朱子一般所謂性，就是指天地之理墮在氣中的那種氣質之性。就像幾何學上所說的：方的概念，是絕對的方，圓的概念，是絕對的圓；但當爲具體的方形、圓形的物體時，那個方就不是絕對的方，圓也不是絕對的圓了。天地之理本來是至善的，但當雜於氣中，就不是至善的了，道理是一樣的。朱子以理氣來論性的主張，基本上當然是根據伊川之說而來的，《朱子語類》說：

伊川性卽理也的學說，從孔、孟以後，沒有人看到這一點，也是從古以來沒人敢這樣說。

又說：

伊川說話，中間寧無小小不同，只是大綱體統說得極善。像性就是理這一句話，從孔子以後，只是伊川說得完盡，這一句，更是千萬世說性的根基。

朱子繼承伊川性卽是理的說法而再加以發展，不過，其間也有小小的不同。朱子認爲性就是理，但不認爲性和理絕對的相等，理是可以歸納概括爲一的，性則散而爲萬，所以又說：

性卽是理，是萬理的總名，這個理也是天地間公共的理，人稟受來就是為我所有。

這就是說，性固然可以說是理，但理是天地間公共的理，就天地而說，只可以說一理，不可以說一性，人稟受這天地間公共的理，才叫做性。因爲理是一，性則有萬殊，朱子比喩爲像朝廷指揮派人去做官一樣。性像官職，官就有職事，官是總名，職事則人人不一樣。這個性在人的，也人人不一樣，像上面所說的，才說性，便是人生以後，這個理就墮在形氣之中，不全是性的本體。既然稱爲性，就涉形氣，人具形氣難免有私。那麼，人性有善有惡是怎麼來的？假使都是天生聖賢的話，那天下豈不太平了？關於這一點，朱子也有說明，他認爲這是形氣的事，理也管不得。就像樹生果實一樣，樹只是生果實，但不能使果實每一個都是甜的；父母生兒女，不可能使個個兒女都是相同的。所以他舉孟子說的「人之所以異於禽獸者幾希」來說明，人爲什麼會和禽獸異呢？這是形象的不同，所以性也跟著有差異。天地生萬物，萬物各具一性，形體不同，性也不得不異，否則，天地有好生之德，爲什麼不多生好人，而也生壞人呢？這就所謂理依附氣，不能自己作主，生好人生壞人全由氣質的緣故。所以說氣雖是理所生，然既生出，則理管他不得，這個理已經寓於氣了，日用間運用操作都由這個氣作主，所謂「氣強理弱」，全由不得理主張了。雖然這樣，但氣仍不違理，譬如：魚仍生魚，不會生獸；獸仍生獸，不會生禽，所以理與氣是二物不可分，《朱子語類》說：

> 理與氣決是二物。但在物上看，則二物渾淪不可分開各在一處，然不害二物之各為一物。假使就理上看，則雖然還沒有物，已經有物的理了，但也只是有物的理而已，不是實在有那個物，要這樣看，理和氣才認得分明，又要兼始終才不會錯。

這幾句話的意思，是說從物方面來看，理氣是不可分的，假使拋開物與氣，單從理的方面來看，那是虛理，不是實理，既不能脫離事物去求理，也不專就實體的物上來看理，因此說認識理要「兼始終」才不會錯。「兼始終」就是作整個看的意思，必要作整個看，才不會離事物而求理，始終看不到理；或是單就事物上去看理，錯把事物當做理。所以朱子說要兼始終，所謂「理須就氣上認取，然認氣為理便不是」。

理與氣既然是要始終看，就人性來說，是不是人生下來感染形氣之私，好人永遠是好人，壞人永遠是壞人呢？這也不是。朱子在《語類》裏又有說明：

> 人性是本善的，才墮入氣質之中，便薰染得不好了，雖然薰染得不好，然而本善的性依舊在的，全在學者努力。

因為人稟受於理的，莫非至善的性，如果能率性而行，各得其分，那就是道。學者著力的地方就在於此。所以他說：「孟子道性善，是論性不論氣；荀子說性惡，是論氣而昧了性。」兩者各有所偏。人類本然的性只是至善，但是不論氣質，就不知道性有昏、明、開、塞、剛、柔、強、弱的分別；只論氣質之性，而不就本源來說，則只知道性有昏、明、開、塞、剛、柔的不同，而不知道至善之源未嘗有異。所以論性也有不明，必須合性與氣去看才完全，故言「論性不論氣不備，論氣不論性不明」。論性要在同中看它所異之處，異中看它所同之處，才能道貫反覆，都不相礙。假使只據一偏，各說道理、互相逃閃、終身間隔，就永遠沒有會通的時候了。

朱子討論性的部分從伊川，討論情的部分則從橫渠，《語類》說：「伊川性卽理也，橫渠心統性情，二句顚撲不破。」因此要討論朱子的情，與心性都有非常密切的關係。他認爲性是情之未發；情，則是性之已發。性如果是根，情便是那芽子，心性情是渾淪一物之中，區分其相異之名而已。《語類》說：

心之全體，湛然虛明、萬理具足，無一毫私欲之間。其流行該徧，貫乎動靜，而妙用又無不在焉。故以其未發而全體者言之，則性也。以其已發而妙用者言之，則情也。然心統性情，只就渾淪一物之中，指其已發未發而為言爾。非是性是一個地頭、心是一個地頭、情又是一個地頭，如此懸隔也。

有了性，便有那個情；有了情，才見得那個性。譬如：惻隱是情；惻隱之心是仁，仁是性。性是抽象的，不可言說，要說性，只看他四端之善，就可以看出性的善。就像水流一樣，我們看水流的清，則知道源頭也是清的。四端是情，性是理；已發是情，其本則是性。《語類》說：

蓋好善而惡惡，情也。而其所以好善而惡惡，性之節也。且如見惡而怒，見善而喜，這便是情之所發。至於喜其所當喜，而喜不過；怒其所當怒，而怒不遷，以至哀樂愛惡欲皆能中節而無過，便是性。

性之已發爲情，情的本身沒有什麼不善，要看中節不中節而定；中節者爲善，不中節者爲不善。而所以定其爲中節與不中節者，則仍屬性。若不是有性，則情之發，何以又有中節與不中節之別。但性不可見，必由心與情而見，所以說：「性猶太極，心猶陰陽也。太極只在陰陽之中，非能離陰陽也。然至論太極自是太極，陰陽自是陰陽，惟性與心亦然，所謂一而二，二而一也。」（《語類》第五）朱子是把心與性看做一體的兩面。性之所發叫做情，所以中節、不中節雖屬性，然心爲之宰，心宰則情得其正，所以說心統性情。也因爲這樣，朱子特重視心學的工夫。他在《孟子集註》中特指出心是「人之神明，所以具衆理而應萬事者也。」而心性情三者之關係則是：性者心之理，情者性之動，心者性情之主（《語類》第五）。朱子不僅說明性情之體用關係，更重要者，在說明心爲統攝性情之主宰。以後蔡九峯承朱子之命，潛心洪範之學，以數說明宇宙之一切，以五倫五常爲數之教，而仍以心爲一身之主宰。其體具仁、義、禮、智之性；其用具惻隱、羞惡、辭讓、是非之情，爲道德之本源。並在《洪範皇極內篇》說明性情體用的關係云：

人之一心，實為身主，其體則有仁義禮智之性，其用則有惻隱羞惡辭讓是非之情，方其寂也，渾然在中，無所偏倚，與天地同體，雖鬼神不能窺其幽。及其成也，隨觸隨應，範圍造化，曲成萬物。

不過，人心雖本來至靈至妙，但游於形氣之私、蔽於物欲之拘，至虛明的本能失去。因此涵養之道，又要在敬。這種理氣性情的見解，影響後世非常深遠，甚至流傳到韓國、日本。

在韓國有李退溪，退溪先生名滉，字景浩，在朱子歿後三百有二載，生於韓國禮安縣溫溪，自力研究、篤實踐履，以傳朱子之學爲己任，大有成就。《言行通錄》記述退溪爲學之經過說：

先生學問，一以程朱為準，敬義夾持，知行並進，表裏如一，本末兼舉，洞見大原，植立大本。

退溪學術最著者，爲理氣四端七情之說，日本山崎闇齋評退溪之理氣說云：

四端七情分理氣之義，《退溪集》十六數書論之，〈自省錄〉所載最備，道諸儒所不到處。

李退溪以四端七情發自理氣，其敎示曾說：「四端理之發，七情氣之發。」他曾說：「性情之辯，先儒發明詳矣。惟四端七情之云，但俱謂之情，而未見以理氣分說者矣。」這種說法與朱子的理氣論，在本質上有其相似處，然李退溪有其發展。朱子把理氣看成一體，只是要說得分明，才拆開說。他認爲理非別爲一物，卽存乎是氣之中，但無是氣，則是理亦無掛搭處。而把四端之發歸乎性，七情之發爲情，然使其中節者是性，把性情視爲體用的關係。李退溪則把四端與七情截然分爲理氣之發。不過仍有其說明，《退溪集》卷一六云：

夫四端情也，七情亦情也，均是情也。何以有四七之異名耶？……蓋理之與氣本相須以為體、相待以為用。固未有無理之氣，亦未有無氣之理，然而所就而言之不同，則亦不容無別。

退溪把理氣所發之四端七情截然分開，認爲是所主與所重不同的緣故。他以性有本然與氣稟的不同；情之所發，也分爲理與氣的不同，所以說：

故愚嘗妄以為情之有四端七情之分，猶性之有本然氣稟之異也。然則其於性也，既可以理氣分言之，至於情，獨不可以理氣分言之乎？

這是一個討論的問題，不在本文範圍之內，本文僅在說明其概略而已。不過，這種意見，退溪還有補充說明。他認爲四端雖理發而氣仍隨之，七情雖氣發而理仍乘之。他說：

雖溪亦非謂七情不干於理，外物偶相湊著而感動也，且四端感物而動，固不異於七情，但四（端）則理發而氣隨之，七（情）則氣發而理乘之耳。

這種意見，他認爲也是繼承古人之意，出於自然，他又說：

夫四端非無氣，七情非無理。……先儒已言之，非先儒强言之，乃天所賦人所受之源流脈絡固然也。

理氣情性之說，後世所論，各有所本。朱子以理氣決是二物，但又說是一體之兩面，就理與氣二字之意義言之，當然是二物；但就理氣不可分而言，當然是一體。就譬如：人有心理狀態與生理狀態，分開論之有兩方面，其實只是一個人，並非有心理人與生理人之分。後世羅整菴倡理氣非二物之說，至以朱子之說爲非。其實羅氏之說，是就整體人生來觀察；朱子則先分析而後整合，都沒有什麼不對。

退溪之四端七情之說，自己說據自朱子，以後又見林隱程氏之心統性情圖，而另有發明。林隱程氏所謂心統性情之說，刊於《退溪全書》卷七，茲扼要說明如次：

所謂心統性情者，言人稟五行之秀，以生於其秀，而五性具焉，於其動而七情出焉，凡所以統會其性情者，則心也。故其心寂然不動為性，心之體也；感而遂通為情，心之用也。張子曰：心統性情，斯言當矣。心統性，故仁、義、禮、智為性，而又有言仁義之心者；心統情，故惻隱、羞惡、辭讓、是非為情，而又言惻隱之心、羞惡、辭讓、是非之心者。心不統性，則無以致其未發之中，而性易鑿；心不統情，則無以致其中節之和，而情易蕩。學者知此，必先正其心，以養其性，而約其情，則學之為道得矣。

退溪根據林隱程氏之說，而另又闡述四端七情，茲摘錄其圖如次，以見其學說之一斑。

上圖爲林隱程氏原圖，中圖及下圖爲退溪所作。

上圖

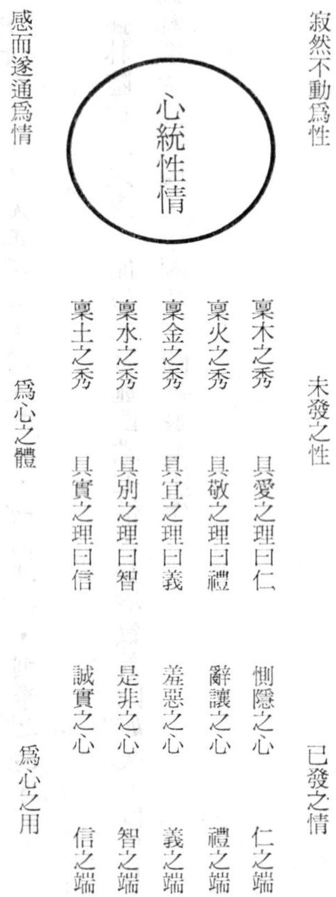
寂然不動爲性
感而遂通爲情
心統性情
未發之性
稟木之秀
稟火之秀
稟金之秀
稟水之秀
稟土之秀
爲心之體
具愛之理曰仁
具敬之理曰禮
具宜之理曰義
具別之理曰智
具實之理曰信
已發之情
惻隱之心
辭讓之心
羞惡之心
是非之心
誠實之心
爲心之用
仁之端
禮之端
義之端
智之端
信之端

中圖

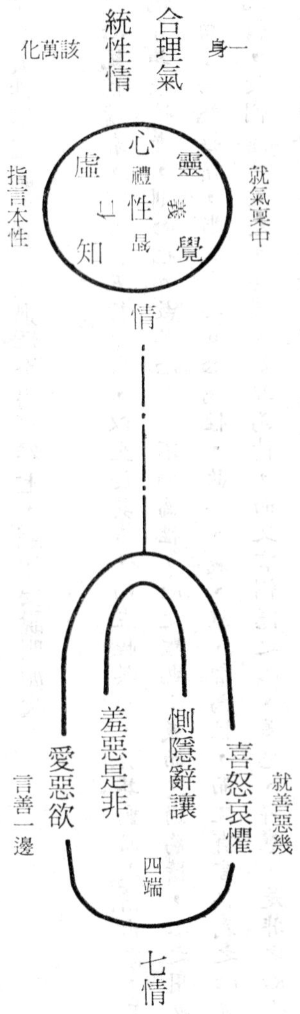
合理氣
一身
統性情
該萬化
就氣稟中
靈覺
心
禮
義
性
仁
智
虛知
指言本性
情
就善惡幾
喜怒哀懼
惻隱辭讓
羞惡是非
愛惡欲
言善一邊
四端
七情

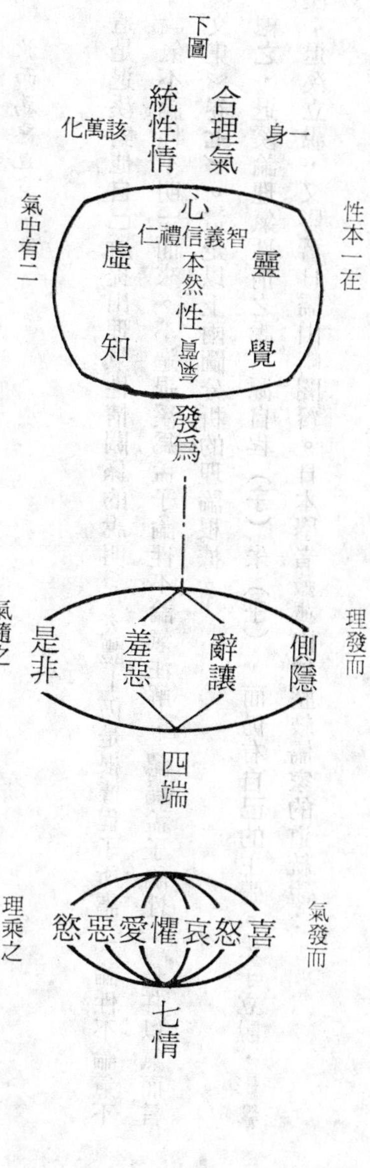

退溪的心統性情圖，雖是據自林隱程氏之說，但也是推源古代聖賢立言垂教之意而作。他自己解釋中圖說：

其中圖者，就氣稟中指出本然之性，不雜乎氣稟而為言，子思所謂天命之性，孟子所謂性善之性，程子所謂卽理之性，張子所謂天地之性。其言性既如此，故其發而為情，亦皆指其善者而言，如子思所謂中節之情，孟子所謂四端之情，程子所謂何得以不善名之之情，朱子所謂從性中流出元無不善之情是也。

由此可見退溪的性情說，是綜合孟子、程子、張子、朱子各家之說，而定以己意，繪爲圖表，可謂便於初學入門。惟孟子、程子、張子、朱子之言性情，或由於時代不同、或由於見解互異，多少有點出入，這是要特別提出說明的。其次是下圖四端七情之分析，退溪也有說明：

其下圖者，理與氣合而之，孔子所謂相近之性，程子所謂性卽氣、氣卽性之性，張子所謂氣質之性，朱子所謂雖在氣中氣自氣、性自性不相雜之性是也。其言性旣如此，故其發而為情，亦以理氣之相須相害處言。如四端之情，理發而氣隨之，必純善而無惡，必理發未遂，而掩於氣，然後流為不善。七者之情，氣發而理乘之，亦無有不善者，若氣發不中而放而為惡也。

這是退溪對他自己所提出理氣性情關係的說明。大體上仍是根據程子所謂「論性不論氣不備，論氣不論性不明」而來。不過退溪爲孟子論性不論氣注解，認爲孟子論性，是幷以氣而言（《文集》卷七）。這是以上兩圖分析的理論根據。

總之，退溪論理氣性情之說，源自程（子）朱（子），而仍有自己的主張。朱子立說，影響退溪；退溪立說，又影響日儒山崎闇齋。日本學者藪孤山曾歷敍儒家的道統說：

孔子之道，傳之乎曾子、子思而傳乎孟子；孟子歿後久失其傳，至宋程朱二子深求始得焉。其學傳乎朝鮮李退溪，退溪而傳之乎我國山崎闇齋；闇齋而傳之乎先府君愼庵先生云。（〈送赤崎海門序〉）

這雖然是藪孤山一家之言，但也可以看出儒家思想影響的深遠。

章學誠和《文史通義》

章學誠，字實齋，是浙江省會稽縣的人。他出生在清乾隆三年（西元一七三八年），去世在嘉慶六年（西元一八〇一年）。根據他次子華紱所寫的序文說：章氏在幼年時，天資愚魯，身體又弱，跟一般小孩一起讀書，每天只讀一百多字，就覺得很吃力。他父親看他這樣，也很同情，從不逼迫他讀書。然而他卻嗜好讀書，只是不肯研究「章句」的學問；塾師講授「舉子業」，他也不很留意；這和他以後雖中了進士而不做官，靠替人修書作幕客過生活，很有關聯。他在書塾裏課業稍爲空暇時，就拿諸子、歷史的書閱讀，日夜研究，孜孜不倦。看書時，常有自己的見解，知道去取，有不合私意時，就塗抹批改，遇有懷疑時，就隨時劄記，留爲參考。自從跟隨朱竹君先生求學以後，由於竹君先生的藏書很多，他有機會徧覽羣書，和名流學者研討講論，盡知學術源流同異。就以所聞所見，來印證平日的見解。有的和他幼時的想法一樣，於是才知道：一時的創見也有關天授，只是少年時讀書不多，不能夠取證盡情發揮而已。從此，他固守自己所學，更爲堅定；就著述《文史通義》這一部書。其中倡言立議，多前人所未發；不過，他生在當時訓詁考據盛行的乾嘉時代，理論不能迎合當時的風氣，不受當時學者所重視。儘管安徽學政朱筠、湖北巡撫畢沅，都很器重他，把他招致幕下，而當時有名的學者，像邵晉涵、周永年、戴震、錢大昕、王念孫，和他都有些往還和接觸，但他的聲名還是不大。甚至他曾經寫文章罵所痛恨的袁枚，而袁枚好像根本不知道有這回事，沒有一句反駁的話。可見當時學術界知道他的人並不多。嘉慶十年（西元一八〇五年）卽章氏死後的第四年，唐仲冕刻「紀年經籍考」，道光初錢林作《文獻徵存錄》，都把學誠的姓氏錯成「張」字，從這裏也可以看出一些問題。

到了道光十二年，學誠的次子華紱在開封第一次刊印《文史通義》八卷，《校讎通義》三卷，學誠的著作從此才公開於世。那已經是他死後第三十二年的事了。

《文史通義》分內、外兩篇；內篇，雜論對於「道」、「學」、「六經」、「文學」等的意見，外篇，則多評論史學。《文史通義》偏於歷史學，近人已有論述，但根據「六經皆史」的說法，《文史通義》應該是屬於文化史方面的論著。不過我們應該注意的是，他對於「史學」的見解是什麼？然後對於《文史通義》才有比較清楚的認識。章學誠對於史學的理解，大體上是走劉知幾的路子，但也有些不同。劉知幾《史通》論史學的人才十分難得，提出史有三長，《新唐書》劉知幾本傳說：

禮部尚書鄭惟忠嘗問，自古文士多，史才少，何耶？對曰：史有三長，才、學、識，世罕兼之，故史才少。夫有學無才，猶愚賈操金，不能殖貨；有才無學，猶巧匠無楩枏斧斤，弗能成室。善惡必書，使驕君賊臣知懼，此為無可加者。時以為篤論。

章實齋也以爲：一個歷史學家，非識無以斷其義，非才無以善其文，非學無以練其事。對於才、學、識，提出更具體的意見。同時他批評劉知幾所說的「才、學、識」，還有缺點。他說：

…其中固有似之而非者也。記誦以為學也，辭采以為才也，擊斷以為識也，非良史之才、學、識也。雖劉氏之所謂才、學、識，猶未足以盡其理也。（《文史通義．內篇．史德》）

所以他除了才、學、識之外，又提出「史德」來。他說：

夫劉氏以謂有學無識，如愚賈操金，不解貿化，推此說以證劉氏之指，不過欲於記誦之間，知所抉擇，以成文理耳。故曰：「古人史取成家，退處士而進奸雄，排死節而飾主闕，亦曰一家之道然也。」此猶文士之識，非史識也。能具史識者，必知史德。

（《文史通義．內篇．史德》）

他之所謂「史德」，也叫做「史意」，在《文史通義．外篇三．家書二》中說：「劉言史法，吾言史意。」「史意」其實就是孔子論《春秋》所說「其義則丘竊取之矣」的「義」。說得玄一點，就是天人之際的結合體。因爲「史之義出於天，而史之文，不能不藉人力以成之。」（〈史德〉）這種天人交合的產物，還要通過修養的過程，才是氣昌情摯的天下之至文。這也是史德的高度表現，實齋稱它爲「著書之心術」。他認爲辨別心術的平正偏溺，極爲困難，因爲「人有陰陽之患，……而陰陽伏沴之患，乘於血氣，而入於心知，其中默運潛移，似公而實私，似天而實蔽於人，發於文辭，至於害義而遠道，其人猶不自知也。」（〈史德〉）所以說：「心術不可不愼也。」（〈史德〉）

章氏心術的說法，基本的理論，是從他「原道」的思想演繹出來的。所以要明瞭章氏「心術」的含義，又先要知道他對於「道」的見解，這也可以說是章氏思想的體系。他認爲古代並無文字，後世聖人設官治民，是不得已的辦法。他說：

> 古無文字，結繩之治，易之書契，聖人明其用曰：「百官以治，萬民以察。」夫為治為察，所以宣幽隱而達形名，蓋不得已而為之，其用足以若是焉斯已矣。（《校讎通義・原道第一》）

根據這一段話的意思，章氏是把後世一切的文物典章制度，都看做聖人不得已的設官治民的工具，而這產生文物典章制度的本源，卻是看不見的道體。他在《文史通義・內篇・原道》中也說：

> 易曰：「形而上者謂之道，形而下者謂之器。」道不離器，猶影不離形，後世服夫子之教者自六經，以謂六經載道之書也，而不知六經皆器也。

這種說法，和莊子的理論是相合的。《文史通義》全書中，很多地方引用莊子的思想和文句，尤其《文史通義·內篇·言公上》所持的意見，可以說是繼承《莊子·天下篇》的見解而立論的。可見章氏思想體系，和莊子的本體論是有密切的關聯；和宋人「性」「氣」的說法，也有一定的淵源。無怪後人批評章氏《原道》的文章「蹈宋人語錄習氣」（邵晉涵語）了。

章氏既認爲後世的一切文章典制史籍，其源都出於「道」，而文章典制史籍的本身卻不是道。只是通過人的筆下敍述出來的產物而已；這種的關係，就是所謂「天人之際」，也是章氏所倡言的「史德」。因爲文物典章制度是要藉人力來表達，所以談「史德」，必要談「心術」。這是章氏立論的根據，也是和劉氏《史通》不同的地方。明乎此，那麼，章氏的著述，在當時考據學風氣迷漫的學術界中，不受歡迎的原因，就不難理解了。根據這許多說法，章氏所說的，無論「史德」也好，「史意也好」，「心術」也好，都是涵蓋才、學、識之上的抽象名詞。他說：

才、學、識三者，得一不易，而兼三尤難，千古多文人而少良史，職是故也。……史所貴者義也，而所具者事也，所憑者文也。孟子曰：「其事則齊桓晉文，其文則史。」義則夫子自謂「竊取之矣」。(〈史德〉)

那麼，什麼是「事」和「文」呢？他又說：

夫事，即後世考據家之所尚也；文，即後世詞章家之所重也。然夫子所取，不在彼而在此，則史家著述之道，豈可不求義意所歸乎？(《文史通義・內篇・申鄭》)

章氏的意見，歷史的中心，在具體方面說，應包括事和文；在能力方面說，才、學、識三者要具備，這才是歷史著述之道的意義的所歸。一個歷史學家，假使不知道那抽象「義意」之所在，就不能稱爲歷史學家，所以他批評「鄭樵有史識而未有史學，曾鞏具史學而不具史法，劉知幾得史法而不得史意。」由這個觀念的引伸，認爲王應麟的《玉海》、馬端臨的《文獻通考》，都不能算是著述。他把著述和編纂分開：著述是一家之言，編纂只是整齊故事而已。他的《文史通義》，就是根據這個觀念來寫的。他說：

「吾于史學，貴其著述成家，不取方圓求備，有同類纂。」（《文史通義・外篇・家書》）

因要著述成家，必求「義意」之所歸；欲求「義意」之所歸，必先具有「心術」、「史德」的修養，和才、學、識的兼具。從這一個概念的發展，可以看出章氏寫作《文史通義》的中心思想，和他本人的自負。然而，他這些意見，並沒有被當時的學者所接受。鄭樵的《通志》，是章氏很佩服的一部書。認爲鄭氏「慨然有見於古人著述之源，而知作者之旨，不徒以詞采爲文，考據爲學。」其中雖有一些小錯誤，章氏認爲無關緊要，主要是鄭氏能成一家之言。但是他的好友邵晉涵氏主持《四庫全書》史部編列選錄的工作時，卻把《通志》列在別史類；和他的意見並不相同。不過，章氏的主張，對當時繁瑣的考據學風，卻發生了相當的批評作用。

至於爲什麼叫「通義」？他在《文史通義》中有專篇解釋「通」的意義。什麼叫做「通」呢？他說：

說文訓通為達，自此之彼之謂也。通也者，所以通天下之不通也。讀《易》如無《書》，讀《書》如無《詩》，《爾雅》治訓詁，小學明六書，通之謂也。（《文史通義・釋通》）

通之為名，蓋取譬於道路，四衝八達，無不可至，謂之通也。亦取其心之所識，雖有高

下、偏全、大小、廣狹之不同，而皆可以達於大道，故曰通也。（《文史通義．內篇．橫通》）

章氏的所謂「通義」其實就是會通其旨，在研究過程中，教人不可執於疑似之間，或得一察之好，像耳目口鼻不能相通。在方法上，要好學深思，心知其意，所以說：「義則夫子自謂竊取之矣。」這個「義旨」，只能以心領會，不可言傳，因此叫做「竊」。這種研究過程和研究方法的結合，就是章學誠的史學觀。這個觀念自然有其時代意義，因爲章氏的「好學深思，心知其意」，並不是建立在虛無的主觀思維上，而是有其客觀理論的根據，所以他又提出「橫通」這個名詞來。什麼叫「橫通」呢？他說：

然亦有不可四衝八達，不可達於大道，而亦不得不謂之通，是謂橫通。（〈橫通〉）

章氏所說的「橫通」，其實質就是所謂「器」；「通」則是「道」，在他「六經皆器」和「卽器以明道」（〈原道〉）的見解上，可以說是理論與實際的結合。所以說：「橫通之人可少乎？不可少也。用其所通之橫，以佐君子之縱也，君子亦不沒其所資之橫也。」（〈橫通〉）這個理論是合乎科學的。由此可見《文史通義》的理論，不是憑空的冥想，而是根據《詩》、《書》的資料，加上自己的實踐體會而建立起來。他說：「效法者，必見於行事，詩書誦讀，所以求效法之資，而非可即爲效法也。」(《文史通義・原學上》)這可以說是章氏著述《文史通義》的原則。

總而言之，《文史通義》的中心意旨，是要綱紀天人，推明大道，追繼春秋大義通古今之變，而成一家之言的。他在《文史通義・內篇・答客問》上的一段話，可以做爲充分的說明：

> 史之大原，本乎春秋；春秋之義，昭乎筆削；筆削之義，不僅事具始末，文成規矩已也。以夫子「義則竊取」之旨觀之，固將綱紀天人，推明大道；所以通古今之變，而成一家之言者，必有詳人之所略，異人之所同，重人之所輕，而忽人之所謹，繩墨之所不可得而拘，類例之所不可得而泥，而後微茫杪忽之際，有以獨斷於一心。及其書之成也，自然可以參天地而質鬼神，契前修而俟後聖，此家學之所以可貴也。

章學誠和他的《文史通義》給予後世的影響相當廣泛，個人認爲最大的影響，並不是《文史通義》的本身，而是《文史通義》中所闡發的學術思想中的研究精神。現在分三方面來談：

一、求本的精神

章實齋在學術研究上，抱定實事求是的精神，不憑空徒發議論。他雖然反對當時以經學局限於訓詁的偏見，但並不能就說他反對訓詁、考據。他不過認爲訓詁、考據是研究學問的手段，不是目的，是反對以手段爲目的而已。《文史通義・內篇・博約》中說：

王伯厚氏，蓋因名而求實者也。昔人謂韓昌黎，因文而見道，既見道，則超乎文矣。王氏因待問而求學，既知學，則超乎待問矣。然王氏諸書，謂之纂輯可也；謂之著述，則不可也。謂之學者求知之功力，可也；謂之成家之學術，則未可也。今之博雅君子，疲精勞神於經傳子史，而終身無得於學者，正坐宗仰王氏，而誤執求知之功力，以為學即在是爾；學與功力，實相似而不同；學不可以驟幾，人當致攻乎功力則可耳。

這裏所說的「功力」，就是手段。手段並非目的，依著手段以求目的則可以，認爲手段就是目的則不可。求手段則易，達目的則難，所以說：「學不可以驟幾。」這可以看出他求實的精神。因此，他批評王伯厚的許多書只能算是纂輯，不可謂爲著述。他最有名的主張，那就是在

《文史通義》內篇第一篇〈易教上〉的第一句「六經皆史也」。這句話也是基於他的求本精神而發的。因爲「六經皆史」，所以說：

> 古人不著書，古人未嘗離事而言理，六經皆先王之政典也。

這是卽事以言理的求本精神，如果離開事實以論說道理，那就游談無根、不足爲據了。

他求本的精神，最顯著的是表現在他對目錄學的見解上。他自命是一個目錄學家，但不承認有目錄學這門學科的存在。他曾經說：

> 校讎之學，自劉氏父子，淵源流別，最為推見古人大體，而校訂字句，則其小焉者也。絕學不傳，千載而後，鄭樵始有窺見。特著校讎之略，而未盡其奧，人亦無由知之。世之論校讎者，惟爭辯於行墨字句之間，不復知有淵源流別矣。近人不得其說，而于古書有篇卷參差，敘例同異當考辨者，乃謂古人別有目錄之學，真屬詫聞。（《章氏遺書．外篇．卷一．信摭》）

章氏認爲古人只有校讎之學，而沒有目錄之學。我們知道，我國從漢劉向、劉歆的《別錄》、

《七略》開始，就有了圖書目錄之學，爲什麼章氏說古人沒有目錄之學呢？這要從他求本的精神去理解。《別錄》、《七略》是圖書目錄之學，但這些圖書目錄之所以產生，其本源實在繫於「校讎學」工作的表現上。章氏認爲校讎學的內容是在於「辨章學術，考鏡源流」，舉「目錄」不足以包括「校讎」，而舉「校讎」則可以涵蓋「目錄」；這是很高明的一種見解。但是這種高明的見解，正是建立在他那求本精神的基礎上。這種求本的精神，還可以從〈原道篇〉看出一些消息來。他認爲凡是要了解圖書發展的體系，以及學習文史學的人，都應該先明「道」，否則，將捨「器」而求「道」，徒託於空言了。所以說：

> 子貢曰：夫子之文章，可得而聞也。夫子之言性與天道，不可得而聞也。蓋夫子所言，無非性與天道，而未嘗表而著之曰：此性，此天道也。故不曰：性與天道，不可得聞；而曰：言性與天道，不可得聞也。所言無非性與天道，而不明著此性與天道者，恐人舍器而求道也。夏禮能言，殷禮能言，皆曰「無徵不信」，則夫子所言，必取徵於事物，非徒託空言，以為明道也。（《文史通義・內篇・原道下》）

章氏所謂的「道」，頗受有道家思想的影響，這暫且不論；但他認爲學者必先明瞭什麼叫做「道」，然後才可以談如何去研究學問，研究的路向才不致偏差，卻是他求本精神的具體說明。

他主張：「有官斯有法，故法具於官；有法斯有書，故官守其書；有書斯有學，故師傳其學；有學斯有業，故弟子習其業。官守學業皆出於一。而天下以同文爲治，故私門無著述文字。」（《校讎通義．卷一．原道．一之一》）也無非是運用追本溯源的推論方法，以說明戰國以前，沒有私人著述而已。這種求本的精神，正是他研究學問的精神所在，他的著作在身後之能受人推重，這與他求本的精神，有很大的關係。

二、批評的精神

《文史通義》全書可以說是在批評的基礎上撰述的，因此不能迎合當時的風尙，被視爲驚世駭俗。在寫成之後也只是熟朋友傳鈔，偶爾刊印幾篇。正式刻板行世，則已在身後了。他的另一部著作《校讎通義》，不但不能全刻出來，而且原稿也被偷了。這個原因，和他喜歡批評的個性很有關係。尤其在編方志的見解上，他批評當時的方志說：

> 方志久失其傳，今之所謂方志，非方志也。其古雅者，文人遊戲，小記短書，清言叢說而已。其鄙俚者，文移案牘，江湖遊乞，隨俗應酬而已耳。（《文史通義．外篇．方志．立三書議》）

當時一般編方志學者，都是把人物傳記、典制掌故、文學記載合爲一書。章氏則認爲方志是經紀一方的文獻，一定要立三書，才合古人的遺意。三書就是：「倣紀傳正史之體而作志，倣律令典例之體而作掌故，倣文選文苑之體而作文徵。」他這種意見，和當時學者戴東原、洪亮吉都不合（見《文史通義．外篇．記與戴東原論修志》及〈地志統部〉）。方志是否一定要合爲一書，或且一定要分爲三書，這是另外討論的問題，不過，他這種重視學術批評的態度，以及他創立批評的風氣，卻是値得贊揚的。

實齋對文學方面的批評，也提出不少意見。首先他提出「文德」這個標準；這個「德」又是建立在有形無形之間。他說：

> 凡為古文辭者，必敬以恕。臨文必敬，非修德之謂也。論古必恕，非寬容之謂也。敬非修德之謂者，氣攝而不縱，縱必不能中節也。恕非寬容之謂者，能為古人設身而處地也。嗟乎；知德者鮮，知臨文之不可無敬恕，則知文德矣！（《文史通義．內篇．文德》）

文德的主要內容，在於知臨文必不可無敬恕。但「敬」又非「修德」，「恕」也不是「寬容」，所以我說是建立在若有若無之間，這和他對於「道」的見解是有關聯的。他提出「文德」這一詞，自稱是他首倡的。他說：

> 古人論文，惟論文辭而已矣！劉勰氏出，本陸機氏說，而昌論文心；蘇轍氏出，本韓愈氏說，而昌論文氣；可謂愈推而愈精矣。未見有論文德者，學者所宜深省也。（《文史通義·內篇·文德》）

章氏的「文德」標準，是能爲古人設身而處地，並舉出編寫三國的歷史爲例：陳壽《三國志》以魏爲正統，晉習鑿齒《漢晉春秋》則以蜀爲正統。司馬光《資治通鑑》仍依陳氏之說，朱子《通鑑綱目》又改正過來。章氏認爲後來譏評《三國志》及《資治通鑑》的人是不對的。他提出孟子所說的「易地則皆然」這句話爲批評的根據，雖然並不很徹底，卻不失爲公允的說法。其他批評《三國演義》的事實爲「七實三虛」，也非常的中肯。

關於文學的創作論，章氏也提出他批評的意見。他認爲文學貴在創作，有感於中，始發於言；不應專事模倣因襲，無病呻吟。這種意見固然是針對當時學風的不滿，但也是章氏富於批評精神的表現。他說：

> 夫立言之要，在於有物。古人著為文章，皆本於中之所見，初非好為炳炳烺烺，如錦工繡女之矜誇采色已也。富貴公子，雖醉夢中，不能作寒酸求乞語。疾痛患難之人，雖置之絲竹華宴之場，不能易其呻吟而作歡笑。此聲之所以肖其心，而文之不能彼此相易，各自成

家者也。今舍己之所求，而摩古人之形似，是杞梁之妻，善哭其夫，而西家偕老之婦，亦學其悲號。屈子自沉汨羅，而同心一德之朝，其臣亦宜作楚怨也，不亦傎乎？」（《文史通義．內篇．文理》）

章氏的批評精神是廣泛的，不但是史學、文學、目錄校讎方面的，甚至對於支配當時學術界的經學，也作了不少嚴正的批評。尤其是對「漢學」的批評，更爲徹底，在《文史通義》的各篇中，幾乎都有或多或少對「漢學」的意見，而在〈原學〉下篇提出更全面的意見。他說：

天下不能無風氣，風氣不能無循環，一陰一陽之道，見於氣數者然也。所貴君子之學術，為能持世而救偏，一陰一陽之道，宜於調劑者然也。風氣之開也，必有所以取，學問文辭與義理，所以不無偏重畸輕之故也。風氣之成也，必有所以敝，人情趨時而好名，徇末而不知本也。是故開者雖不免於偏，必取其精者，為新氣之迎。敝者縱名為正，必襲其偽者，為末流之託；此亦自然之勢也。而世之言「學」者，不知持風氣，而惟知徇風氣，且謂非是不足邀譽焉，則亦弗思而已矣。（《文史通義．內篇．原學下》）

這些理論是針對「漢學」的學風而發的，而批評當時學者「只知徇風氣，不知持風氣」，更顯出章氏批評的勇氣。

三、科學的精神

章氏思想的體系，雖然是淵源於《易經》、《莊子》，理論很抽象。但是他的研究方法，卻是科學的。即使他在論述抽象的道體時，也有其科學的法則。他說：

> 天地生人，斯有道矣，而未形也。三人居室，而道形矣，猶未著也。人有什伍，而至百千，一室所不能容，部別班分，而道著矣。（《文史通義‧內篇‧原道上》）

人類生活在社會上，暗合這個科學的法則而不自知。人類也必須依順這個自然的科學的法則，而後社會才可以均平有序。他又說：

> 人生有道，人不自知。三人居室，則必朝暮啓閉其門戶，饔飧取給於樵汲，既非一身，則必有分任者矣，或各司其事，或番易其班，所謂不得不然之勢也；而均平秩序之義出矣。

這裏說的不得不然之勢，就是自然的規律。章氏以爲人事的長幼尊卑、政治的畫野分州，都是由那不得不然的規律演變出來的。這種觀念非常重要，他認爲研究任何學問都要先明這個不得不然的大道。那大道是什麼呢？他說：

文章學問，無論偏全平奇，為所當然而又知其所以然者，皆道也。（《校讎通義・原道・一之一》）

這個道，就是事勢不得不然的道理，也是一切學問發展的規律。由於他具有這種科學的思想，應用在研究學問上，事事必推究其原委，釐別其部次。他的《校讎通義》因被盜亡佚，以現存的斷片看起來，很可體味出他的科學精神來。他很欽佩劉向父子具有分析精微的頭腦，和條別異同由委溯源的科學方法，他說：

校讎之義，蓋自劉向父子，部次條別，將以辨章學術，考鏡源流，非深明於道術精微、羣言得失之故者，不足與此。後世部次甲乙，紀錄經史者，代有其人，而求能推闡大義，條別學術異同，使人由委溯源，以想見於墳籍之初者，千百之中，不十一焉。（《校讎通義・序》）

他的《校讎通義》，就是倣照這種科學方法寫作出來的，他說：

> 今為折衷諸家，究其原委，作《校讎通義》，總若干篇，勒成一家，庶於學術淵源，有所釐別，知言君子，或有取於斯焉。(《校讎通義．序》)

科學在於求新，使舊的文物收推陳出新的效果，這種精神，表現在他對方志的見解上。章氏認爲方志爲記載地方的人物、典章、制度、掌故等事跡，而人事有代謝，假使不能更新，後世便無從考訂其事跡了。他說：

> 夫修志者，非示觀美，將其求實用也。時殊勢異，舊志不能兼該，是以遠或百年，近或三數十年，須更修也。(《文史通義．外篇．記與戴東原論修志》)

章氏的科學思想，最具體的是表現在人文科學和自然科學的結合，而以「道」和「器」來統一起來。他說：

> 天文則宣夜、周髀、渾天諸家，下逮安天之論、談天之說，或正或奇，條而列之，辨明識

職，所謂道也。《漢志》所錄泰、一、五、殘、變之屬，附條別次，所謂器也。地理則形家之言，專門立說，所謂道也。《漢志》所錄《山海經》之屬，附條別次，所謂器也。（《校讎通義・補校漢藝文志第十之六》）

後世法律之書甚多，就諸子中，掇取申韓議法家言，部於首條，所謂道也。其承用律令格式之屬，附條別次，所謂器也。後世故事之書甚多，就諸子中，掇取論治之書，若《呂氏春秋》，賈誼、董仲舒諸家之言，部於首條，所謂道也。其相沿典章故事之屬，附條別次，所謂器也。（《校讎通義・補校漢藝文志第十之八》）

這裏把自然科學和人文科學都用「道」和「器」的形式來概括其所要掌握的規律，可以充分說明章氏科學的研究方法。這種科學方法的基礎，則是建立他博而能約的功力上。他主張「學貴博而能約，未有不博而能約者也，然亦未有不約而能博者也。」（《文史通義・博約中》）所謂博與約，是互爲因果的。以軍事來比喻，博就像是兵，約則是將；沒有兵則何來主將？所以未有不博而能約。然而無將則兵無所歸屬，所以亦未有不約而能博的。惟有博與約結合的發展，才是眞正的學問，這是章氏科學的研究方法的原則。

章學誠的《文史通義》，所標榜的雖然是歷史方面的，但就全面的觀察，其實是文化方面的。他不單是一個歷史家，同時也是批評家，而且是個客觀的批評家。所謂客觀的批評家，就是見解正確而沒有偏見，批評其所應當批評，贊揚其所應當贊揚。他批評王伯厚氏諸書不是著述，只是纂輯而已，但不否定王氏諸書是爲學的橋樑。他主張歷史的體例應該講會通，但並不否定班固《漢書》的價值。他批評清代考據學家「溺於器而不知道」，但卻不反對考據學，並且肯定「考據乃學問所有事」。他很推崇鄭樵的卓見，但鄭樵反對班固斷代爲史，章氏卻表示不同的意見。這種公正客觀的態度，是一個批評家所應有的修養。尤其值得贊揚的，是他批評的勇氣。當乾嘉之際，考據、訓詁支配當時的學術界，章氏卻不假聲色，大膽的批評當時的學者，從「驚世駭俗」、「見者愕然」的語句中，可以想見他批評的勇氣來。

章學誠的一生，是不得志的。從二十三歲參加鄉試起，考了七次，都沒有中式。生活潦倒，依人作嫁，直到他四十歲才中舉人，第二年（乾隆四十二年，西元一七七八年）中進士，但又不去做官，只協助湖廣總督畢沅編《續通鑑》並主持過定州、保定、歸德等幾個書院而已。他一生的貢獻，是長期間從事「方志」的編修，並有獨創性的見解；而尤其治學的精神，對後世有深遠的影響。假使章氏早年官場得意，恐怕身後在學術界也不會有這樣的高名吧！

輯 下

先秦諸子的文學觀

一、前言

先秦諸子，前人向以其立意爲宗，不以能文爲本。把它們摒棄於文學範疇之外，其實有文者未必有質，有質者必有其文。孟子論「知言」、「養氣」，本乎集義，這是說文必本乎質。韓文公言「仁義之途，詩書之源」，則是質亦本於文，文與質相須而不可分離，於此可見，所以諸子之文，雖以立意爲宗，然亦須能文爲本。而後意可由文而達，文亦藉意而明，六朝時尚文不尚質，故有這種說法，實不足以爲定論。

另一方面說，文學批評與欣賞與諸子思想，也有密切的關聯。文學批評更是文學與哲學間的橋樑。爲什麼呢?因爲批評家本著自己的人生觀,標舉批評的尺度,指示文學的方向。這批評的尺度，就是批評家的立場與意見，也是批評家的哲學觀點。反過來說，批評家如果沒有哲學觀點，也就無從去批評文學，更談不上指示文學的方向了。就是文學欣賞者，雖然各人的標準不同，但這各人不同的欣賞標準，正是各人的哲學觀點。沒有哲學觀點不足稱爲欣賞家與批評家，要做爲一個文學的欣賞者和文學評論家，非有哲學的修養不可。先秦諸子既以立意爲宗，正是文學欣賞與評論家所必具的基本條件。

二、先秦諸子文學的價值

戰國之時，百家爭鳴，處士橫議，各表示其主張，或勸說君主以進身，求取一己之榮華。或進奏策略以求用，裨登斯民於袵席之上，所以諸子散文，紛然幷起，各有文采可觀，前期墨家，主張兼愛、非攻、節用、非樂，雖皆有所偏，但文辭犀利，用筆如連環，轉而不竭。如〈非樂篇〉，以其實用之見解，作堅強有力之結論，令人不得不附和其說，〈非樂篇〉說：

民有三患，飢者不得食，寒者不得衣，勞者不得息，三者，民之巨患也。然即（當）為之撞巨鐘、擊鳴鼓、彈琴瑟、吹笙竽，而揚干戚，民衣食之財，將（安）可得乎？我以為未必然也，意舍此。今有大國即攻小國，有大家即伐小家，强刼弱、衆暴寡、詐欺愚、貴傲賤，寇亂盜賊並興，不可禁止也。即為之撞巨鐘、擊鳴鼓、彈琴瑟、吹笙竽、而揚干戚，天下之亂，將可得而治與？我以為（原本無以爲二字，援上文增）未必然也。故曰，為樂非也。

飢不得食，寒不得衣，是死生之大事，撞鐘、擊鼓、彈琴、吹竽等是死生之小者，今墨子以人生中之大事與生活中之小事相比，當然非樂爲是了。所以孟子說，當時天下不歸楊則歸墨，楊墨之言盈天下。亦可見當時信服者之衆。墨子文辭樸實無華，純是說理，但非常重視論辯之合乎理則，看上面那一段文字，處處以民爲主，並不是樂不便於己而非之。因此他的意見能得到大衆的擁護。後期的墨家，更推廣這類文辭的邏輯，定爲法則，所謂辟、侔、援、推，可以說是寫作議論文的必要方法，所以墨子文章論證嚴密，議論透切，行文條暢明快。雖然談不上文學，但對於後世論辯文字的發展，有很大的影響。

先秦法家，有商鞅論法、申不害論術、愼到論勢，而韓非集大成。韓非文章嚴峻峭刻、抉剔世情、深入隱微，具有法家的特色。另一方面，韓非處於國家將要危亡的時候，而自己意見又不得採用，韓王派遣他入秦以後，卽被李斯所害，於是「疾治國不務修明其法制」（《史記・本傳》），所以〈孤憤〉、〈說難〉等篇，充滿悲涼凄愴憤怨的情緒。明代茅鹿門評他的文章說：「沉鬱孤峻，如江流出峽，遇石而未伸者，有哽咽之氣焉。」（《韓子評選後語》）這是很確當的評論。韓非的文章，大半都是通過一個故事或是一段寓言，使枯燥說理的政治主張，變成藝術性的散文。例如〈十過篇〉敍述「晉獻公欲假道於虞以伐虢」的一段故事。說明晉獻公有擴充領土的野心，謀臣荀息有擴充領土的智謀，顯出了虞公好利貪欲的短見。謀臣宮之奇忠心爲國的計畫，把晉虞雙方的陣容，針鋒相對的陳列出來。一邊是獻公絕對聽從荀息的計謀，一邊是虞公絲毫不從宮之奇的勸諫，形成了成功與失敗的強烈對比。最後寫獻公伐虞成功之後，內心興高采烈的說道：「璧還是一樣的，馬齒增加了一點。」充分顯露了勝利者的口吻。通過了這一段的故事，把「顧小利則大利之殘」的政治主張，充分的表達出來了。在韓非的著述中，像這類以藝術手法表達的故事，以說明人間的大道理的地方很多。像〈說難〉中的一段：

宋有富人，天雨牆壞。其子曰：「不築，且有盜。」其鄰人之父亦云。暮而果大亡其財，其家甚知其子，而疑鄰人之父。

韓非舉這段故事，目的在說明勸諫的困難「忠而見疑，信而被謗」。這當然也是韓非憤慨有所感而發的。又〈勢難〉載有「矛盾」的一段故事：

人有鬻矛與楯者，譽其楯之堅，物莫能陷也。俄而又譽其矛，曰：「吾矛之利，物無不陷也。」人應之曰：「以子之矛，陷子之盾如何？」其人不能應。

這是很有名的一段寓言，今天常用的成語有「自相矛盾」，就是本於這裏。在這段寓言中，說明一個人心中有欲望時就不能對事有公平的論斷。難免要說些謊言，說明正義和個人的貪欲是不能兩立的。

作者也在其他作品中表現出他推理和深刻的認識能力，這可從「買履」、「爲袴」、「郢人遺燕相國書」、「魯人欲徙于越」、「狂者東走」等寓言故事中看出來，在「鄭人買履」的故事中，作者諷刺唯名主義者，他們重名不重實，竟像寓言中的鄭人似的，迷信由自己腳掌量出來的尺碼，但卻不相信自己的腳。法家重改變，這大概是嘲笑當時復古的書生。和「鄭人買履」意義一樣的有「卜妻爲袴」的故事：

鄭縣人卜子，使其妻為袴，其妻問曰：「今袴如何？」夫曰：「象吾故袴。」妻因毀新，令如故袴。

毀新袴以模仿舊袴，很明顯的是在反對當時聽從別人理論的復古者。在「魯人欲徙于越」的故事中，表現作者客觀的精神，重視實際，反對不根據事實而作輕舉妄動的行爲故事中說：

魯人身善織屨，妻善織縞，而欲徙于越。或謂之曰：「子必窮矣。」魯人曰：「何也？」曰：「屨為履之也，而越人跣行。縞為冠之也，而越人披髮。以子之所長，游于不用之國，欲使無窮，豈可得乎！」

當然，這也是韓非針對當時一般妄發不切實際議論的說客而作的。在「狂者東走」寓言故事中，作者表現他對人生的體會。作者認爲有時人們的表現動作雖然相近似，目標不見得一致，因此不能從現象觀察人，必須要審愼的分析人行爲的因素。其故事說：

慧子曰：「狂者東走。逐者亦東走，其東走則同，其所以東走之為則異。」故曰：同事之人，不可不審察也。

作者用寥寥數語，說明狂者與逐者都向東走，表面上看是志同道合，其實是各有目標。

這些寓言故事，都表現了作者生活的經驗、人生的感受，以及作者豐富的想像力和思維力，構成寓言中人物事實的性格和特徵，創造出藝術性的寓言。韓非的散文特點，是鋒芒銳利，議論透闢，切中要害。其篇幅長的如〈五蠹〉，近七千言，這是先秦議論文進一步的發展。其分析能力最強的如〈八姦〉、〈亡徵〉等篇。特別是〈亡徵〉一篇，分析國家可亡之道至四十七條之多，在先秦議論文中，可謂罕見。〈難言〉、〈說難〉二篇，揣摩說者的心理，無微不至，以及如何趨避投合，周密細緻，無以復加。這些生動的寓言故事，使先秦的散文，發出燦爛的光芒，不但是影響漢代，而且也影響後世，在中國先秦文學史上，佔有重要的地位。

和文學理論以及文學本質有密切關係的，是道家的文章。道家以老子和莊子爲代表，他們和文學理論有關聯的是道家所稱的道體，是一個物我不分的大全，物我不分，正是文學所討論的最高境界。王國維《人間詞話》把文學境界分爲「有我之境」與「無我之境」兩種。其中「無我之境」就是物我不分的境界，所謂「以物觀物，不知何者爲我，何者爲物」（《人間詞話》）。王國維雖然把「有我之境」與「無我之境」平列，但又說：「古人爲詞，寫有我之境者爲多，然未始不能寫無我之境，此在豪傑之士能自樹立耳。」言外之意，仍以物我不分的「無我之境」爲高。而物我不分正是莊子主要的理論，〈齊物論〉說：

> 物無非彼，物無非是，自彼則不見，自知則知之，故曰，彼出於是，是亦因彼，彼是方生之說也。

彼是不分，是文評家常用的術語，後人認爲陶淵明的「採菊東籬下，悠然見南山」是名句，也是因爲陶淵明能物我不分，所謂「不知何者爲我，何者爲南山，南山與我合而爲一矣。」

在文學的本質上說，道家的文章，有很深厚的情感性。老莊常說人是無情的。其實老莊所謂的無情，正是物我不分的情感。換句話說，是我與自然共通的情感。與自然共通的情感，看似無情，其實是至情。《莊子・至樂篇》記載一段故事：

莊子妻死，惠子弔之。莊子則方箕踞鼓盆而歌，惠子曰：「與人居，長子老身，死不哭亦足矣，又鼓盆而歌，不亦甚乎？」莊子曰：「不然，是其始死也，我獨何能無慨然，察其始，而本無生，非徒無生也，而本無形，非徒無形也，而本無氣。雜乎芒芴之間，變而有氣，氣變而有形，形變而有生，今又變而之死，是相與為春秋冬夏四時行也。人且偃然寢於巨室，而我噭噭然隨而哭之，自以為不通乎命，故止也。」

莊子本來是有情感的，所以在他妻子剛死的時候，說「我獨何能無慨然」，但當想到人的死生，就像天道春夏秋冬的循環一樣，他就不哭了。這是情與自然相合的結果。情與理結合，也是文學要求的條件。情感容易有偏差，太過則流於泛濫，不及則嫌其太枯澀，情感的發洩，必須恰到好處，使無過不及之差，要求做到這一點，情應與理結合，那才是恰到好處的情感。〈國風〉樂而不淫，〈小雅〉怨誹而不亂，〈離騷〉則兼而有之。不淫與不亂，就是情與理所產生的效果，所以〈國風〉、〈小雅〉、〈離騷〉傳流千古而不衰，道理卽在於此。這可以說是道家理論在文學創作上的另一作用。

道家文章不僅是情與理合，而且又有很濃厚的科學性，道家所稱的道體，本來就有抽象規律的意味。《道德經》第一章所說的「道可道，非常道」，「常道」的「道」，可以說是普遍永恒的規律。《莊子・逍遙遊篇》描述大鵬直飛九萬里高空的一段，也具有科學的規律，上面說：

天之蒼蒼，其正色邪？其遠而無所至極邪？其視下也，亦若是則已矣。

這是非常合乎科學的描述，我們在地球上看天空，只見天之蒼蒼，於是莊子發出疑問，天之蒼蒼，是原來的顏色呢？或者是距離太遠了而沒有邊際的呢？於是莊子就推測大鵬在高空看地球，也是蒼蒼的顏色罷了。這是非常科學的推理和假設。文章寫得太科學化了，那是寫科學的實驗報告，不是文學。文學必須有虛構，俗語說：「無假不成文。」又說：「文似看山不喜平。」但虛構與假設，又必須合乎科學的推理，否則就變成當面撒謊，那也不是文學。莊子的文學就具備了科學的虛構與假設的條件。所以他的文學，令我們覺得汪洋恣肆不可捉摸，如長江大河，浩蕩奔騰，波瀾重迭，變化生姿。清林雲銘評《莊子・逍遙遊篇》說：

篇中忽而敘事，忽而引證，忽而譬喻，忽而議論，以為斷而非斷，以為續而非續，以為複而非複，只見雲氣空濛，往返紙上，頃刻之間，頓成異觀。陸方壺云：「綫中線引，草裏蛇眠。」譆！得之矣。（《莊子因》逍遙遊篇評）

莊子的文章，對於後世影響非常深遠，魏晉文人，姑且不論，就是唐的韓愈、宋之蘇軾，也是受莊子影響很深的古文家。韓愈的〈答李翊書〉、蘇軾的前後〈赤壁賦〉，都是莊子影響下的產物（見林雲銘的《古文析義》）。甚至說「熟讀前後〈赤壁賦〉，勝讀《南華》一部」，雖然過甚其辭，但也可以看出東坡受莊子影響之深。

道家思想給文學的影響，不但是內容的，而且也是形式的。道家的道體，是不可稱說的，所謂「大道不稱」、「言則離道」，但不言也不足以明道，所以莊子的著述，自稱是用「言无言」的方式寫的（〈寓言篇〉）。這「言無言」的方式，正是文學寫作的一種技巧。如陶淵明的〈桃花源記〉最後一段說：

既出，得其船，便扶向路，處處誌之。及郡下，詣太守，說如此。太守卽遣人隨其往，尋向所誌，遂迷不復得路。南陽劉子驥，高尚士也，聞之，欣然規往，未果，尋病終，後遂無問津者。

這篇文章是〈桃花源記〉，世外桃源，外人不得而入，如果人人得以往遊，豈不變成觀光地區，就非桃花源了。所以必有這最後一段，說明從今以後再也沒有人進入了，才是完整的桃花源。與本篇題旨相合。按道理說，漁人也是外人，應該也不得其門而入才對。但漁人要是不誤入桃花源，那這篇文章又無從寫起。所以必須讓漁人進去一次，不過，下一次漁人也是同樣不能進去了。以「後遂無問津者」為結束，使本篇題旨完整無缺。這種寫作方式，和「言則離道，不言不足以明道」的意旨正好相合。這是道家思想在文學寫作技巧上應用的最好說明。

在先秦諸家中，和文學有密切關係的，還有儒家。如果說文學是指導人生的方向的話，那儒家思想在這方面，扮演著積極的角色。孔子說：「飯疏食、飲水、曲肱而枕之，樂在其中矣。」（《論語・述而》）這種淡泊寧遠不慕富貴的態度，是文學家所應具備的條件，也是人生修養的指標。論語是記言體，必須三言兩語，簡潔有力。飲水、曲肱，刻畫出一位安貧樂道清高絕俗的聖人風範。而飲水、曲肱，也正表示孔子體會自然的眞趣。孔子罕言自然天道，但《論語》所記載的，處處都表示他是天道流行的化身。《論語・陽貨篇》說：

子曰：「余欲無言。」子貢曰：「子如不言，則小子何述焉。」子曰：「天何言哉，四時行焉，百物生焉，天何言哉。」

四時行、百物生，是天道的流行，也是孔子體會自然流行的道理，所以孔子一生都是在發憤忘食、樂以忘憂的奮勉不懈，也像天道四時行、百物生一樣永無休止。孔子之欲無言，正是孔子與自然天道結合的明證。物我爲一，正是文學寫作的方向。孔門有文學一科，雖沒有見到有什麼所謂純文學的著作，但從他自己所說的「修辭立其誠」，和後人稱讚他所編的《春秋》，說「游、夏之徒不能贊一辭」等情形看來，孔子是一位文學理論家，那是沒有疑問的，他提供了後世文學家創作的途徑，也啓示了後世文學家創作的美感。

孟子的文章，已經有重大的改變，它已逐漸脫離了論語那種語錄體的形式，而發展成爲長篇議論的散文。對唐宋八大家的古文，有重大的影響，宋蘇洵說孟子的文章，「其鋒不可犯。」這固然是由於孟子知言養氣的精神，但也是由於孟子能體會自然界萬物與自我溝通的樂趣，孟子說：

萬物皆備於我矣，反身而誠，樂莫大焉。（〈盡心上〉）

這種「萬物皆備於我，反身而誠」的工夫，直接也擴大了孟子浩然正氣的作用，所以他能夠「詖辭知其所蔽，淫辭知其所陷，邪辭知其所離，遁辭知其所窮」（〈公孫丑上〉），對於議論文寫作的技巧與方法，給後世提供了一條正確的途徑。

其他名家，其文辭本身雖爲詭辯，但其內容，卻是文學寫作必要的方法，惠施合同異，公孫龍子的離堅白，一是不見差別只見共相，一是只見差別，不見統一。寫作上有所謂虛實互用，都是由兩種觀念發展出來的結果。因爲描寫事物必須分析事物愈精細愈生動，這非靠認識事物的自相不爲功，所謂刻畫入微，還是由觀察入微而來，粗疏的觀察不能寫出事物的眞相。公孫龍子的離堅白，是分析事物的形式原則。然而，文學的創作，除了個別細膩的描寫與分析之外，還需要總體的概括的認識，使讀者有完整的印象，古文中常有所謂虛寫，就是共相的應用。認識個別的自相，屬於具體的實寫，應用統一的共相，屬於抽象的虛寫，文章的虛實互用，其實就是名家惠施與公孫龍子兩派學說的綜合運用。

先秦諸子的文學，由《論語》的記言體逐漸發展到墨子和孟子的有主旨的議論體，墨子的〈兼愛〉與〈非攻〉，孟子的〈仁政〉與〈愛民〉，莊子的〈逍遙遊〉與〈齊物〉，韓非的〈定法〉與〈難勢〉，都有明顯的主題。在形式上說，由沒有篇名，到有篇名，由短篇到長篇，在表達技巧上說，由直接的記言，到間接的寓言，都有令人欣喜的發展，對後世的辯難、政論、文藝性的小品、短篇小說與寓言，都有重要的啓示作用。

三、先秦諸子文學的批評

先秦諸子的文學，雖然有很高的藝術成就，但也不無可以批評的地方。就墨家的文學而論，墨子主張「節用」、「非樂」，崇尚大禹的精神，而以勞苦爲極，他稱道大禹說：

> 昔者禹之湮洪水、決江河而通四夷九州也，名川三百，支川三千，小者無數，禹親自操橐耜，而九雜天下之川，腓无胈，脛无毛，沐甚雨，櫛疾風，置萬國，禹大聖也而形勞天下

也如此。

墨子這種爲天下蒼生的精神，當然値得稱道，但是我們知道，大禹時代洪水爲患，如果大禹不這樣勤勞，百姓不能安居樂業，到了墨子時代，還要效法大禹的勤勞，提倡非樂、節用。使「後世之墨者，多以裘褐爲衣，以跂蹻爲服，日夜不休，以自苦爲極。」那不僅是不合時代的需要，而且是違背人性的一種行爲。所以後人要批評其主張「其行難爲，恐不可爲聖人之道，反天下之心，天下不堪，墨子雖獨任，奈天下何。」（《莊子・天下篇》）

所以墨子的文學，雖然有堅定主張，發揮其高度的說服力。採用形象的文藝性文辭，但其內容缺乏人性的和諧。人類的本能，具備「情」與「性」兩方面，性之已發之謂情，情之未發之謂性，性與情必須和諧調適，才是人生極致。文學在於調和人生、陶冶情性，墨子只是單方面的壓制人類的情欲，沒有兼顧人類的本性。人情生要歌、死要哭，墨子主張生不必歌，死不必哭，違背人類的情性的發展，其文學的本質，是不合乎人類的需要，難怪孟子要高呼而攻擊他了。

法家文章雖然言辭銳利，爲後世政論文樹立了楷模，但其內容思想也是違反人性，法家自以爲在法律之前，人人平等，但殊不知法律仍是人制定的，安知人其不在於制訂法律之時，雜有私意於其間，可以說，所謂公平的法律仍有人爲的不公平因素在內。法家否定賢人的政治，崇尚法律，其實仍是人治。所以後人批評其：

常反人，不見觀，而不免於鯇斷，其所謂道非道，而所言之韙，不免於非。（《莊子・天下篇》）

法家本由道家轉化而來，道家罕論人道，談人道即是談天道。法家即是據其「因任自然」的天道觀，落實在人生界，就是因任人之自爲。道家所謂「緣於不得已」，在法家來說，就轉化爲「緣於法」。道家論齊物，是齊於道，法家言齊萬物，則是齊於法。把人類一切的行爲，都在法的範疇下統一了。這在政治上說，有它片面的理由，據《史記》稱商鞅治秦大有效果。〈商鞅本傳〉說：

行三十年，秦民大悅，道不拾遺，山無盜賊，家給人足，民勇於公戰，怯于私鬥，鄉邑大治。

不過，在另一方面，也可以看出法家政策的失敗，那就是孔子所說的「民免而無恥」。賈誼《新書》批評商鞅的政策說：

違禮義，棄倫理，幷心于進取，行之三歲，秦俗日敗。

這些批評，並不是沒有根據的，《鹽鐵論》也批評商鞅的政策說：

刑公族以立威，無恩於百姓，無信于諸侯，人與之為怨，家與之為讎。

這都可以看出法家政策失敗的一面，因爲法家只是壓抑人的情欲，沒有顧到人的本性。表現於文學，缺少陶冶人們性情的因素，在文學的園地中，雖然法家文章表現其峻潔峭刻，具有高度說服力的優點，但仍不能抵銷它的缺點，所以《鹽鐵論》又批評商鞅政策失敗後的結果說：

秦怨毒商鞅之法，甚于私仇，故孝公卒之日，舉國而攻之，東西南北，莫可奔走，仰天而嘆曰：「為政之弊，至於斯極也。」卒車裂族夷。為天下笑，斯人自殺，非人殺之也。

這簡直是一種自殺性的政策，其原因無非是缺乏人性所致。司馬遷雖然稱讚法家政策在表面的成功，但最後還是說：

商君，其天資刻薄人也……及其用，刑公子虔，欺魏将卬，不師趙良之言，亦足發明商君之少恩矣。余嘗讀商君開塞耕戰書，與其人行事相類，卒受惡名於秦，有以也夫。

宋世王安石文近法家，我們研究其文辭之形式、思想內容，是不難發現其缺點之所在。

在先秦各家中，惟有道家與儒家的文學觀，是比較符合文學的條件。道家主張「天地與我並生，萬物與我爲一」（《莊子·齊物論》），「萬物芸芸，各復歸其根」（《老子》第三十七章）。表現於文學，常是與自然化合，物我不分的境界。但是道家比較隱晦，與人生的歷程不合，雖然影響文學非常深遠，但都以歸隱的文學爲多，不如儒家接觸人生面之廣。孔子說：「用之則行，舍之則藏」（《論語·述而》），指示文學發展的兩大途徑，用之於世，則勇於進取，具有殺身成仁的志慨。表現於文學，則是「人生自古誰無死，留取丹心照汗青」（文天祥詩）的節操。如不爲世用，則「隱居以求其志」（〈季氏〉），表現於文學，則是「飯疏食、飲水、曲肱而枕之，樂在其中矣」的精神。孟子不也說過：「窮則獨善其身，達則兼善天下」（《孟子·盡心上》）。儒家思想永遠是那麼不文不火、不卑不亢的態度。正確的提示人生修養的兩大途徑。假使文學是反映人生的話，這兩條途徑，正是文學寫作的指標。從前有人把孟子所說的：「人少小時則慕父母，知好色則慕少艾，娶妻則慕妻，仕則慕君，不得於君則熱中。」（〈萬章上〉）解釋爲寫作的歷程：「少小時慕父母」，則有親子之愛的文學。「知好色則慕少艾」，則有男女之愛的文學。「娶妻則慕妻」，則有夫妻之愛的文學。「仕則慕君」，則有忠君愛國的文學。「不得於君則熱中」，則有歸隱的文學。文學的範圍，固然不如是的狹隘，但可以看出儒家思想對文學寫作的啓示作用。

四、結　語

中國的文學，向來有三種的看法，一是曹丕所謂的「文章乃經國之大業，不朽之盛事」（〈論文〉），屬文學的政治觀，以後發展有政論文。一是隋唐學者所謂「學必貫乎道而後能文」，屬於文學的道德觀，以後發展而有義理之文。一是所謂純文學的文學觀，以後發展有唯美文學。墨與法思想，偏於政論文，道家思想對文藝文的發展有很大的影響，儒家的思想則兼而有之，所以章學誠說：

> 戰國之文，奇衺錯出，而裂於道，人知之，其源皆出於六藝，人不知也。後世之文，其體皆備於戰國，人不知，其源多出於詩教，人愈不知也。知文體備於戰國，而始可與論後世之文，知諸家本於六藝，而後可以論戰國之文。（《文史通義・詩教上》）

戰國諸家之文，其源都出於六藝，這是推源探本的說法，爲什麼呢？因爲儒家道體，兼該內聖外王、六藝之文，足以包括之。諸子論議，雖然言之成理，持之有故，但都是得於道體之一端，然後才能敷衍恣肆、高談闊論，以成一家之言，所以諸子之文，並非六藝之流派，所以能推究諸子之文，才能知道其源出於六藝。知道諸子之文出於六藝，才能談論諸子之文。能談論諸子之文，才能知道後世文章的流別。這篇短文，不過是開端而已。

莊子的藝術論

一、前　言

在討論莊子的藝術論之前，我先說明什麼是藝術。在中國古代，所謂藝術，只是泛指各種技術技能，《後漢書・伏湛傳注》說：「藝謂書、數、射、御，術謂醫、方、卜、筮。」把藝與術分開來解釋，沒有賦與藝術獨立的名稱。一直到了晉代，藝術才在歷史書土佔一席之地。《晉書》有〈藝術傳〉，收了陳訓、戴洋以及沙門佛圖澄、鳩摩羅什等二十四人，但所記述的事跡，也都限於醫、方、卜、筮及預知吉凶之事。與今天所謂藝術，內容毫不相干；不過總算有了藝術這個名稱了。以後《魏書》、《周書》、《北史》、《隋書》相繼列有〈藝術傳〉，但都離不開陰陽正時，及禦妖邪、養性命之事。我所要說的藝術，是近代人所討論的美學範圍，它是通過形象具體反映社會生活，並具有廣泛社會影響的一種社會意識型態。人類在社會以及自然界生活，是創造藝術的泉源。因此藝術是人類在社會生活頭腦中反映的產物，表現作者的立場觀點和思想感情。藝術作品所反映出來的具體事物，比實際生活中所感受的事物更有集中性、更強烈、更典型、更理想，也更有普遍性。但由於表現手段和表現方式的不同，藝術包括表演藝術，如音樂舞蹈；形象藝術，如繪畫、雕刻；綜合藝術，如戲劇、電影；以及語言藝術，如文學等。我所討論的範疇，僅限於文學的部分；不過，藝術理論有其普遍性，與其他藝術形式都有相通的地方，多少會有些關聯。

根據以上所述，構成藝術的條件，有它客觀的因素，也有它主觀的因素；有它時間的因素，也有它空間的因素。由於所構成藝術的條件不同，所以藝術很難有一定客觀標準。而有時藝術的構成條件，很難用主觀、客觀等因素區別，也因爲這樣，更增加藝術內涵的複雜性。所以有人籠統的認爲美就是藝術❶。這樣說，或許更接近莊子藝術論的觀點，莊子書中就常常以「美」的觀點來討論他的思想主張❷。那麼，莊子的藝術定義是什麼呢？

二、莊子的藝術論

大家都知道，莊子不但是一個哲學家，也是一個文學家，有人也稱他是一個藝術家。這些說

---

❶ 見朱光潛譯《黑格爾美學》第一冊第二頁，里仁書局出版。

❷ 莊子書中常用「美」的意識來討論他的觀點，或說明他的主張。如〈齊物論〉說：「毛嫱嫲姬，人之所美也」，〈人間世篇〉說：「是以人惡有其美也。」莊子書中提到「美」的地方，共有數十處，不備舉。

法，假使都是對的話，那應該再加上一個形容詞，稱他爲沒有立場的哲學家，沒有立場的文學家，或是沒有立場的藝術家。爲什麼呢？因爲任何哲學家都曾提出一種主張，或是一種見解與看法，例如：孔子主張「仁」，孟子提倡「義」，墨子「兼愛」，楊朱「爲我」，都有一個明顯的主張。然而莊子不但沒有提出自己的主張與看法，而且否定一切的主張與看法，甚至否定自己的存在。「一以己爲馬，一以己爲牛」（〈應帝王〉），他都不在乎。

但人總是要說話的，說話就不能沒有意見，所以莊子雖然有時也說出自己的意見與主張，然又立刻否定掉。在先秦諸子中，沒有一個思想家是這樣的，就連不知所終的老子，也要說出自己的主張是要「柔弱勝剛強」（《道德經》第三十六章）。

莊子這樣遇事否定、不立主張的態度，也並不是他故意要驚駭世俗，而是有他獨特的看法，他認爲宇宙一切具體的事物形象，都是在變動的，所謂「無動而不變，無時而不移」（〈秋水篇〉）。宇宙的事物既然都在變動，就無從去把握住它的形象，因此也是不可知的。但具體的事物卻又在我們眼前，眼前的事物到底是固定的呢？還是不固定的呢？連他自己也不知道了。所以又說：「庸詎知吾所謂知之非不知邪？庸詎知吾所謂不知之非知邪？」（〈齊物論〉），也因爲這樣，莊子沒有自己的主張，即使有時說出了自己的主張與意見，也是出於「妄言之，妄聽之」（〈齊物論〉）的心態。這樣說，莊子就不能稱爲一個思想家了；那也不對，莊子的確是一個公認的哲學思想家。我們不能否定他在先秦諸子中的地位。或許我們可以稱他爲沒有主張的哲學家。或許沒有主張，就是他們的主張，因此我在〈莊子否定的藝術論〉那篇短文中，認爲莊子是否定藝術的藝術家❸，以後經過詳細思索的結果，莊子並不全是否定人生。莊子的否定觀念，只是認識事物過程的一種步驟或手段，並不是最後的目的❹。莊子自己也說：「有人之形，必羣於人。」只是要「無人之情」而已❺。既然莊子說出「有人之形，必羣於人」，那是肯定人生的存在。至於所說要「無人之情」，只是要體會到宇宙事物眞實的存在。因爲以人之情去觀察事物，那只是個人一己的私見，不是公認的、絕對的、客觀的標準。你認爲美的，他認爲不美，「毛嬙孋姬，人之所美也，魚見之深入，鳥見之高飛，麋鹿見之決驟，四者孰知天下之正色哉！」(〈齊物論〉)。因此莊子要說「無人之情」，也就是不要以個人的意見去觀察事物，才能得到事物的眞實。莊子主張否定事物具體的形象，進入抽象的領域，是爲了要瞭解事物的眞相。宇宙的事物，有它的客體，也有它的主體，客體是存在的形象，主體是抽象的眞實。莊子認爲宇宙的事物，都具有存在形象的客體與抽象眞實的主體兩面。我們只以存在事物的客體來衡量事物眞實的主體，那各人所見的，可能立場不同、角度不同，都會引起糾紛；必要透視事物抽象的眞實，那才是事物的本質。其實事物

❸ 見《中國古典文學》第七集。

❹ 莊子認爲宇宙間事物，是非沒有一定的標準，因此主張否定事物的具體形象，然後才能眞知。所以莊子不否定眞知（詳見〈大宗師篇〉）。

❺ 見《莊子・人間世篇》。

抽象的眞實，也是不能言說的，一說出來，都有主觀的色彩存在。一有主觀的色彩，都必有所偏。不過，否定具體形象產生的心靈的眞實，雖帶有主觀的色彩，卻是藝術美產生的過程。例如寫作《浮生六記》的沈復，他在夏天，把蚊子引入素帳中，徐噴其煙，蚊子被煙衝得飛鳴，他卻把這幅景象作「鶴唳雲端」觀。蚊子是客體，鶴鳥是主體❻，不過這個主體是不存在的，是沈復個人透視事物眞相的結果，而且也是因人而異的，不過藉著客體體悟到主體，是認識「美」的一個過程，在這個過程中，先要否定客體的存在，才能體現出主體。莊子就是主張透過這個過程，去瞭解事物的眞實。然而眞實又是抽象的，把蚊子看成鶴鳥，只是沈復一種錯綜複雜的幻想，藝術本來就不能用哲學觀點來思考的。莊子沒有哲學的主張，是莊子進入高層次藝術領域的最大原因。

再就主觀與客觀來說，並不是截然分爲兩個，客體、主體其實只是一體。莊子所說「有人之形」與「無人之情」只是一個人，並不是兩個人，所以莊子主張「齊物」、「天地與我並生，萬物與我爲一」、「非彼無我，非我無所取，是亦近矣。」物象雖有萬千，無非一體。因此，對物象的體認，怎麼樣都可以，任隨世人的自由，〈齊物論〉又說：

❻這裏所說的客體與主體，是就莊子的本義來稱呼。莊子認爲宇宙一切事物都是客體，主體是抽象的眞實。如果就人生界來稱呼，應該蚊子是主體，鶴鳥是爲客體。

道行之而成，物謂之而然。惡乎然！然於然！惡乎不然！不然於不然。物固有所然，物固有所可。無物不然，無物不可。故為是舉莛與楹，厲與西施，恢恑譎怪，道通為一。

世人皆有偏見，同於己者謂之然，不同於己者謂之不然，這是私情，俗稱戴有色的眼鏡，馬其昶謂之皆私也（見《莊子故》）。是各人對事物感官的認知，不是事物的眞實，然就物的本身來說，「物固有所然，物固有所可」，但這「所然」、「所可」的眞實，又是抽象的。因此就「無物不然，無物不可」了。就這個觀點來說，莊子又是一個哲學家。因爲他終於提示他不立主張的理由，是萬物一體的緣故。就這方面說，莊子是哲學家，不是藝術家；然而就這個思想來說，卻是藝術理論的根據。

藝術的本身，是離不開具體的形象，沒有具體的形象，就不會產生藝術的「美」，這也就是莊子所說的「有人之形，必羣於人」。但是具體的形象並不就是美，美是人類對具體形象思考的反映，不能用平常認識事物的感覺，因此，莊子又說要「無人之情」。「有人之形」與「無人之情」通而爲一，是莊子認識宇宙事物的途徑之一，這種途徑也可說是很抽象，它是介乎有與無之間。說是「無人之情」吧，又是「有人之形」；說是「有人之形」吧，又是「無人之情」，〈德充符篇〉記載一段莊子與惠施討論人「有情」、「無情」的問題：

有一天，惠子問莊子說：「人本來是無情的嗎？」莊子回答說：「對的。」惠子說：「人如果沒有感情，怎麼可以稱為人呢？」莊子說：「大道給他形貌，自然給他身體，怎麼不能說是人呢？」惠子說：「既然稱做人，怎麼會沒有感情呢？」莊子說：「你說的不是我所認為的情感，我所說的無情，是說人不可以因為好惡而傷害自己的本性，常隨自然的變化，不用人為增益天然。」

從這段文字的記載看來，莊子所否定的感情，是好惡而傷害自己本性的情感，不是超越人類利害，隨順自然本性的情感。因爲人類好惡的情感常表現於外，我們看得見；隨順自然變化的情感，它是沒有表現的情感，我們看不見。表現於外的好惡情感，爲莊子所反對；而沒有表現、隨順自然的情感，是天地間萬物所自具，是莊子所不反對的，莊子所反對的情感，我們看得見，莊子所不反對的情感，我們看不見，於是後人就說莊子反對情感，這是不合事實的。人類所表現的感情，有情緒，有情操。情緒像潮水，來得快，去得也快，衆所目睹；而情操是情感的昇華，是含蓄蘊藏的一種德操，是持久性的，看似無情，其實是至情，順隨自然變化的感情，就是超乎天地間萬物變化的持久的情操，其實莊子何嘗無情呢！莊子的感情是和自然結合的，有時被自然的理所掩蓋，我們看不見罷了。〈至樂篇〉記載一段惠子批評莊子妻死鼓盆而歌的故事說：

莊子妻死，惠子去弔喪，莊子則正坐著敲瓦盆而唱歌。惠子批評說：「和妻子共同生活，替你扶養子女，現在年老，死了，你不哭也就罷了，反而鼓盆而唱歌，不覺得太過分了嗎？」莊子回答說：「不是的，當她剛死的時候，我怎麼能不哀傷呢？但是觀察她的起初，本來沒有生命，不但沒有生命，而且沒有形體，而且連氣息都沒有。然後氣息變化而有形體，形體變化而有生命。現在生命變化而死亡，這種演變的過程，就像春夏秋冬四時的循環運行一樣，她正安睡在天地的大房間之中，而我在旁邊哇哇的哭，那不是太不了解生命的道理嗎？所以我才不哭。」

由此可見，莊子當他妻子死的時候，是曾經哀傷的，哀傷則是情的表現，但當他想到死生只是一種自然的現象，就像春夏秋冬的循環一樣時，他就理智的不哀傷了，這是感情通過理智，理智掩蓋了感情的結果，其實莊子何嘗是無情呢？

總而言之，莊子是具有濃厚熱烈的情感，只是他所表現的情感，是超乎宇宙萬物的至情，而這至情，又與理智相結合，所以說是無情。由上面記述看來，莊子所說的「無人之情」，是自然界的情，不是人類平常的感情；自然界的情，看似無情，其實是至情。這種無情的情，也是從「有人之形」而產生。從理論上說，如果沒有一個「有人之形」，就是人類平常的情感也不會產生，何來至情呢？所以「無人之情」，還是寄寓在「有人之形」身上，可以說是「有」與「無」

共通，具體與抽象的綜合。

具體與抽象的綜合，是莊子藝術論的特點之一。基本上，莊子認爲眞正的藝術也是不存在的。因爲藝術不是可以用具體的形象來表示的，而是透過人類超感官的思考反映。這種反映，雖然還是從具體的形象而產生，但當你從具體形象體悟到美的時候，可能說不出來，美是不容許用語言來表達的，如果用語言來表達，就落入形象，那就不是「美」了。〈天道篇〉有一段故事，可以說明這個特點：

> 桓公讀書於堂上，輪扁斲輪於堂下，釋椎鑿而上，問桓公曰：「敢問公之所讀者何邪？」公曰：「聖人之言也。」曰：「聖人在乎？」公曰：「已死矣！」曰：「然則君之所讀者，古人之糟粕已夫！」桓公曰：「寡人讀書，輪人安得議乎！有說則可，無說則死。」輪扁曰：「臣也以臣之事觀之，斲輪，徐則甘而不固，疾則苦而不入，不徐不疾，得之於手而應於心，口不能言，有數存焉於其間。臣不能以喻臣之子，臣之子亦不能受之於臣，是以行年七十而老斲輪。古之人與其不可傳也死矣，然則君之所讀者，古人之糟粕已夫！」

不過，那個「口不能言，有數存焉於其間」，不能言傳的抽象技藝，還是得之於具體的斲輪的規矩，而且是結合一體的。這種觀念，是莊子認識宇宙本體主要的概念。莊子論道，認爲道是普遍存在於萬物之中，所謂「道徧在」，但物又不是道。而道與物雖有些微的差別，卻又是通而爲一的。〈知北遊篇〉有一段話，可以充分的說明這個觀念的結構型態。

物物者與物無際，而物有際者，所謂物際者也。不際之際，際之不際者也。謂盈虛衰殺，彼為盈虛非盈虛，彼為衰殺非衰殺，彼為本末非本末，彼為積散非積散也。

在這一段文字中，除了說明道與物沒有界限，但物是有界限的，不過道與物還是一體的。接著又一連串舉了許多例子，說明抽象本體與具體物類還是不同的。這種似有規律、又像沒有規律的理論，卻是觀察文學作品的主要條件。文學的作品，本來就不能作爲科學思考的對象，文學的美，是一種無規律的幻想和心情，是感情與想像所發揮出來的一種作用。俗謂「情人眼中出西施」，其實情人眼中所產生的西施，並不代表絕對標準的美，只是作一種規律性的說明。所以，抽象的思考，則必須有規律的，因爲有規律，就破壞了文學的美。這是文學的美所以異於哲學之處。文學是用感情的形式表現其崇高的東西，是一種現實與想像的綜合，因此文學從另一角度來觀察，必是空靈的。這和莊子對道與物、分與合的理論，若合符契。文學的美是空靈的；莊子的道也是不可言說的。

然而，那空靈的藝術美，還是從具體的形象而產生的。抽象的意境，既然離不開具體的形象，所以，優美的文學必是兩者綜合的產品❼。這種具體與抽象的綜合，是莊子藝術論的特點之一。

莊子藝術論的另一特點是：肯定與否定的調和。一般人都認爲莊子否定知識，其實莊子所否定的是，人生界有是非的知識，不否定自然界的眞知。人生界的知識，必有對待的，而所對待的，又是不固定的，所謂「夫知有所待而後當，其所待者特未定也」（〈大宗師〉）。因爲宇宙間的知識，是我們日常生活認知的結果。和我們日常生活有關的部分，我們知道的，就認爲是對的；和我們日常生活無關的部分，我們不知道的，就認爲是不對的，於是是非紛起。所以莊子要否定這些是非紛起的知識，主張人生界知識要與自然界的知識調和，〈大宗師篇〉說：

> 知天之所為，知人之所為者，至矣。知天之所為者，天而生也。知人之所為者，以其知之所知，以養其知之所不知。終其天年，而不中道夭者，是知之盛也。

莊子的意思，宇宙間的事物太多了，我們所知的，實在很有限，倒不如忘記自己所認知的感性概念，任由自然理性的規律去決定，那才是眞知。所謂眞知，就是把人生界與自然界的知識，

---

❼ 黑格爾美學把具體形象有限的世界，形容爲此岸，把想像看成相對的彼岸。文學是此岸與彼岸的媒介。（大意如此，見《美學》第一章）

混合爲一。所謂「庸詎知吾所謂天之非人乎？所謂人之非天乎？」（〈大宗師〉），莊子是要把人生界與自然界調和產生出一種新的概念，才認爲是眞知。能夠達到這種境界的人，莊子稱他爲眞人，所以說：「且有眞人，而後有眞知」。這種眞人，否定自己的思慮，以及一切的行爲，甚至自己的生命。

古之真人，不逆寡，不雄成，不謨士，若然者，過而弗悔，當而不自得。……古之真人，其寢不夢，其覺無憂，其食不甘，其息深深。……古之真人，不知說生，不知惡死。其出不訢，其入不距；翛然而往，翛然而來而已矣。

眞知也可以說是不可知。這種理論，在美學上有其重要的作用。就美的性質上說，經驗派美學家認爲美從經驗出發，著重個性、感性現象，而忽視普遍概念。理性派美學家則從邏輯或概念分析出發，著重普遍概念，而忽視個別感性現象。莊子則認爲兩者都有偏差，眞正的美，應該把這兩種片面的概念統一起來。因爲普遍概念必然是體現於個別感性現象，而個別感性現象也必包含普遍概念。莊子所謂道不逃物，物固非道，道必徧在。莊子是主張要把道與物通而爲一，也就是把形而上的普遍性和現實事物的特殊性給統一起來。這正是美的哲學所要求的過程和步驟。因爲，抽象的思考固然是豐富的，但不能產生特殊性的事物，它必須通過特殊個體以及特殊個體的發展的互相轉化，把特殊個體也包含著普遍性的概念，產生出新的特殊個體。那才合乎美的要求。因此莊子要否定特殊個體，把特殊個體與普遍概念調和，否定人生界的特殊的個別的知識，肯定自然界普遍的共通的概念。「不以心捐道，不以人助天。」（〈大宗師〉）個體消滅，進入另一個抽象的境界。所謂「若然者，其心忘（宣穎本作忘，今從之），其容寂，其顙頯，淒然似秋，煖然似春，喜怒通四時，與物有宜，而莫知其極。」「其心忘，其容寂」，顯然是否定自我之後，進入混同物我的境界，那就發生「喜怒通四時，與物有宜，而莫知其極」的作用。這種否定自我，而又肯定其作用的思想，正是藝術美理論的根據。因爲藝術形象的表現方式，本來就是一種幻相。藝術的顯現，是通過它本身而指引它到本身以外，所以認識藝術，既要否定它的本身，而又肯定所表現的本身以外的某種心靈性的東西。例如朱自清所寫的〈背影〉，如果單就作者所描寫他父親的背影來說，形容他父親爬月臺的形狀說：「他用兩手攀著上面，兩腳再向上縮；他肥胖的身子向左微傾，顯出努力的樣子。」這是一幅很難令人接受的形象。誰都知道，爬月臺是違反交通規則的，即使不違反交通規則，也是行不由徑的一種舉動，無異破壞他父親的形象，毫無文學藝術可言。因此，要認識朱自清〈背影〉一文之文學價值，必須否定其爬月臺本身以外的作者心靈的眞實，而肯定其作用。如果把這個爬月臺的形象，看爲眞實的，那就會破壞藝術的美。現實的形象往往像一種堅硬的外殼，使我們難以突破去理解它。所以朱自清父親爬月臺的背影，應該看做是形容他父親一生爲家庭、爲兒女犧牲的縮影，藝術的境界，是不容易被說明的，是要人去自悟的，所能說明的，不過是代表性的文字符號而已。而各人所用以代表的文字又不盡相同。因此，莊子常告訴我們，不可以用自己的成心去了解藝術的境界。〈齊物論篇〉說：

夫隨其成心而師之，誰獨且無師乎，奚必知代，而心自取者有之，愚者與有焉。

如果每個人都用成心去了解事物，那每個人都有的，即使再愚笨的人也有的，以各人不同的意見去了解事物，宇宙間的事物就沒有一定的是非標準了。仁者見之以爲仁，智者見之以爲智，因此莊子特別提出「奚必知代」，那「代」字很重要，在字義上說，可以解釋爲新陳代謝，就是宇宙事物變化的歷程。這是莊子認爲宇宙萬物一體的理論根據，姑且稱之爲「道」。宇宙萬物變化的歷程是刹那即逝，不易把握。因此莊子的「道」是不可言說，藝術的美，和這個「道」很相似。但是這個藝術的美也和莊子的「道」一樣的，是寄寓在物象之中，因此要認識藝術的美，必須認識物象，而又要否定物象。不認識物象，固無從體會藝術的美，不否定物象，則會固執物象，所看到的無非是物，得不到物外的藝術美。所以莊子的藝術理論，又是否定與肯定的調和。

莊子的另一藝術理論是有與無的共通。道家研究宇宙的本體，往往從「有」與「無」兩方面來討論。因爲構成宇宙本體的是萬物，然而萬物必有其運動變化的規律。從萬物的本身來看，宇宙是一個具體的「有」；從萬物運動變化規律的本身來看，宇宙又是一個抽象的「無」。分別來說，

「有」與「無」好像各別的兩個名詞，但在道通爲一的觀點看，有無是沒有分別的。〈齊物論篇〉：

有有也者，有無也者，有未始有無也者，有未始有夫未始有無也者。俄而有無矣，而未知有無之果孰有孰無也。

莊子以宇宙萬物是一種有無共通的構體，說宇宙萬物是有吧，而萬物都是在不斷的變動中，有者已經在改變，不是原來的有，只是一個無而已。但無者不能存在，又是寄寓於有。《淮南子》解釋有無的意義說：

有有者，言萬物摻落，根莖枝葉，青蔥苓龍，萑蔰炫煌，蠉飛蠕動，蚑行噲息，可切循把握而有數量。有無者，視之不見其形，聽之不聞其聲，捫之不可得也，望之不可極也。儲與扈治，浩浩瀚瀚，不可隱儀揆度而通光耀者。（〈俶眞訓〉）

這可以說明宇宙是一個有無共通的本體。就語言方面，王先謙曾說：

忽而有有言者，有無言者，然有者或情已竭，無者或意未盡，是有者為無，無者為有。故曰：未知有無之果孰有孰無也。

都可以說明莊子有無共通、亦有亦無的意義。這種亦有亦無、有無共通的規律，在文學與藝術之中，有其重要的作用。例如，音樂演奏會，固然歌聲表現其音樂的藝術，但停頓的時間，也有音樂的效果。一幅圖畫、畫像或景物本身，有其藝術的價值，但空白的地方，也有藝術的作用。古人常說，此時無聲勝有聲，都是有無共通發生作用的最好說明。

在文學領域中，最好的佳句，大都是用似有似無、有無共通的手法來表達的。「千呼萬喚始出來，猶抱琵琶半遮面」，「千呼萬喚始出來」，當讀者正要看他廬山眞面目的時候，卻來個「猶抱琵琶半遮面」，又令人感到朦朧的無。因爲，無固不能說明宇宙事物的眞相，但有也不是文學所具備的唯一的條件。「只在此山中，雲深不知處」，可以道出此中的消息。文學的意境，必須兼備有無兩者之長，才算是第一流的作品。古代形容美人最好的文句，大家都知道的，有所謂「增一分則太長，減一分則太短，施朱則太赤，敷粉則太白」。從這四句話中，好像可以看出一個脩短合度、丹脣皓齒的美人，但卻沒有寫出人的形象來。這種亦有亦無、有無共通的手法，是文學家常用的一種寫作技巧。曹植的〈洛神賦〉，是描寫美人很有名的一篇文章，他形容洛神說：

其形也，翩若驚鴻，婉若遊龍，榮曜秋菊，華茂春松。髣髴兮若輕雲之蔽月，飄飄兮若流風之迴雪。遠而望之，皎若太陽升朝霞，迫而察之，灼若芙蕖出淥波。穠纖得衷，脩短合度。

寫了這麼多，卻沒有看到一個人的影像，然而我們讀後，印象中好像看到洛神飄飄若仙女下凡一樣。後世文學家常說，要寫神不要寫形，其意無非是運用有無共通的道理。從前孟浩然遊京師，在太學賦詩，有句說：「微雲澹河漢，疏雨滴枯桐」。一座嗟伏，無敢抗。這兩句詩到底好處在那裏，沒有看到前人論及，據我看好處卽在於能通有無之趣。雨滴枯桐，其聲音應清脆入耳，然而是疏雨，雨疏則無聲。而又是枯桐，說無聲又若有聲。聲音太大了，固然不好，但全無聲音，也不能表達其意境。聲在若有若無之間，所以爲妙也。後人謂「山在虛無飄渺間」，同一意境。陳廷焯評李清照詞，謂其「尋尋、覓覓、冷冷、清清、淒淒、慘慘、戚戚」句，雖非高調，是易安雋句。但評喬夢符效之「鶯鶯、燕燕、春春、花花、柳柳、眞眞、事事、風風、韻韻、嬌嬌、嫩嫩、停停、當當、人人」句，則醜態百出矣。其病則在於能有而不能無。阮嗣宗的〈詠懷詩〉，後人評其「百世之後，難以情測」，李商隱的近體詩，後人稱其晦澀，這都是事實，然文家仍舊褒多而貶少，爲什麼呢？因爲感情表達太露，一覽無遺，令人索然寡味，感情隱晦，卽使不知道是什麼情，也有含蓄之趣。「此情可待成追憶，只是當時已惘然。」是什麼情呢？是一段似有似無的感情，此其所以後人雖嫌其晦澀，而仍然流傳而不衰。因此，文家詩人要描寫一個廣大無垠的空間，或是長久無窮的時間，不能憑空去形容，總要點綴那麼一些什麼，以通有無之趣。「哀吾生之須臾，渺滄海之一粟」，沒有吾生之須臾，不能顯出無窮的時間，沒有滄海之一粟，不足以表示無限的空間，必要有無相形，才能令人與無窮的慨嘆。了解這個道理，就可以知道柳宗元為什麼寫下「千山鳥飛絕，萬徑人蹤滅」之後，還要點綴下「孤舟蓑笠翁，獨釣寒江雪」了。文學不一定是眞理，但文學必須具有創意則是眞理。這是文學家所以要運用若有若無的手法的最大原因。

綜而言之，莊子的藝術論，雖然可以區分為具體與抽象的綜合、否定與肯定的調和、有與無的共通，這只是為說明方便而談。其實莊子對宇宙基本的看法，認為宇宙一切的事物，都是共通為一的。〈知北遊篇〉說：「人之生，氣之聚也。聚則為生，散則為死，死生為德，通天下一氣耳。」既然通天下一氣，那一切的事物，都可以不論，也都不可得而知了。然而不可知，並不代表不知，「庸詎知吾所謂知之非不知邪！庸詎知吾所謂不知之非知邪？」莊子的意思，一切都付之於自然，不必去強而求知。這樣說，上面所討論的，都屬多餘了。不過，在自然界的立場說，對一切事物可以不論；然就人生界的立場說，卻不能不分門別類來稱呼它，但也只是便於稱呼而已。就莊子的立場來說，那裏有什麼藝術論呢？莊子這種不立藝術論的藝術論，影響後世卻非常深遠哩！

三、莊子藝術論的影響

莊子基本的思想是：個體與本體通而爲一。因此就個體而言，「人卒九州，穀食之所至，舟車之所通，人處一焉。」（〈秋水篇〉）人類在宇宙中，就像毫末之在於馬體一樣，人生界太複雜了，所以莊子不談人生，只談本體。談本體可以概括人生，談人生則本體就分裂了。但是本體又不知從何談起，因爲無論談那一部分都不是本體，所以只好不談。不過，言雖離道，不言亦不足以明道，畢竟還是要談。所談的又都是人生的事，雖然談的是人生，但卻都合乎自然。〈齊物論〉所謂人籟、地籟，也都是天籟。因此我們看莊子，像是入世，其實是出世的；看似出世，他卻又是入世的，終而不知道他究竟是出世的？還是入世的？這種入世與出世共通的境界，是莊子主要的思想，可稱之爲共通律。這種共通的思想，正是詩人所要捕捉的靈感，也是詩人養修必具的條件。王國維曾說：

> 詩人對宇宙人生，須入乎其內，又須出乎其外。入乎其內，故能寫之，出乎其外，故能觀之。入乎其內，故有生氣，出乎其外，故有高致。（《人間詞話》）

詩人固然是入世的，但又必須具有出世的思想。入世是爲了能寫，出世是爲了能消除自我以觀察萬物。入世是爲求尋找充實生動的寫作資料，出世是爲求提高作品的品質。能寫不能觀，能入世而不能出世，在創作的立場說，是有缺憾的。小說家描寫人物，應該具有畫匠的手腕，把人物的形象一筆一筆的描繪出來，同時又須兼備推理的思想觀念，能把人物重新結構，創造出有個性、有特點、栩栩如生的人物的精神生命。繪畫與雕刻，不單是把人物刻畫得如何唯妙唯肖，而最重要的，是能用自己出乎其外的觀照，創造出一個理想的生命。文學家的任務，重在創造，不在記錄。所以小說中所描寫的人物，往往在世上很難找出與他相似的人生。假使世上有了，小說家就不必苦思去描述了。但是，小說家所描寫的人物，又不能脫離人間的衆生相，去描寫一個世上所沒有的人物，那又不是小說了。這就是莊子所說的，既要有人之形，又要無人之情，有人之形與無人之情要共通爲一，才是文學創作的最高境界。因此王國維又說：

詩人必有輕視外物之意，（因為輕視外物）故能以奴隸命風月。又必有重視外物之意，（因為重視外物）故能與花鳥共憂樂。

文學家具有輕視外物的出世觀，他才能駕御宇宙間一切的材料，使不能生存的人物也讓它生存。但又必須重視外物的入世觀，才能感時花濺淚，恨別鳥驚心，憤怒時讓風雲變色，傷心時使草木含悲。這種入世與出世的共通，是莊子重要的思想，也是文學家所必備的修養條件。

莊子的共通律，在道通爲一的本體界，本來是不可稱說的，姑且以人生界的立場，把它分開來說明。

第一是天人的共通。莊子思想之本質，是求心靈的和諧，以達到逍遙的理想境界，所以必須求天人合一。這裏我先把天人下一界說。莊子所謂天，其實就是一個大自然，也就是所謂道，我姑且稱之爲本體界。人是指萬物，當然也包括人類，我姑且稱之爲人生界。萬物是構成大自然的一部分，萬物的盛衰興亡不斷的循環，那大自然也就永久的存在。從萬物的個體看，任何物體都是在變，在整個本體看，個體與本體又可以說都是不變的。所謂自其變者而觀之，則天地曾不能以一瞬；自其不變者而觀之，則物與我皆無盡也，就是這個道理。宇宙整體就像一個大洪爐，萬物個體就像一根根的木柴。萬物的生死存亡，就像一根根木柴丟入大洪爐，化爲灰燼終而消亡，但大洪爐的火焰卻永久存在。大洪爐火焰的存在，也是一根根木柴的無盡。同樣的道理，宇宙整個的永久存在，也是個體的無盡。萬物與宇宙整體關係，可以說是共通的。〈齊物論〉說：

非彼無我，非我無所取。

沒有自然就沒有我，沒有我也就沒有自然。自然與我是一體的。人生與自然的共通，是入道的門徑，也是人生修養的理想目標，也是文學創作、欣賞、批評的尺度與標準。爲什麼呢？王國維說：

自然中之物，互相關係，互相限制，然其寫之於文學及美術中，也必遺其關係限制之處。故雖寫實家，亦理想家也。又雖如何虛構之境，其材料必求之於自然，而其構造亦必從自然之法律。故雖理想家，亦寫實家也。

理想屬於虛構，寫實則據自人生，文學作品雖據自人生，但又必須排脫人生的限制，進入理想的虛構，其作品才可貴。古今成功的作品，雖都據自現實人生，但都有作者的精神生命灌注其中。所以古人創作，有嘔心肝乃已。理想與現實的共通，是創作的基本條件，也是文學家必具的修養。王國維又說：

有造境，有寫境，此理想寫實二派之所由分也，然二者頗難分別。因大詩人所造之境必合乎自然，所寫之境，亦必鄰於理想也。

寫境屬於現實的人生，造境則屬於自然的理想，必人生與自然兼備，才算是大詩人。所以王國維雖分理想與寫實二派，但又說二者頗難分別。所以天人共通，是大詩人應有的修養，也是文學作品必具的條件。王國維認爲「採菊東籬下，悠然見南山，山氣日夕佳，飛鳥相與還。」「天似穹廬，籠蓋四野，天蒼蒼，野茫茫，風吹草低見牛羊。」謂寫景如此方爲不隔。又說：「高樹晚蟬，說西風消息。」雖格韻高絕，然如霧裏看花，終隔一層。王國維雖然沒有說明隔與不隔的原因，但據這些例子看來，其實就是視天人共通與否以為斷。「採菊東籬下，悠然見南山」，是人與自然的共通，因此後人評其為「不知何者是我，何者是山」。山與我已結合為一體。「高樹晚蟬，說西風消息」，王國維說它「終隔一層」，是因為有我之色彩，人與自然不共通。假使這個說法是對的話，那「倚仗柴門外，臨風聽暮蟬」，可以說是不隔了。他又說：

隔與不隔之別，陶謝之詩不隔，延年則稍隔矣。東坡之詩不隔，山谷則稍隔矣。

王國維說陶謝之詩不隔，那是陶謝能夠得到人與自然共通的眞趣。王常宗評陶淵明說：

淵明臨流而賦詩，見山而忘言。殆不可謂見山不賦詩，臨流不忘言。又不可謂見山必忘言，臨流必賦詩，蓋其胸中似與天地同流。

胸中與天地同流，就是說陶淵明具有天人共通的胸襟，所以造成他詩歌很高的境界。陶淵明「結廬在人境」，而能「而無車馬喧」，為什麼呢？他自己回答說：「問君何能爾？心遠地自偏。」這是人而能天的最好說明。他的〈歸去來辭〉中有句話自稱「門雖設而常關」，陶淵明是人，必須羣於人，所以有一個門。但陶淵明又具有出世的思想，因此這個門又是常關的。在人間而又能入自然，可以說是陶淵明言行動作的寫照。後人評顏延年的詩，很少佳句。又說，謝（靈運）詩自然，顏詩雕琢，似鏤金錯山。這是王國維說陶謝之詩不隔，延年則稍隔矣的原因。朱子也說：

> 晉宋詩人，雖尚清談，然皆要富貴，這邊一面招權納貨，只有陶淵明真正不要，此所以高於晉宋諸人也。（《朱子語類》）

在寫情方面，王國維也有隔與不隔之分，但也是以與自然共通與否爲標準。依照上面莊子與惠子討論情的問題看來，莊子是把情區分爲兩部分，一是人類世俗的情，一是不以好惡內傷其身，常因自然而不益生的情。前者我稱之爲人生界的情，後者我稱之爲自然界的情。莊子的意思，人生界的情會因好惡而內傷其身，爲莊子所不取。必以人生與自然共通的情，才不會因好惡而內傷其身。惠子則只知道人生界之情，而不知與自然共通的情。所以莊子批評他只知以堅白之昧終，倚梧而眠，逐萬物而不返，窮響以聲，形與影競走（見〈德充符〉及〈天下篇〉）。

在文學中所表現的情來說，人類的情感固然可貴。但必須與自然共通，那境界更高。人生的感情，常帶有主觀的色彩，愛之欲其生，惡之欲其死。即使感情表現得恰如其分，也還是一己之私情。與自然界之情，不能共通，終還是隔一層。「生年不滿百，常懷千歲憂，晝短苦夜長，何不秉燭遊。」王國維「寫情如此，方爲不隔」。所謂不隔，推測其意，大概是以人同此心，心同此理，爲人所共有，所謂情眞。不過，這還是停頓在人生界的情，以境界而言，不能謂高。我認爲人生界與自然界共通的情，是人類感情的昇華，看似無情，其實是至情。

莊子的思想，影響於後世文學理論的，不僅是陶淵明，就是李白、杜甫，以至於宋的蘇東坡，幾乎都吸取莊子思想的淵泉，去滋潤自己作品的內涵。在文學批評史上，莊子的道通爲一的思想，也正是批評家所依據的準則。

四、結論

莊子共通的思想對後世的影響，不但是在文學理論及藝術方面的表現，在人生修養上，也有重要的作用。莊子認爲宇宙是一個連續運動的整體，萬物在這整體中，若驟若馳，無動而不變，無時而不移，構成這個整體。但是，萬物又另一方面爲求自身個體的活動計，從宇宙連續的運動中分離出來，就人類而言，就是我們身體。於是又把自我們身體以外的個體，區分爲無數個別的對象，以便於日常生活應用與稱呼。因此，物與我就對立起來。以我的立場去觀察物，在物者爲非，在我者則爲是。是非紛起，終無已時。其實萬物本來都是構成宇宙連續運動整體的一部分，在整個的立場看，個體都是共通爲一的，何必區分彼此呢？所以說：

物無非彼，物無非是，自彼則不見，自知則知之。故曰，彼出於是，是亦因彼，彼是方生之說也。（〈齊物論〉）

彼是既然是並生的，就沒有什麼我是彼非之可言。因此，莊子主張要從道，也是整體方面去觀看事物，不要從物，也就是個體方面來觀察事物。〈秋水篇〉說：

以道觀之，物無貴賤；以物觀之，物自貴而相賤。

莊子是以本體，也就是道爲立論的根據。換句話說，是站在宇宙連續運動的整體來觀察萬物，那萬物都是這連續活動整體的一部分，沒有貴賤可言。所以說，以道觀之，物無貴賤。但如果萬物脫離了整體，從物個體自身來觀察他物，就難免有偏見，那在己者爲貴，在物者爲賤。所以說，以物觀物，物自貴而相賤。這是莊子萬物共通爲一的理論根據。

宋人根據這個物我共通的理論，應用在人生的修爲上，主張要反觀，所謂反觀，就是消除自我的立場來觀照萬物。邵雍《皇極經世・觀物篇》說：

聖人之所以能一萬物之情者，謂其能反觀也。所以謂之反觀者，不以我觀物，以物觀物之謂也。既能以物觀物，又安有我于其間哉！

莊子是站在本體界立論，要萬物消除自我與道，化合爲一，求精神上之絕對和諧，不談人生界如何如何。宋人是在人生界立論，消除自我，是要易身處地替別人想，這樣觀察宇宙間的事物，才會正確公平。〈觀物篇〉又說：

任我則情，情則蔽，蔽則昏矣。因物則性，性則神，神則明矣。

所以又說：

以物觀物，性也；以我觀物，情也。性公而明，情偏而闇。

就人生說，性是情之未發，情是性之已發。未發之性，純任天然，廓然至公，對萬物一視同仁，無偏無私，所以說，性公而明。已發之情，雜有形氣之私，帶有自我的色彩，難免有偏。在人生修養上說，是有缺點的，所以說，情偏而闇。因此要「一萬物之情」使物我共通，以物喜物，以物悲物，不以我喜物，不以我悲物。最後做到能以萬物之目觀物，那所觀之物，就沒有不公而明了。〈觀物外篇〉說：

是知我亦人也，人亦我也，我與人皆物也。此所以能用天下之目為己目，其目無所不觀矣。

莊子的物我共通，是要消除宇宙間萬物的對立，邵雍的物我共通，是要消除觀察事物的偏差。但在文學界來說，以物觀物和以我觀物，都能各自成爲一個境界。王國維說：

境非獨謂景物也，喜怒哀樂亦人心中之一境界。

所以王國維把邵雍的以物觀物的性，和以我觀物的情，區分兩個部分，來說明文學中的境界。他說：

有有我之境，有無我之境，淚眼問花花不語，亂紅飛過鞦韆去。可堪孤館閉春寒，杜鵑聲裏斜陽暮。有我之境也。採菊東籬下，悠然見南山。寒波澹澹起，白鳥悠悠下。無我之境也。有我之境，以我觀物，故物皆著我之色彩。無我之境，以物觀物，故不知何者為我，何者為物？

從莊子的「以道觀物」和「以物觀物」的本體觀，發展爲邵雍的「以物觀物」和「以我觀物」的人生觀，再發展爲王國維的「以物觀物」和「以我觀物」的文學觀。其間繼承的線索，是顯而可見的。不過，各人都有發展與創見罷了。所以王國維頗以提出文學的有我之境，與無我之境而自豪。他說：

滄浪所謂興趣，阮亭所謂神韻，猶不過道其面目，不若鄙人拈出境界二字為探其本也。

（《人間詞話》）

所謂境界，從字面的意義說，是彼此接壤的土地。在佛敎的意義說，是六識所辨別的各自對象。但不管怎麼解釋，都有兩者共通的含義。是一種呈之於心，而見之於物的刹那間景象。而惟有詩人能夠把這刹那間的景象，鏤之於不朽的文字。所以王國維雖然把境界分爲多種，說「境界有大小，不以是分優劣」，但言外之意，仍以兩者共通爲高。譬如他在說明無我之境，和有我之境後，又說：

古人為詞，寫有我之境者為多，然未始不能寫無我之境，此在豪傑之士能自樹立耳。

可見仍以無我之境爲高。無我之境卽物我共通，不知何者爲我，何者爲物的境界。他在區分造境與寫境之後，接著又說「二者頗難分別」，因爲「大詩人所造之境，必合乎自然，所寫之境，亦必鄰於理想故也。」也是說明境界以共通爲高。

物我共通，不但是莊子本體觀的根據，也是邵雍人生觀的理想，更是文學創作的條件，古人形容兩人愛情之深，常把兩者共通起來，如顧夐的訴衷情「換我心，爲你心，始知相憶深」。在寫景方面有「紅杏枝頭春意鬧」，「雲破月來花弄影」，後人認爲是名句。其實這兩句中的「紅杏枝頭」與「雲破月來」，是外界的景物。春意本來是不會鬧的，花也不會弄影。「春意鬧」與「花弄影」是人呈之於心的心境。把外界之景物和呈之於心的心境，結合共通起來，於是就成爲人們所傳誦的名句。物我共通，不但用於空間的景物，也用於時間的景物。如「今人不見古時月，古月曾經照今人」，詩人把無限長的時間的景物和當前的景象溝通起來，令人與無限的思古的幽情。王國維說：「詩人之眼，還必須通古今而觀之」，這些理論，受莊子思想的影響，是很顯然的。

總之，莊子給我們的，只是一個抽象的觀念，這抽象的觀念，像是一把鑰匙，能夠掌握這把鑰匙的關鍵，可以去啓開無窮的知識寶藏，魏晉的般若學、隋唐的華嚴，都和莊子思想有密切的關連，又豈止是藝術與文學理論呢？

附　言

本論文發表於第二屆國際漢學研討會，在研討會討論時，有與會之美國學者提出指教，謂「藝術」一詞，源自西歐（Art），後傳入日本，譯為「藝術」，為後起之詞彙，因此懷疑莊子時代，是否有「藝術」的存在。我曾在研討會中答覆稱，莊子時代，雖無今日所謂「藝術」之名，卻有「藝術」之實，一如「地心吸力」（或稱「萬有引力」）為牛頓（Issaac Newton）所發現，以後科學家才常常稱引「萬有引力」，但不能說牛頓以前沒有「萬有引力」，我提出「莊子的藝術論」，其用意與此同，並附記於此，以為我對「莊子的藝術論」題文的附註。

論屈原

一、屈原其人

《史記》中所記載的人物，後人認爲最可疑的有兩個人，一個是道家的創始人老子，一個是辭賦家的始祖屈原。關於老子，今天我們姑且不談，而屈原就有很多人討論他是否存在的問題，我將它歸納起來，大概可分爲幾方面來說明：

(一)否定屈原本人的存在

換句話說，就是歷史上沒有屈原這個人，提出這個意見的人是廖季平的《楚辭新論》，他認爲歷史上沒有屈原這個人，但是《史記》中明明記載有〈屈原賈生列傳〉，所以他要否定屈原，必先否定《史記》的記載。他認爲《史記》中所記載的〈屈原賈生列傳〉不是眞實的，他認爲這篇列傳，文意不相屬，傳中的事實前後矛盾，不能夠拿來證明屈原出處的事蹟，更不能拿來證明屈原做〈離騷〉的時代。

其次，歷來大家都認爲《楚辭》是屈原寫的，他既然要否定屈原，就須對《楚辭》有一個交代，他認爲《楚辭》是《詩經》的旁枝，《詩經》本來是討論天的問題，屈原所作的《楚辭》中也都是記載天上的事。《楚辭》既然是《詩經》的旁枝，當然也和《詩經》一樣，所以《楚辭》中所記載的有許多遠遊出世的思想，和關於天神鬼魂的文辭，都和《詩經》有關。既然《楚辭》是《詩經》的旁枝，《楚辭》的作者當然就不是屈原這個人了。

再其次，歷來講〈離騷〉的幾乎都認爲它是屈原作的，並且可說與屈原結合成一個整體，幾乎是與屈原不可分割的一部分，我們只要一說到屈原,自然就聯想到〈離騷〉，一說到〈離騷〉，自然就聯想到屈原。屈原既然被否定了，這〈離騷〉究竟是誰寫的呢？他也要有個交代，他認爲〈離騷〉是秦博士所作的，他提出什麼證據呢？他認爲〈離騷〉的第一句「帝高陽之苗裔兮」是秦始皇的自序。其他屈原的文章，他認爲多半都是秦博士寫的，有什麼根據呢？他根據《史記》〈始皇本紀〉三十六年所記載的這段話：「始皇不樂，使博士爲僊眞人詩，及行所游天下，傳令樂人謌弦之。」認爲秦始皇出巡出遊的時候，常叫博士們寫許多的文章，這些文章中有的是可以唱的，所以《楚辭》後來也是一唱三嘆，因爲楚辭是可以唱的，就將《楚辭》中所有屈原的作品，都認爲是秦博士寫的。不過這些意見，我們都不能夠同意，尤其是他認爲《史記》所記載的屈原的資料不可靠，他又拿《史記》所記載的來否定〈離騷〉不是屈原寫的，說成秦博士寫的，這點很顯然是一個自我的矛盾。我們把這些意見提出，然後提出我個人的看法：

1.否定屈原這個人，這是一種誤解

我們知道《史記》中所記載的許多文章並不很可靠，這是一個事實，但是他所記載的人物都是可靠的。譬如，〈伯夷列傳〉，雖然司馬遷所寫的資料也都是別人的資料，寫〈伯夷列傳〉所取的都是采蕨薇歌，這采蕨薇歌也是後人傳述的。因此，也可以說伯夷就沒有資料可寫了，但是到底有沒有伯夷這個人，當然有這個人。所以司馬遷是採用一種，我們叫做無中生有的筆法來寫〈伯夷列傳〉。司馬遷寫《史記》，當然有許多的文辭都是他精心的傑作，他是要藉《史記》傳聲名於後世，所謂「鄙沒世，而文采不表於後世」（〈報任少卿書〉），並不是要把眞實的事蹟怎樣的記敍下來。他要記敍這個人而這個人的事蹟資料不容易找到，他就要用另一種寫文學的手法來寫，這種資料是文學，也是歷史。所以我們要把文學的資料拿來否定它歷史上的人物，這是一種誤解。再譬如說荆軻，我們都知道歷史上是有這麼個人的，但是我們看司馬遷《史記》中的〈荆軻傳〉是怎麼講的，他最後有一段話說荆軻要去刺秦王的時候，「太子及賓客知其事者，皆白衣冠以送之。至易水之上，既祖，取道。高漸離擊筑，荆軻和而歌，爲變徵之聲，士皆垂淚涕泣。又前而歌，曰：『風蕭蕭兮易水寒，壯士一去兮不復還！』復爲羽聲忼慨，士皆瞋目，髮盡上指冠。於是荆軻就車而去，終已不顧。」各位知道，荆軻去刺秦王是一件非常機密的事情，燕太子丹告訴田光先生，說這件事是國家大事，您告訴荆軻之後千萬不能告訴第二個人。田光聽了這句話，把燕太子丹的意思，告訴荆軻之後，自己就在荆軻面前自殺了，表示再也不會告訴第二個人了。所以荆軻刺秦王，是國家機密的大事，連田光都自殺了。然而易水送行的時候，大家又白衣冠以送之，痛哭流涕，又擊筑和歌「風蕭蕭兮易水寒，壯士一去兮不復還」，秦國的使者老早就知道了，這還會成功嗎？這種易水送行的場面，根據我個人的判斷，是一種文學的描寫，絕對不是一種歷史上的事實。這種文學的描寫有它的效果，今天我們知道《史記》的〈刺客列傳〉寫了很多的人物，而只有〈荆軻傳〉留於後世，不論男女老少，大家一聽到「風蕭蕭兮易水寒，壯士一去兮不復還」這兩句歌，幾乎無人不知，無人不曉。今天這兩句歌已經成爲爲國犧牲的代名詞了，這就是司馬遷用很生動、很技巧的手法描寫這一段送行場面的結果。假如說荆軻偸偸地去了而沒有這段送行的描述，荆軻這個人在今天可能不會流傳得這麼普遍，影響這麼深遠。今天荆軻刺秦王的故事，能夠家傳戶誦，男女老少，幾乎一談到荆軻沒有一個人不曉得，這就是文學的力量。因此，同樣的，《史記》中所寫的〈屈原列傳〉，也可以說司馬遷找不到很多的資料，他就用一種文學的資料不是歷史的資料來描寫。當然有屈原這個人，司馬遷距離戰國不遠，假使沒有屈原這個人，司馬遷隨便揑造出來，應該老早就有人反對，漢代那麼多學者，難道就不曉得沒有屈原這個人嗎？再說若是司馬遷隨便寫出來，裏頭人物那麼多，他又是何苦而來呢？所以《史記》中的人物，當然是可靠的，不過人物的事跡，有時是用文學的資料來描寫，也就是我們在文學寫作上所謂的虛構。虛構不是造假，這一點我們沒有時間討論，不過總可以說明《史記》所寫的〈屈原列傳〉，不能說它資料是可靠的，但是絕對有這個人是可以肯定的。假如要說屈原不可靠，那和屈原同傳的賈誼，他的資料只有兩篇文章，一篇是〈屈原賦〉，一篇是〈鵩鳥賦〉，司馬遷全部只用這兩篇文章來寫，而賈誼本身的事跡，司馬遷寫得很少，假如要這樣懷疑的話，那整個《史記》所記敍的人物，大半都是不可靠的，所以以《史記》的記述來否定屈原是不適當的。

2. 講《楚辭》是《詩經》的旁枝，這一點也不可靠

廖季平認爲《楚辭》是《詩經》的旁枝，說《詩經》講天，《楚辭》也講天，也講遠遊，也講天神，也講鬼魂，因此就認爲是《詩經》的旁枝。那麼古代的書籍，不但是文學，只要記載一樣的，只要是講天，都認爲它是《詩經》的旁枝，這當然也是不合邏輯的一種說法，所以說是不可靠的。

3. 認爲《離騷》是秦博士所寫，這點也是隨便的猜測

我剛才講過，他可以用《史記》認爲不可靠的地方去否定屈原的存在，他又用《史記》的記述，尤其是用秦始皇出遊的這一段記述來說明〈離騷〉是秦博士所寫，這同樣是一件很矛盾的事情。

以上三點，我們可以說都是不可靠的，這只是片面的意見，很多研究屈原和《楚辭》的後人對這幾點的意見，早就不重視了，我今天特別提出來，是因爲要論屈原，所以把所有的資料歸納起來，不妨提出來和各位討論。我爲什麼要提出《楚辭新論》否定屈原的意見呢？因爲以後還有

許多學者也有類似的意見，對屈原相當的懷疑，因此我有提出來說明的必要，這是第一種有關對屈原的看法。

(二)肯定屈原的存在而否定其人格

這種對屈原的看法，就是說屈原不是一個了不起的人物，只不過是楚王面前的一個弄臣（即古代在君王面前說說笑笑的人物）。關於這一點意見，是抗戰時報紙副刊所載的一篇文章，它否定屈原的人格，說屈原不是一個忠貞的詩人而是一個弄臣，在當時引起很多人的討論，但是後人也不很重視，我今天附帶地也提出來，說明前人對屈原的一種看法，然後提出我的看法。在這篇文章中他提出了四點意見：

第一點，他也認爲《史記》所記載的屈原史實不可靠，沒有史源。這一點我剛才說過，司馬遷是學文學的，再說歷史上的許多人物事實上也很難找到資料來源，但司馬遷所寫的人，應該相當的可靠。他是根據過去使用過的資料，另外再加上他自己的藝術與天才而寫下這部不朽的《史記》，假如要說他史實不可靠，他是文學的，他是「鄙沒世而文采不表於後世」，而史料的來源本來就很難，〈伯夷列傳〉那裏去拿？所以他只好用議論來記述，後人叫以論作記，用議論的方式來做人物傳記的記述，這是司馬遷最拿手的。以後宋代的蘇家父子，也學他的議論做記的手法，所以後人講議論做記是蘇家父子最拿手的技巧。其實司馬遷對於屈原是有相當的了解，他可以改變人物行爲的事實，不能改變這個人的人格，每個人都有他的人格，他一定要把所記述的人物性格突出。假如說屈原是個弄臣，司馬遷也可以把他寫成弄臣，沒有必要替他掩飾，像寫優孟之類的，並沒有什麼多大的關係，所以說史料沒有來源並不能改變屈原的人格。

第二點，他舉出當時客觀的環境，他認爲文人起於春秋戰國之間，那時候政論家已經取得獨立的地位，純文學家沒有取得社會上獨立的地位，這種情形到戰國末年屈原、宋玉時代，還是一樣的，就是西漢也沒有多大的改變，所以他說《漢書》中記載的一批文學家，像東方朔、枚皐這一流的人物，都說是賤視如倡，被看做像唱歌這一類的人。他說司馬相如雖然有政治的才能，仍舊靠辭賦爲進身之階；甚至連司馬遷都自己感歎地說：「固主上所戲弄，倡優畜之。」（〈報任少卿書〉）把倡優和這批文人相比擬，視爲優弄之流的來養活他們。這是他的第二點意見，因此就否定了屈原在社會上的地位。

《漢書》上面或歷史書上面說文人賤視如倡，司馬遷自已講「固主上所戲弄，倡優畜之」，這是司馬遷憤慨的話。司馬遷在天漢二年（西元前九九年）李陵投降，他認爲李陵是不得已才投降。那次戰役還有一個李廣利，漢武帝認爲司馬遷替李陵說話的目的，是在攻擊李廣利，排斥李廣利，就把他交給獄吏，以後司馬遷就遭受到腐刑，這是各位都知道的。但是武帝仍很重用他，他跟隨在武帝身邊做太史令，在他的〈報任少卿書〉就可以看出來。任少卿就是任安，當時任安因戾太子之變而被關起來，曾寫一封信給司馬遷，請他在武帝面前求情。司馬遷認爲他和李陵素不認識，當時替李陵說話險些性命都沒有，今天假如再說的話，不幸觸怒武帝，死了固然不足惜，但《史記》沒有辦法完成，這是最對不起他先人的地方。所謂「鄙沒世，文采不表於後世」的志願不能達到。爲了要寫下《史記》，不敢冒險爲任少卿說情，這件事情的經過各位都知道，所以司馬遷所說的話是一種憤慨的話。再說那篇文章以《墨子》的「今世俗之亂君，鄉曲之儇子」——莫不美麗妖冶、奇衣婦飾，血氣態度擬於女子——來說明當時男子女性化的情形，那只是少數敗壞社會風氣的部分少年，並非多數都是如此。今天我們假如看到一、兩個披頭，看到一、兩個男孩子燙髮，就說每個男孩子都是披頭、都是燙髮，當然是不對的。《墨子》中所說的話，是指少數人。假使每個人都這樣，那就不必攻擊了，因爲已經成爲一個風氣，成爲一個思潮了，那攻擊又有何用？這和我們今天說不能奇裝異服的情形一樣，奇裝異服只限於少數的年輕人好奇而已，大多數的人都是規規矩矩的。所以我們今天可以了解，墨子舉出的一點，作者就以偏概全說當時風氣是如此，這是不足爲憑的。這點也是我們都可以了解的。從文學進身做政治家的多得是，古代讀書人並沒有標榜我是文學家、我是哲學家，甚至連科學，他都不標榜。就漢代來講，許多人是文學家，但也是經學家、科學家。像鄭玄就是一個例子，他是東漢很有名的經學家，也是個數學家，他曾經做過《九章算術註》。劉向、劉歆父子是經學家、思想家，但也是天文學家，常常觀天象。東漢末年有個張衡（張平子）是文學家，漢賦中他是轉變期的代表作家，他有〈四愁詩〉，是非常有名的文學家，但張衡也是個思想家，又是個經學家、科學家。他曾發明渾天儀，所以漢代沒有什麼純粹的文學家，或者純粹的政論家，也沒有純粹的哲學家。古人曾經說：「一事不知，儒者之恥。」說明了讀書人若是有一件事情不知道，就是讀書人的恥辱。今天我們分科精密，我們讀國學的人也不可能都知道；因爲我們今天要知道的事情太多了，即使從小到大到老，也不可能專到一門國學裏面去。我們知道在今天科學進步的時代，我們要知道的事情實在是太多太多了，所以過去的讀書人，可以說是兼差的。尤其是漢代的文學家，大都是兼差的。文學家是他，政論家也是他，所以說什麼文學家沒地位，政論家有地位，都是不正確的看法。

第三點，他以宋玉的職業是一個沒有多大出息的人物，在楚王面前只是個小臣，而且他所寫的文章是〈登徒子好色賦〉、〈神女賦〉、〈高唐賦〉這一類的。根據《史記》講，宋玉既然是屈原的後輩，也可以說是屈原的學生，意思是說宋玉是這樣的人，屈原也不會高明到那裏去，這也是犯同樣矛盾的毛病。他認爲《史記》史料不可靠，又拿《史記》的記載來證明；而且學生的作爲與老師的行爲未必一樣，用學生的行爲來證明老師的行爲，犯了邏輯上很大的錯誤。何況宋玉是君王前的弄臣，還沒有足夠的證明，這一點也不能成立。

第四點，他從〈離騷〉來證明，發現戰國時代的男子喜歡女性化，喜歡說香草美人、衣服這一類的辭彙，說〈離騷〉所寫的好像是很女性化，也就是說裏頭所說的內容都是香草美人這一類的詞彙。另外，他還舉出許多的資料來說明，也就是〈離騷〉中所講的，即屈原以美人自比，以芳草自喻，好誇張服飾，這是代表一時的風尚。像「衆女嫉余之蛾眉兮，謠諑謂余以善淫」，這是說明一般吃醋爭寵這一類的事情。「初旣與余成言兮，後悔遁而有他」，就是一開始答應與他和好，後來又對他不好。「余旣不難夫離別兮，傷靈修之數化」，還是說他依依不捨。「汨余若將不及兮，恐年歲之不吾與」，「惟草木之零落兮，恐美人之遲暮」，這都是自己怕年紀大了，長得不好看，會不受喜歡。「心猶豫而狐疑兮，欲自適而不可」，這是別人勸他回去跟大家在一起，他又不言不語；「苟中情其好脩兮，又何必用夫行媒」，想請人去疏通，又怕也是枉然，他又不肯去。當然他舉出很多，我只是舉出幾個代表他的意見。但在這裏，我們要特別說明的是這四點意見好像有點道理，其實都不對。

因爲，以〈離騷〉中的香草美人來說明屈原的身分，這個是主觀的看法。文學固然可以從主觀來理解，但必須合乎邏輯的推理。我們知道文學和實驗報告不一樣，實驗報告說什麼就是什麼，說香草就是香草，說美人就是美人。文學的形式跟內容往往是不一致的，形式跟內容一致，那是科學實驗的報告。還有一種是政論家，比如今天是競選，你必須說要做什麼，你不能夠讓人家來猜，人家不明瞭你的政見，人家不會選你。文學則不然，文學往往都是形式內容不一致的，這才是文學。所以我們要認識文學，必須衝破形式文字關，外國文學家說「要衝破堅硬的外殼」（《美學》引），然後你才能認識它的內容，否則你不能夠認識文學的內容。譬如說《史記》中有一篇〈西門豹治鄴〉，談論河伯娶婦的事，這篇文章很普遍，也很滑稽，《史記》列爲〈滑稽列傳〉。西門豹故意說河伯娶婦時也要去看看，一到那裏就告訴女巫說：這個女的長得不好看，叫女巫去告訴河伯改天換個漂亮的女孩給他，話一講完就把女巫丟到河裏去，當然丟下去就一去不回頭。而後一連丟下三個女巫的女弟子，還不夠，認爲女的辦不了事，換個男的去好了，於是把三老也丟下去，三老即地方上教育的官人，又沒回來。還要丟官吏，這時官吏個個嚇得叩頭流血，色如死灰，大家都害怕起來。西門豹又假裝沒事的說：「狀河伯留客之久，汝等罷休。」好像河伯留客留得太久了，你們回去吧！改天再來。你說這以後誰還敢再提河伯娶婦？誰講河伯娶婦就先叫他去見河伯，這就是教育老百姓。第二段敍述西門豹立刻發民開鑿水渠，灌溉農田並解決水患，最後有句話「至今，民人富足」，這二段構成這篇文章，題目叫做「西門豹治鄴」。他是用河伯娶婦這種戲劇性的方法來寫，但內容有其嚴肅的主題，這個嚴肅主題是什麼？就是儒家的政治思想，孔子《論語》中記載了這則故事：

子適衛，冉有御，子曰：「庶矣哉！」冉有曰：「既庶矣，何加焉？」曰：「富之。」曰：「富矣，又何加焉？」曰：「敎之。」（〈子路篇〉）

儒家政治的理想就是在教育老百姓，使老百姓富庶。可以說古今中外都是一樣的，西門豹就是要實現儒家政治的理想，這一點他做得很成功，因爲河伯娶婦是件很迷信的事情，爲了要破除迷信教育老百姓，他把三老也丟下河去，意思是說你沒有好好的教育老百姓，先丟你下去。至於第二件開鑿水渠，《漢書》中就有記載，漢文帝時，這幾條水渠要改道，老百姓請願不要改，說：係賢吏所爲。今天水渠雖然不能用了，但是要紀念西門豹，後來漢文帝順應百姓的請求，將這幾條水渠保留下來，當然今天我們已經看不見了。不過可見西門豹是個非常能幹的官吏，不是我們想像之中像小丑一般的縣知事。這篇文章所表現的，在內容上是嚴肅主題（儒家的政治理想），不過他所使用的手段是法家的手段，這又可以代表漢代武帝、宣帝時的政治思想，漢代是外儒內法，使用法家的手段實現儒家的政治理想。假如我們不能衝破文字外的情意，看到的是河伯娶婦這段滑稽的故事，那不能眞正了解這篇文章。今天我們也可以用這段故事來說明：假如把〈離騷〉看成香草美人，那不足以了解〈離騷〉，這是很明顯的一個例子。了解文學的內容，是要衝破那堅硬的外殼，就是破文字關，否則你被表面的文字所拘泥，不足以了解內容。因此他以〈離騷〉寫的是香草美人，就說屈原是個女性化的男人，這是侮辱屈原，不但是侮辱屈原，也可證明他對文學不了解。因此他所說的四點是不可靠的。那麼，屈原到底是怎麼樣的一個人呢？

前面我們所說的，所有否定屈原的存在及否定屈原的人格，都靠不住，我們知道古今以來，爲《楚辭》〈離騷〉下過註解的，見仁見智多到不可勝數，現在要從形式直接去了解內容，那過去解釋〈離騷〉的許多人，豈不是都不懂〈離騷〉了嗎？當然要否定屈原的人格，他必須從別地方去找材料，要更多的證據才行，不能靠一篇〈離騷〉說到香草美人就肯定屈原是個女性化的人，尤其是只靠〈離騷〉說明屈原的人格更是不合理。〈離騷〉應該作於楚懷王入秦地以前，但根據有關的考證，〈離騷〉卻是作在頃襄王時代，這是根據《楚辭概論》中所說的，和我們剛才所說的也不符合，至於《墨子》中所說的，《荀子》中也有這種說法，這是當時風俗的披靡，也是指少數的人而言，不是多數流行的風氣，所以要改變屈原的人格是不能成立的。當然這種看法也有他歷史上的影響，因爲傳統的觀念，認爲跳水死的人是不合古代禮節的。《禮記》上有三不弔的說法：其一就是跳水死的，屈原是跳水自殺的，在傳統的道學家看來是不合古禮，所以班固雖對〈離騷〉稱揚備至，但對屈原的行爲仍舊有微辭，說他「怨懟沉江，不合經義」。司馬光在《資治通鑑》中對屈原的名字提都不提，對屈原都非常的鄙視，後人對屈原當然沒否定他的人格，但認爲他怨恨沉江是不對的。甚至有人說痛飲酒，熟讀〈離騷〉便可稱名士。另一方面是以經學家的立場來看屈原；如果從經學家、道學家來看屈原當然屈原無一是處，所以廖季平是站在經學家的立場來否定屈原這個人，這都是片面的看法，其實屈原是一個愛國的詩人。

二、屈原的時代背景

屈原的生卒年，雖然我不能夠肯定，但綜合各家的意見，統計起來應該是說他生於楚宣王三十年（西元前三四〇年），死於頃襄王二十一年（西元前二七八年），享年六十三歲左右。但也有人說他是楚宣王二十七年生，死於頃襄王二十二年的時候，享年六十七，這中間差距只有四年，相差並不大，我們可以說屈原生於西元前三百四十年（卽中華民國前二二五四年），卒於西元前二七七年（卽中華民國前二一八八年），在這段時間，他在世上活動，大概不會有太大的錯誤。屈原名平，是楚國同姓，楚國是個古老的國家，本來在丹陽一帶（今湖北省秭歸縣東）。根據《左傳》記載，他的祖先篳路藍縷，以啓山林，千百年經營發展，到了戰國時代成爲一個地方最大的國家，長江南北都是楚國的勢力範圍。她和秦國是戰國時候的兩大強國，蘇秦曾經說過：縱合則楚王，橫成則秦帝。從這兩句話就可以知道在當時秦、楚在國際上地位相等。但是到了屈原的時代，國勢由盛而衰，由強轉弱，尤其是楚懷王在位的時候，憑一己之喜怒使楚失信於諸侯。楚懷王十五年（西元前三一三年），秦要打齊國，齊和楚合縱。秦惠王很憂慮，因爲若合縱成功，楚就可以稱霸中原，所以秦就使用計謀，令張儀佯去秦，厚幣委質事楚。曰：「秦甚憎齊，齊與楚從親，楚誠能絕齊，秦願獻商於之地六百里。」遊說楚懷王如果不合縱的話，秦就割商於之地六百里給楚國，楚懷王很短見，不顧集體的安全，只顧到個人的利益，因此就答應秦國，與齊國斷絕外交關係。等到楚和齊斷交之後，楚懷王很天眞地要向秦討那六百里地，那時候張儀就說：「那裏有六百里，只說是六里地呀！」當然楚懷王很生氣，起兵要攻打秦國，但沒有得到齊國及其他國家的幫助，被秦國打得大敗，損兵折將。根據歷史記載：戰爭斷斷續續一連打了有兩年之久。因爲跟齊國斷交關係，韓魏也就趁機偷襲楚國，弄得楚國前後受敵，所以楚就陷於絕境了。當然在這時，楚還是大國，秦是無法一下就消滅楚的，只能用離間之計，一下跟楚和好，一下又派兵攻打楚國。就在楚國焦頭爛額的時候，又派人向楚懷王說願意割地給楚，楚懷王又逞一己之快意說：「我什麼東西都不要，只要得到張儀就甘心。」因爲張儀欺騙他說六百里，結果變成六里。張儀到楚國以後，又鼓起他那三寸不爛之舌，三言兩語地就把楚懷王給說動了，而把張儀給放了。當時屈原出使到齊國，屈原是比較有遠見的人，他是主張連合六國來抵抗秦國的。回國聽到懷王把張儀放了，問懷王爲什麼要放張儀，懷王聽了也很後悔，派人去追，卻來不及了。從此以後，楚國再也沒有人同情他。後來，因爲被韓、魏兩國攻伐，抵抗不住，最後只得投靠秦國，在依賴秦國的時候，秦國要楚太子入質於秦，然後才派兵援救。當然秦出兵以後，韓魏等幾個國家都撤兵而去，從此楚國就被孤立，變成秦國的保護國了，始終被秦國玩弄於股掌之上。最後一次，楚懷王到秦國被秦國留下，楚懷王因此客死於秦。頃襄王繼位，但楚國怕秦國聲威的情勢仍然沒有改變，還是跟秦國好好壞壞的。根據歷史上的記載，頃襄王七年（西元前二九二年）時，還娶了秦國的女兒做媳婦，秦楚就言和了。頃襄王十四年（西元前二八五年）時，秦昭王會於郢結和親；又五年即西元前二八〇年時，秦國又攻打楚國了。楚就是用這種態度來玩弄楚國，一下與他和親，一下又派兵攻伐。西元前二七九年，秦大將白起攻伐楚國，郢西地方淪陷，從此楚國一蹶不振。屈原眼看自己的國家被秦國蠶食鯨吞，自己的計謀又不爲所用，他心情的苦悶、情緒的悲憤是可想而知的。就在西元前二七七這一年，秦攻伐了楚很多的地方，他就自殺了，結束他痛苦的一生。屈原雖然在政治上不能一展他的抱負，但是在文學上卻留下不朽的詩篇。他所寫的幾篇作品，我們叫做騷體的文章，內容都和當時的環境非常地符合，所以我們也可以拿屈原的作品來說明他的身世，更可以拿他的作品來說明他是一個忠貞的愛國詩人，同時也可以拿他的作品來敍述他的抱負、理想，與他不幸的遭遇。

三、離騷的精神

根據《史記・屈賈列傳》說：屈原是楚的同姓，也可以說是一個貴裔，因此〈離騷〉一開頭就說：「帝高陽之苗裔兮，朕皇考曰伯庸，攝提貞于孟陬兮，惟庚寅吾以降」，說他本來是古代高陽帝的後裔，他死去的父親號伯庸，太歲在庚寅的那一天他降生了。屈原從小就很聰明，又善於口才，《史記》說他「博聞彊志，明於治亂，嫻於辭令」，這是一種非常正確的記述。也因爲他的聰明及過人的才華，很早就在朝廷任職。因鋒芒太露而遭受同僚的非議、嫉妒與批評，終於使他不能展露他的才華，而被同伴誤解攻擊，楚懷王也慢慢跟他疏遠，最後終於被放逐。

他在〈離騷〉中吐露他的心聲：

紛吾既有此內美兮，又重之以脩能。扈江離與辟芷兮，紉秋蘭以為佩。

汩余若將不及兮，恐年歲之不吾與。朝搴阰之木蘭兮，夕攬洲之宿莽。

他既然有這樣的聰明本性，加上他後天自我的努力。戴秋蘭代表他的淸高絕俗，他不斷地約束自己、勉勵自己要努力向上，恐怕年歲不等待。在春天的早晨去看山中的木蘭，冬天的傍晚去採擷水邊的靑草。這表示他自己是多麼地努力自修向上，而且又不怕環境的困難與艱苦。

惟夫黨人之偷樂兮，路幽昧以險隘。豈余身之憚殃兮，恐皇輿之敗績。

那些同伴們只知道苟且偸生，那裏知道國家的前途是黑暗危險，並不是害怕自身的危難，是恐怕國君、國家會遭殃。所以屈原在那種環境之下，孤軍奮鬥爲國家效勞。他不計個人的利害，只想到國君的安危，這又是何等的心志，這是他自己心甘情願，沒有人逼迫他的，所以他說：「亦余心之所善兮，雖九死其猶未悔。」這是他心向祖國，效忠國家，並不想得到什麼報酬，雖然犧牲生命他也不後悔，最後他就以身殉國了。

已矣哉！國無人莫我知兮，又何懷乎故都。旣莫足與為美政兮，吾將從彭咸之所居。

所以他最後嘆息地說：「算了吧！我想沒有人能夠了解的，我不必再留戀人間，既然不能在政治上一展抱負，我只好了結我的一生。」

屈原雖然殉國，留給後人無限的懷念與回憶，我們暫且不說他的作品，就拿現在每年五月五日的端午節，民間包粽子來紀念他的這件事情來說，在歷史上沒有一個人能夠比得上的，家家戶戶男女老少，幾乎是無人不知無人不曉，憑這一點就可以說明他留給人們永恒的回憶與懷念。

四、屈原的作品對後世的影響

(一)影響漢代文學

屈原的作品《楚辭》，和《詩經》常常被人稱爲南北文學的主流，《詩經》代表北方文學，《楚辭》代表南方文學。在漢代文學領域之中受影響的不是《詩經》而是《楚辭》，像漢高祖的〈大風歌〉，《史記》所載漢高祖要立戚夫人的兒子趙王如意爲太子，以後沒有實現，戚夫人就對高祖痛哭，高祖就說：「爲我楚舞，吾爲若楚歌。」這可以看出漢代受《楚辭》影響之深。《漢書》記載昭帝在位時，匈奴與漢和親，漢派使者去匈奴要求匈奴把蘇武給放回來，蘇武是在天漢元年（西元前一〇〇年）入使匈奴，被匈奴扣留下來，一直到昭帝即位時與匈奴和親前後十九年，蘇武才被放回來。天漢二年李陵投降匈奴，所以常和蘇武在一起，現在聽到蘇武要放回去了，李陵當然有誤國之失啊！《漢書》中記載，李陵聽蘇武要回國，給他送行訣別，唱了一首歌，這首歌就是《楚辭》：

徑萬里兮度沙漠，為君將兮奮匈奴。路窮絶兮矢刄摧，士衆滅兮名已隤。老母已死，雖欲報恩將安歸。

這是楚辭體，再如趙飛燕的辭，也可以說是受《楚辭》影響的一個產品：

涼風起兮天隕霜，懷君子兮渺難望，感予心兮多慨慷。

這首更可說完全是楚辭體，以後張衡的〈四愁詩〉、班固的詩都可以說是受《楚辭》的影響。

(二)崇高精神引發共鳴

從他本身來說，屈原偉大的人格、崇高的精神，感動了後來一切有正義感的文學家。在歷史上凡是與屈原有同樣身世、同樣遭遇、同樣命運的人都會引起思想感情的一種共鳴，因此自然地同情屈原，進而模仿他的作品來發洩自己內心的感慨。最顯著的是漢代的賈誼，他也是忠而被諂，公正而受謗，被貶的地方也是長沙。所以他在經過屈原投江的地方，徘徊不能自已，就投書弔屈原，那就是很有名的〈弔屈原賦〉。引屈原為知己，所以〈弔屈原賦〉其實也可以說是弔自己，這叫做借題發揮。在文學上他有很多的地方，是模仿楚辭體裁而寫的。司馬遷在寫〈屈原傳〉時，也深深地受屈原偉大精神人格的感召，低迴詠歎說：

余讀〈離騷〉、〈天問〉、〈招魂〉、〈哀郢〉，悲其志。適長沙，觀屈原所自沉淵，未嘗不垂涕想見其為人。

這可說明司馬遷在為他寫傳時，深深受他的精神感動。

(三)愛國情操影響後世詩人

其次，再說屈原的愛國情操，他為了國家而投江自殺，前面曾說站在經學家的立場來說，這是不合經義的，但是他的精神為後人所欽佩，所以當國家受異族欺凌、壓迫的時候，社會上許多有志的人士都會慷慨激昂，寫下愛國詩篇，甚至犧牲自己的生命。像宋代的文天祥、明代的史可法都是很好的例子。文天祥在〈過零丁洋詩〉中說：

辛苦遭逢起一經，干戈落落四周星，
山河破碎風拋絮，身世飄零雨打萍，

惶恐灘頭說惶恐，零丁洋裏嘆零丁。
人生自古誰無死，留取丹心照汗青。

這可以說是在忠於國家不可能的時候，自己犧牲的寫照。近世的秋瑾女士也是爲國犧牲的詩人。這都是受屈原愛國犧牲生命的精神所感召的結果。

(四)詩歌創作的形式

另外，屈原在作品的形式方面，採取民歌形式創造一種新的體裁，所以《昭明文選》特別立了一個騷體的文章，在當時不過是一種流行於民間而參差不齊的歌詞，像《孟子·離婁篇》中記載的〈孺子歌〉：「滄浪之水清兮，可以濯我纓，滄浪之水濁兮，可以濯我足。」屈原就是運用這許多民歌的形式來創造一種對偶的新體詩，我們不能說在屈原以前沒有這種形式的詩，不過這是經過屈原蒐集民歌加以改造出來的。這種新體詩有它的時代性，爲什麼呢？它打破了以四言詩爲主的《詩經》，這種體裁對後世詩歌的形式有非常大的影響，後來的七言詩可以說是起源於《楚辭》。後人都認爲〈九歌〉是七言詩的起源，顧炎武的《日知錄》也講，從前的人講〈招魂〉、〈大招〉，去掉「兮」字都是七言詩。梁啓超等都認爲七言詩是源於《楚辭》，當然我們固然不能認爲一種文體的產生，可從它某一方面直接的傳下，但七言詩的起源與《楚辭》有連帶的關係，我們是可以相信的。

在辭賦方面的體裁來講，《楚辭》可以說是辭賦之祖，明朝徐師曾《文體明辯》曾經說：

> 楚辭者，詩之變也。屈平後出，本詩意以為騷，蓋兼六義，而賦之義居多。厥後宋玉繼作，並號楚辭，自是辭賦之家，悉祖此體。

《詩經》句法長短不拘，但是以四言爲主，並且篇幅不長。《楚辭》既從《詩經》以後發展成一種新體詩，而屈原的作品除〈天問〉一篇尚有少數的四言詩之格律外，其餘的都可說全部都已打破四言的格律。〈離騷〉和〈九章〉的一部分若把「兮」字去掉是六言詩，〈九歌〉中有一部分把「兮」字去掉是五言詩，還有的就是長短句，〈招魂〉雖類似四言，但是其中一部分把「兮」字、「些」字去掉，就成爲一篇七言詩，這可以說是在體裁方面的影響。

(五)浪漫的風格

在作品風格方面，屈原更是有驚人的成就，《楚辭》是由《詩經》轉換過來的，《詩經》寫實，《楚辭》轉爲浪漫，開後世浪漫派詩歌的先河。屈原的作品大都是超現實，像他描寫天國的手法就是一例，最近有人說「地獄之說」淵源於《楚辭》，一般人對於天堂地獄都認爲是佛經傳到中國才有的，但是在《楚辭》中就已經有天堂地獄的觀念。在描寫天堂時，把自然的景物都予擬人化。《詩經》固然也描寫天，但《詩經》對於天是以一種率直的、當作事實的一種敍述，沒有通過顯現，文學需要通過顯現，這是《楚辭》最高明的地方。像：《詩經》〈大雅文王篇〉描寫天：「文王在上，於昭于天。」只是一個敍述。而《楚辭》就不同了，它以神話故事爲內容，它是將浪漫和現實二者結合，爲文學開創一條廣闊的道路。後世傑出的文學家都是在《楚辭》中擷取浪漫的色彩、藝術的手法，發揚古典文學優良的傳統。像李白的浪漫詩，也是在他筆下大量拾取神話傳說、歷史人物、日月風雲而構成他那優美的詩篇。這不止是在韻文方面，就是散文、小說方面也是如此。蘇軾的〈念奴嬌〉：「大江東去，浪淘盡、千古風流人物。故壘西邊，人道是三國周郎赤壁。亂石崩雲，驚濤裂岸，捲起千堆雪。江山如畫，一時多少豪傑。」這首詞據說是受《楚辭》的影響。就是馬致遠的〈秋思〉：「枯藤老樹昏鴉，小橋流水平沙，古道西風瘦馬。夕陽西下，斷腸人在天涯。」也是如此。還有吳承恩的《西遊記》也受《楚辭》的影響。很顯然地，《西遊記》中的地獄色彩和《楚辭》中的觀念有若干蛛絲馬跡可尋。這些都是在作品風格方面受《楚辭》影響的幾個例子，其實後世受其影響的不可勝數。

(六)藝術手法

在描寫的藝術手法方面來講，也是後來作家羨慕學習的對象。屈原作品中豐富生動的形象、清新香豔的詞句、鏗鏘和諧的音調，處處都具有吸引人的力量。歷史上有名的文學家，都在學習他那種高度的藝術技巧，來提高自己的表現手法。據說：枚乘的〈七發〉，司馬相如的〈大人賦〉、〈長門賦〉，揚雄的〈長楊賦〉，張衡的〈思玄賦〉，王粲的〈登樓賦〉，曹植的〈洛神賦〉，乃至於鮑照的〈蕪城賦〉，江淹的〈別賦〉、〈恨賦〉，庾信的〈哀江南賦〉都是受《楚辭》的影響，甚至有少數的句子都是模仿《楚辭》的。這些可以說都是屈原藝術手法一脈相傳下來的。其他像杜甫的〈北征〉，辛棄疾的〈菩薩蠻〉，孔尚任的〈桃花扇〉也都是受屈原藝術手法所影響出來的作品。

《文心雕龍》〈辨騷〉說：

> 故其敘情怨則郁鬱而易感，述離居則愴快而難懷，論山水則循聲而得貌，言節候則披文而見時，是以枚賈追風以入麗，馬揚沿波而得奇。其衣被詞人，非一代也。故才高者苑其鴻裁，中巧者獵其豔辭，吟諷者銜其山川，童蒙者拾其香草。

這段話可以說明漢代著名的賦家，乃至於六朝詩人都根源於屈原的作品。後世讚揚《楚辭》的非常的多，班固雖然批評屈原的爲人，但是對於《楚辭》也很讚美，他說：

宏博麗雅，為辭賦宗。後世莫不斟酌其英華，則象其從容。

王逸作《楚辭章句》時也說：

自孔丘終沒以來，名儒博達之士，著造詞賦，莫不擬則其儀表，祖述其模範，取其要妙，竊其華藻，所謂金相玉質，百世無匹。名垂罔極，永不刊滅者也。

宋代王應麟也說：

楚辭皆以寫其憤懣無聊之情，幽愁不平之致，至今讀者，猶為感傷。如入虛墓而聞秋蟲之吟，莫不咨嗟嘆息，泣下沾襟。

天才絕頂的蘇軾也講：

吾文終其身企慕，而不能及萬一者，屈子一人耳。

蘇東坡瞧不起任何人，但是對屈原卻有無限的仰慕。

所以，我們可以了解，確有屈原這麼一個人，而且是愛國家、忠於國家的偉大詩人。屈原的精神、行爲感召於後世，他的作品流傳於後世，有無限的影響。

司馬遷與《史記》

一、前　言

各位先生各位女士：今天我要來談談《史記》和司馬遷的問題。司馬遷的《史記》在中國可以說是家傳戶誦、老幼皆知的人物和書籍，凡是稍爲讀過中國書的人，可以說是無人不知、無人不曉，尤其是各位知道得更詳細。這個題目前人也寫過不少，根據我所蒐集的資料，就有十幾個人之多，其中有談司馬遷本人的，也有談《史記》的。所以今天我來講這個題目，也可以說是老生常談，我不想多花時間來探討司馬遷這個人或《史記》這本書。我僅僅綜合司馬遷與《史記》有關文學方面的成就與特點，提出我個人的一點看法，向各位報告。

二、司馬遷的創造性

我首先要談的是司馬遷的創造性，當然司馬遷在文學上的創造性，是由於他一生的經歷。各位知道，他是山西人，他的老家正好是在陝西和山西交接的汾河黃河兩岸的地方。這個地方，因爲好像一個門闕，前人就將它叫做龍門。司馬遷出生於漢景帝中元五年（西元前一四五年）時，但也有人說他是出生於武帝建元六年（西元前一三五年）時，關於這一點，我不想做詳細的探討。各位都知道，他的父親是司馬談，在漢朝做過太史令。司馬遷十歲時，就開始誦讀古文，而他自己說在二十歲的時候，南遊江淮（今江蘇安徽）上會稽探禹穴（今浙江紹興縣），闚九疑（今湖南寧遠縣南）浮於沅湘（今湖南省），然後又向北，涉汶泗（今山東省一帶），講業齊魯之都（山東臨淄、曲阜縣），觀孔子之遺風，鄉射鄒嶧（今山東鄒嶧縣嶧山之地），戹困鄱薛彭城（昔屬魯地），過梁楚而歸（今河南安徽交界）。從他自己所說的經歷來看，他的足跡幾乎遊遍了大江南北，只是沒到過閩、粵而已。

司馬遷回去以後，就出仕爲郎中，郎中的職務，在漢時擔任皇宮車騎、門戶、內充侍衞、外從征伐的工作。以後他開始在外交政治上活動，出使征巴蜀以南（今四川貴州一帶），南略邛、筰、昆明等地，足跡走遍中國西南各省。那時正好武帝開始封禪大典，這是一件非常重大的慶典。他父親因事留在周南（今陝西以東之地），不能參與其事，所以含恨憂鬱病危，剛好司馬遷出使回來，他父親就遺命叫他論述《史記》。司馬遷聽了以後，俯首流涕說：「小子不敏，請悉論先人所次舊聞，弗敢闕。」意思是說，我雖然不才，我必定要將先人所遺留下的資料，把它編寫成爲一本史書，不敢有遺漏。

他父親死後三年，他繼承了他父親的職位做太史令，因此能夠看許許多多的書，也有任務和責任去記述古代的許多歷史，這時他是三十八歲。過了五年之後（西元前一〇四年），漢武帝太初元年，司馬遷已四十二歲，開始寫《史記》，但沒想到還沒寫完，就遭受到殘酷的宮刑。事情是這樣的，天漢元年（西元前一〇〇年）李陵投降匈奴，司馬遷認爲李陵是受困不得已而降，並不是存心背叛漢室，漢武帝聽了非常地憤怒，認爲李陵投降，他還替他辯護，要將司馬遷處死，後來幸虧有人替他求情，改受腐刑。又因家貧，不能用金錢贖罪。司馬遷受腐刑，不但是肉體受摧殘，心理上的打擊也很大。他曾經說過兩句話：

禍莫憯於欲利，悲莫痛於傷心；行莫醜於辱先，詬莫大於宮刑。（〈報任少卿書〉）

說恥辱最大的是受宮刑。照道理說他應該自殺，爲什麼他不死呢？也就是爲了《史記》沒有完成。他要繼承他父親的志業，所以他隱忍苟活，沒有自殺。在〈報任少卿書〉中他說得非常悲痛，任少卿就是任安，當時爲東門守將，因巫蠱案入獄，當時司馬遷做中書令，親近武帝。因此，少卿求他向武帝說情。他答覆少卿說：

隱忍苟活，幽於糞土之中而不辭者，恨私心有所不盡，鄙陋沒世，而文采不表於後世也。

他之所以隱忍苟活，是因爲《史記》沒有完成，想想他當時替李陵辯護，差點喪命。今天假如再替少卿辯護，若武帝一生氣，連性命都沒有了。否則，他與李陵並不認識，都替他求情，何況是少卿呢？這封信寫得很動人，隱隱約約地提到沒有替任少卿辯護的原因，是因爲他一心一意要繼承寫作《史記》的大業。

三、《史記》的內容及名稱

(一)內　容

根據記載，《史記》的內容上至黃帝，下迄武帝。有「十二本紀」、「十表」、「八書」、「三十世家」、「七十列傳」共一三〇篇；大約五十二萬六千五百字，是一部創造性的著述。寫完後大概略爲修飾，第二年，司馬遷就去世了。所以他大約卒於武帝末年。在司馬遷過世之後，《史記》有部分流傳於民間，篇中頗有缺失，以後有人說部分是褚少孫所補。《史記》之所以傳流千古，大概是因爲司馬遷周遊名山大川，親身體驗過天下的大事，所以寫出的文章氣勢磅礴，爲後世留下如此不朽的巨著。這本書一直到漢宣帝時，他的外孫楊惲才把它公布出來。

(二)名　稱

《史記》的名稱有兩種：一種是通稱，凡是歷史都可叫「史記」，在《史記》中有「因史記，作春秋」，可見「史記」就是古代的歷史；一種是專稱，專指《史記》而言。根據我個人的看法，《史記》的書名，一直到東漢末年才有，在這以前像班固只稱爲《太史公書》或《太史公》等。到了《後漢書・班彪傳》中，稱司馬遷的史書爲「史記」，而直到了《隋書・經籍志》才正式定名。

四、《史記》的體例

就體例而言，《史記》爲紀傳體，有「本紀」、「表」、「書」、「世家」、「列傳」等。帝王之事用「本紀」；「表」是記國家大事的，像年代太久而不明的作「事表」，年代可考的作「年表」，時事太繁複的作「月表」。漢興以來，侯王將相多不勝記，如替他們每個人都寫傳，則太繁複，因此司馬遷替他們列「表」，這對後世讀史的人非常有幫助，後面又有「總表」，我們一看「總表」就知道得清清楚楚，什麼人在什麼時候做過什麼官；什麼時候任過什麼職……？「列傳」中所沒有的，都可以從「表」中查見。所以「表」在記載歷史方面，功用非常大，這種體例，是從司馬遷開始的。「書」是記述文化的演變，其中有〈禮書〉、〈樂書〉、〈律書〉、〈天官書〉、……。〈禮書〉列爲第一，是因爲他認爲「禮」，因人知情與人接聞是極其重要的。〈樂書〉列爲第二，是因爲可以移風易俗，古代以樂治天下。〈律書〉就是法令，如果沒有法令，治安無法維持，社會不能安定，所以做〈律書〉。有了律法還要論月曆、年曆。漢代的曆法改變很多次，在漢初時沿用秦的曆法，秦曆是以十月爲正月，是爲太初曆；到漢武帝時才改用夏曆（卽今之陰曆），夏曆一直沿用到清朝。漢以前的各朝，曆法都不相同，曆法是種專門學問，古代以農立國，講究曆法，利於農事，春耕、夏耘、秋收、冬藏才有所依據。夏、商、周三代曆法雖不同，但以「夏曆」最符合於農事。因此，以後都沿用夏曆。〈天官書〉是專談天文方面的，這當然也是以農立國，利於農事的原因。〈封禪書〉，是受命天子要祭天、祭地、祭名山大川，在漢朝時「封禪」是件盛事。〈河渠書〉是談有關河渠地理方面。〈平準書〉是有關經濟方面的。

每一種「書」都是專門的學問，我只講個大概，可說只是個目錄而已，我們可總稱「八書」爲中國古代的文化史，範圍非常廣，今天我只談它在文學方面的梗概。

五、史記寫作的特點

（一）本紀方面

「本紀」專記帝王之事，項羽不是帝王，司馬遷寫了〈項羽本紀〉，而惠帝在位七年卻未記入本紀，只附在〈呂后本紀〉後面；秦從莊襄王以上，仍舊是諸侯，司馬遷也寫〈秦本紀〉。這三點，因爲和體例不合，司馬遷另有說明。

秦爲什麼不叫諸侯？因爲秦始皇統一了天下，爲了替帝王做本紀，不得不詳細追溯其祖，所以莊襄王雖沒做帝王，但爲了寫本紀，就要記載。後來的《三國志》也和這一樣，曹丕卽位後才有曹魏，曹操並沒有做帝王，但在《三國志》中稱他爲魏武帝，這也可以說是受《史記》的影響，他這種體例影響後世很深遠。再說晉朝，是司馬炎開始卽位的，稱爲晉武帝，但是追溯其父司馬昭，稱爲太祖文帝。其伯父司馬師，稱爲世宗景皇帝，其祖父司馬懿，稱爲高祖宣皇帝，都是追溯到其祖先的，這也是受司馬遷《史記》體例的影響。

至於說項羽沒做帝王，爲什麼替他作本紀，他也有所說明，因爲當時的許多諸侯都是項羽所封的，項羽雖沒做過帝王，但他做了「西楚霸王」，政由羽出，連劉邦都是他封的，最後他還特別說明其由：「舜目蓋重瞳子，項羽也有重瞳子，羽豈其苗裔邪！」替項羽找出了一件作本紀的依據。由此，我們可以知道，《史記》所記，並非絕對事實。就文學的立場來看，《史記》中的部分資料，有若干是虛構的，不能全信。各位一定很奇怪，《史記》怎麼可能是虛構的？關於這點，後人考訂的很多，站在文學的立場來說，像「舜目蓋重瞳子，又聞項羽亦有重瞳子，羽豈其苗裔邪！」這段資料顯然是不很可靠的。各位知道，他在那裏看到舜有重瞳子呢？有沒有事實的根據呢？那麼，司馬遷爲什麼要記這種沒有史實的材料呢？這當然是要使他所寫的文章更合乎邏輯而已。舜既有重瞳子，項羽也有重瞳子，但又不肯定，只說：「羽豈其苗裔邪！」這就是若隱若現地說項羽是舜的後代，爲項羽留下一地步，言外之意，說我替他作本紀也是應該的。

惠帝做了皇帝七年，史公沒替他作本紀，而附在〈呂后本紀〉後面，這也是有很深的意義在其中。爲什麼？因爲呂后曾把戚夫人殺了，並且把她的眼睛挖掉，鼻子、手、腳砍掉，使居厠中，號稱「人彘」。這可說是一件非常殘酷的刑法，惠帝是一個仁慈的國君，看到這種情形，就說了這麼一句話：「朕終不能治天下。」意思是說，我是個國君，我今天還能管理這天下嗎？我有什麼面目對天下人？所以司馬遷就根據這句話不替惠帝寫本紀，意思就是說：政治由呂后治理，當然還寓有批評的意思在內。到了《漢書》中，方有〈惠帝紀〉，這是關於本紀方面。

(二)世家方面

在「世家」方面，也有幾個跟它體例不合的，「世家」是專記對漢代有功的功臣，譬如〈蕭相國世家〉等。但其中有〈孔子世家〉，孔子既不做官，爲什麼寫〈孔子世家〉呢？那是因爲漢代對孔子非常尊敬，認爲孔子爲天下制禮樂，把六藝傳於後世，應該列爲世家。換句話說，他雖然不是漢代的開國功臣，但對漢代文化有非常大的貢獻。因此，把孔子列爲世家。還有陳涉，也不是漢代的臣子，但也列入世家（《漢書》則把他列爲「傳」），司馬遷也有說明，因爲當時陳涉最先起義。換句話說，如果當時陳涉不起義，劉邦還不一定會起義呢？因此，對漢來說，陳涉有首義之功，所以也將他列入世家。

《史記》雖然不按照體例來寫，但照上列看來，也是有它的原則。以我的看法，假如司馬遷按照他既定的體例來寫作，那就太呆板了，他用這樣一個混雜的體例——既有變化又不破壞體例的原則。就好比一件藝術品，既有像原有的形象，但又不能太像原有的形象，情形是一樣的；因爲《史記》也是一件藝術品呀！我們知道刻圖章的人，有時故意把邊線弄斷。《史記》寫作的情形，正像這樣，他自己定下一個很好的體例，自己又要破壞這個體例，就好像篆刻印章，故意把邊線弄斷但又不失圖章的形式，這就叫做藝術。所以稱《史記》爲藝術，我很贊成。假如要呆呆板板的按照體例去寫，一點都不能例外，那就太呆板了。《史記》不按照體例，然後才能表現出它藝術的特性，這是我要特別說明的。

(三)列傳方面

「列傳」可分爲五類，在這裏我只把它歸成三類：

1.專傳（或稱分傳） 一個人一個傳，當然這個人很重要，像〈孟嘗君列傳〉。

2.合傳 將相關的人物合在一起作傳，有的時代一樣，有的時代隔得很久，譬如〈屈原賈生列傳〉，二人相距數百年，因爲聲氣相通，有許多類似之處，所以把他們合在一起。又像〈管晏列傳〉，兩人相距有九十多年。同時代的像〈伯夷叔齊列傳〉等。如詳細的分別，有同一朝代；有不同朝代的；有聲氣相通的；有學派相似的；統歸它爲合傳。

3.雜傳 敍述許許多多的人物、事跡。有的機遇相同，譬如〈刺客列傳〉；有的學業相同，像〈儒林列傳〉，記載的都是儒家。還有〈循吏列傳〉、〈滑稽列傳〉、〈龜策列傳〉、〈貨殖列傳〉……等，統稱它爲雜傳。

這些「列傳」中，他所寫的都是足以代表那一時代的人物，在這點司馬遷是很高明的。

另一方面，司馬遷寫《史記》也是有他的用意的，他是要繼承堯、舜、文、武、周公、孔子的道統，他說：周公死後五百年而後有孔子；孔子死後至今五百歲。孔子距周公五百年寫下《春秋》；司馬遷距孔子也五百年，所以他也要繼承孔子寫《春秋》的筆法寫《史記》。因此說：「意在斯乎！小子何敢讓焉。」他是當仁不讓，要繼承這個道統，這是司馬遷最大的用意。他繼承了中國古代文化的道統，當然他也創造了新的文化風貌，他不是只有繼承，他還有創造。《春秋》的寫作，在《孟子》中提到是「其事則齊桓晉文，其文則史。其義，則丘竊取之矣。」孔子寫《春秋》有三件事：⑴內容⑵形式（文字）⑶微言大義（言外之意）；寫文章最不容易表現的就是這種微言大義。司馬遷要繼承孔子的文化道統，當然他要把歷史、文學、微言大義這三點揉合在一起，揉合得最好，也就是藝術的最高點，更是種技巧。司馬遷自己說：「我寫《史記》寫列傳，都是寫重要的人物，我不替他們寫，這些重要的人物就不能傳下去了。孔子不寫《春秋》，亂臣賊子、忠臣義士誰曉得？」意思是說，我今天不寫《史記》，誰曉得我們中國古代有許多忠臣義士？許多應該傳流後世的人物呢？

《史記》列傳第一個人物，就是〈伯夷列傳〉，〈伯夷列傳〉是怎麼寫的呢？〈伯夷列傳〉中有幾句話：

> 夫學者載籍極博，猶考信於六藝，詩、書雖缺，然虞、夏之文可知也。

換句話說，詩、書六藝都是孔子所編，今天伯夷能流傳於後世，也是孔子在《論語》中稱讚他，孔子稱讚伯夷，使伯夷流傳後世，今天他如果不把許多人物流傳下來，他們就不能流傳於後世。因為學者載籍極博，詩、書、六藝還是有殘缺的，他如再不寫，殘缺了的文獻，後世誰知道有那麼個人。所以將〈伯夷列傳〉列爲第一。各位知道，〈伯夷列傳〉是憑空寫的，這叫做無中生有的寫法，〈伯夷列傳〉有什麼可寫的呢？《史記》記述他們是孤竹君的二子，武王伐紂時，他扣馬首而諫說：

「父死不葬，爰及干戈，可謂孝乎？以臣弑君，可謂仁乎？」左右欲兵之。太公曰：「此義人也。」扶而去之。

等到武王平殷亂，伯夷、叔齊恥食周粟，隱於首陽山，采薇而食，將餓死時，唱了一首歌，如此而已。但是司馬遷卻憑這一點材料，寫了一大篇文章。就文章作法來說，這是無中生有的一種作法，也可以說是在發表自己的意見，說孔子能將伯夷流傳於後世，我今天也要學孔子，要把前人的事蹟也給流傳下來，這種心意是可以看得淸淸楚楚的。

司馬遷不但是學孔子傳述伯夷的手法，把古代許多人物傳流下來，更有一種無限的文化精神傳遞的力量，寓於其中，我們在讀《史記》每一篇，每一個列傳時都應該精心地去硏究，它有深義存焉。以後的歷史，記傳體都是仿效馬司遷的，但是後世的記傳體雖然仿效司馬遷，把人物流傳後世，但他們寫作的內涵、文化傳遞的力量、藝術的手法，卻很難有一個人可以和司馬遷媲美的。所以我們讀《史記》，要用藝術的眼光去讀它；藝術有它的統一性，在描寫人物的時候，不能說這個人很好，又說這個人也有缺點。例如演戲，出場的人物都是很典型的，這樣才能夠激動觀衆。如果描寫一個人不好也不壞，那有什麼好寫的呢？在社會中比比皆是也，那就不值得去寫了。所以戲劇裏要表演一個好人，他一定要找一個長得很端正的，我們稱爲小生。我們一看，都知道這是個好人啊！壞人如果是長得很好看是不行的呀！他必須把臉上塗得很難看，來表示這個人一定是個壞人。這樣觀衆一看就曉得那個是好人？那個是壞人？忠奸辨別得很清楚。寫人物傳記當然也是要這樣的，否則，就沖淡了人物的特性。人物沒有突出的個性，在文章作法上，就破壞了文章的統一性。所以在寫傳記人物時，寫好的就專寫好的一面；至於人物壞的一面，在《史記》中當然也要寫，只是不在同一篇文章之內而已，以別的篇章來補充。所以讀《史記》，單是讀本傳還是不夠，譬如〈信陵君列傳〉，司馬遷寫得很好，說：「公子爲人仁而下士。」還特別說明信陵君死了以後，沒有幾年，魏失掉什麼地方；再幾年，又失掉什麼地方；再幾年，魏國亡。可見信陵君一身繫魏國的安危，責任非常重大，痛惜他懷才不遇，不能爲國家效勞。當然信陵君也有他的缺點，這個缺點他在〈范睢蔡澤列傳〉中來寫，說秦國要逃亡到趙國的魏齊，魏齊依靠趙相虞卿，虞卿便拋棄了相位和魏齊一起逃亡，認爲天下唯有信陵君能不懼秦國。結果，當他們跑去投靠信陵君時，信陵君顯得首鼠兩端，不敢接受，還問這個人是什麼人？其實這個人是什麼人？他早就知道了，他底下有那麼多的食客，難道不知道嗎？雖然聽從侯嬴的話要接納，但魏齊已知道信陵君起初畏懼不肯接納，就自殺了。我們看到這一段，總覺得信陵君這個人不夠朋友。司馬遷把信陵君的材料，分別來處理，顯出人物個性的突出，也使文章主旨一致了，這是一種藝術的手法。前人說讀《史記》要能互見，這邊也看，那邊也看，我們才能瞭解人物全部的面貌。這是就讀歷史能全面了解一個人的個性而言，就文學的立場說，還要了解作者處理材料的藝術手法。

再說〈項羽本紀〉，司馬遷非常同情項羽，所以把項羽寫成一個英雄。項羽失敗是史實，就讀過本文的印象來說，好像項羽從來沒有失敗過，有一次是被風吹失敗的，就是被圍垓下的時候，也殺死了幾個人，最後還是自殺的。所以在〈項羽本紀〉中，只覺得項羽的成功，不覺得項羽的失敗，這是文章的力量。

六、史記中的義法

司馬遷不但是歷史家，也是文學家，我們要強調司馬遷把《史記》寫成最高的文學作品，「鄙沒世而文采不表於後世」這是他最大的一個願望，所以他要把《史記》寫成價值最高的藝術品，這可從下面兩點來說明：

1.就「義」方面說，例如我們常說「太史公義法」，就是說他繼承孔子，他在每篇文章中，都含有別的意思在內，在〈屈原列傳〉中，他認爲屈原是忠貞愛國的詩人，他不但褒揚屈原本人，他所寫的，另外一個意思是針對當時的文學，提出他的意見。他在最後提出幾句話說：

> 屈原既死之後，楚有宋玉、唐勒、景差之徒者，皆好辭而以賦見稱，然皆祖屈原之從容辭令，終莫敢直諫，其後楚日以削，數十年，竟為秦所滅。

它這意思是說屈原死了以後，宋玉、唐勒、景差等人繼承屈原的衣鉢，寫下文化的傳統，接下《楚辭》的風格，但是他又提到「莫敢直諫」，所以楚國的國勢一天一天地衰微下去，維持不到幾十年，楚國就被秦國滅亡了。在這之中就告訴我們一個消息，原來屈原是忠君直諫的，假使屈原再生還，楚國不會滅亡，屈原死了，楚國就亡了。相形之下，對宋玉、唐勒、景差之徒不敢勸諫，以至於讓楚國滅亡，頗有微詞。寥寥幾句話，包含褒揚屈原，貶斥宋玉、景差之徒所寫的文章，雖在形式上繼承屈原的傳統，但在內容上因為不敢直諫，不如屈原之高明。這也明顯地告訴我們，辭賦是以諷喻、勸諫為主。以後班固在《漢書．藝文志》中就提到，辭賦要勸諫諷喻，所以他說：

> 大儒孫卿及楚臣屈原離讒憂國，皆作賦以風，咸有惻隱古詩之義。

以後漢代文人，競爲侈麗閎衍之詞，沒其風喻之義，對漢賦下了個批評。這個批評，是從司馬遷開始的，所以司馬遷不但是褒揚屈原，而最大的意義，是表現出宋玉、唐勒、景差之徒在文學上不敢勸諫這個事實。換句話說：賦要勸諫，宋玉、唐勒、景差之徒的作品是有缺點的。假使將這記錄的意義擴大起來，那就是文學批評，這個意見產生很大的影響，以後的文評家，幾乎都是從這方面來批評的，都認爲當時侈麗閎衍的文詞，不足以代表漢賦的價值，甚至對侈麗的文詞，有反對的趨向，像以後揚雄悔其爲賦，說：「壯夫不爲矣。」認爲賦是「雕蟲小技」，很顯然地說賦已失去屈原時代的價值，這是從司馬遷開始，所以他不但是個文學的創作家，也是文學的理論家，這從《史記》的列傳中歸納起來，我們是不難發現的。

2.就「法」方面說，根據我個人的體會，司馬遷是非常高明的，這並不是從文字中所可以說明的，那是在文字以外，可以說是一種抽象的意義，我舉出三點來說明：一個是〈伯夷列傳〉；一個是〈滑稽列傳〉；一個是〈刺客列傳〉。

在〈伯夷列傳〉中，我們剛才說過，伯夷的事跡非常地簡單，可以說是沒有資料可寫的，但是司馬遷給他寫成一篇文章，這篇文章可以說是無中生有的，稱爲「以論作記」，以後宋代的蘇家父子，都是以論作記的好手，可以說是根據《史記》而來的作法。這話怎講呢？再舉個具體的例子，譬如說蘇東坡有篇〈赤壁賦〉，〈赤壁賦〉的寫作法，就是依據〈伯夷列傳〉而來的。各位一定很奇怪，〈赤壁賦〉跟〈伯夷列傳〉有什麼關係呢？根據明羅大經所說〈伯夷列傳〉是以

「怨」與「不怨」做爲文章的機軸。孔子讚伯夷求仁得仁，何怨乎？意思是說伯夷沒有什麼可怨的。但是觀〈采薇〉之詩又似有怨，這是什麼緣故呢？那是因爲：

天道無親常與善人，而達觀古今，操行不軌者多富樂，公正發憤者每遇禍。

所以說，觀〈采薇〉之詩又有怨。但不說：

富貴不足求，節操為可尚，其重在此，其輕在彼。況君子疾沒世而名不稱焉。

伯夷、顏回得孔子而名益彰，孔子能夠把他的名聲傳於後世，那他還有什麼好哀怨的呢？這又是不怨。本來求仁得仁是不怨，聽他〈采薇〉之詩，又像有怨，現在又是不怨。用「不怨」、「怨」、「不怨」，做爲文章的間架，也就是文章的結構。蘇東坡的〈赤壁賦〉就是根據這個間架來寫的，〈赤壁賦〉中以客有吹洞簫者，發怨慕之聲開始，本來是舉酒相屬，凌萬頃之茫然，可以說是至樂，而簫聲發哀怨之聲，是什麼緣故呢？原來這是「赤壁」——是周郎破曹公之地，以曹操那樣的豪雄，終歸於安在哉？何況吾與子，寄蜉蝣於天地，哀吾生之須臾，宜其託遺響而悲怨。但是自其變者而觀之，雖天地曾不能以一瞬，自其不變者而觀之，則物與我皆無盡也。又何必羨長江而哀吾生呢？把情感寄託於自然之間，又有什麼好怨的呢？所以又洗盞更酌，不知東方之既白。滿天的哀怨，風消冰釋，通通都沒有了。也是用「怨」、「不怨」、「怨」、「不怨」做這篇文章的間架，這是蘇東坡仿效司馬遷的地方。這不是內容的「義」，而是文章形式的「法」。這個「法」很重要，我們如果不懂《史記》中的這個「法」，對認識《史記》是有缺點的。

又如〈滑稽列傳〉中，西門豹治鄴——「河伯娶婦」這段故事，西門豹到鄴做縣令的時候，第一件事情就問民所疾苦，長老曰：「苦於河伯娶婦。」河伯要娶媳婦，是一件迷信的行爲，所以西門豹上任之初，就決心要破除這個迷信，不過他用了很戲劇性的手法，使以後的百姓再也不敢講河伯娶婦了。不過河伯娶婦是因爲水災而來，如果不開鑿水渠防治水患，那禁止河伯娶婦仍然只是治標，不是根本的辦法，所以西門豹在破除迷信之後，立刻發民開鑿水渠，灌溉良田，最後一句話：「民至今家給戶足。」這篇文章是列在《史記》的〈滑稽列傳〉中，故事的經過是有點滑稽。但文章卻有個嚴肅的主題，那就是政治的道理，是要「敎民」與「富民」，而這個道理，又是根據《論語》而來，《論語》中記載，有一次孔子到衞國去的事情：

子適衞，冉有僕。子曰：「庶矣哉！」冉有曰：「既庶矣，又何加焉？」曰：「富之。」曰：「既富矣，又何加焉？」曰：「敎之。」

庶、富、敎三個字是主題，庶是指老百姓多；富是使老百姓富裕；敎是敎育老百姓，這樣政治就自然會好起來。這樣來看西門豹的破除迷信，是敎育老百姓；開鑿水渠是使老百姓富足；西門豹都做得很成功。這也是孔子的政治理想，《史記》藉〈滑稽列傳〉寫出來，我們看起來很滑稽，其實它是有其嚴肅的主題，這也是了解《史記》的途徑之一。

後人所寫讚揚政治的文章，大概都脫不了富民與敎民這兩個間架。如韓愈所寫的〈柳宗元柳州羅池廟碑〉，也是用這個間架寫成的。柳宗元未到柳州時，老百姓沒錢，將兒女互相抵押做奴隸，柳宗元到柳州之後：

悉令贖歸，其尤貧力不能者，令書其傭，足相當，則使歸其質。

所以老百姓一聽都跑回來了，這是使百姓多。以後百姓都：

宅有新屋，步有新船，池園修潔，豬牛鴨雞，肥大蕃息。

這是百姓富裕的表示，在敎育百姓方面則說：

子嚴父詔，婦順夫指，嫁娶送葬，各有條法，出相弟長，入相慈孝。

全篇的文章，就是以這三種間架構成的。

其次我們再談《史記》安排的藝術，例如〈刺客列傳〉中的〈荊軻傳〉。我個人的體會，關於這篇文章的內容是：燕太子丹在秦爲質的時候，秦王嬴政對他沒禮貌，他逃回國之後，想要報復。當時秦出兵攻伐齊、楚、三晉，逼近燕國，太子丹非常憂慮，聽說有田光這個人，爲人富智謀勇毅，就立刻以老師的禮儀聘請田光。田光說：「吾老矣！我有個朋友叫荊軻，他非常勇敢，請他來和你見見面好不好？」燕太子丹說：「好呀！」田光就去了，臨走的時候，燕太子丹特別交代他，這事非常秘密，你除了告訴荊軻，不能告訴別人。田光笑笑說：「好。」田光把太子丹的心意轉告荊軻之後，就在荊軻面前自殺了。荊軻去見太子丹後，燕太子丹聽了當然很難過，可見這是件非常機密的事情。但荊軻要去刺秦王的時候，燕太子丹與賓客白衣冠而送之，當時送行的場面很熱鬧，也很悲壯。高漸離擊筑，荊軻和而歌，變徵聲，慷慨激昂，然後歌曰：「風蕭蕭兮易水寒，壯士一去兮不復返。」送行的人聽了都被這個情景感動得垂下淚來，一時都瞋目、怒髮衝冠，荊軻這才上車不顧而去。在文章的內容來說，這是一段很不合理的安排，謀刺秦王既然是高度機密的國家大事，田光爲此而喪生，然而送行時卻有這麼大的場面，這不是在那裏告訴秦國，「嘿！我們要派個刺客去了，妳要當心呀！」顯然這一段資料是不很可靠的。這對田光因保密而自刎，是一個極大的諷刺。

就是以歷史的眞實性來說，對付狡猾的秦國，燕太子丹不會把國家大事當做兒戲。雖然這樣，但在文學技巧手法說，卻是一段絕佳的安排。也靠這一段，把荊軻刺秦王的故事，很生動的傳流於後世。這篇文章距今已有二千多年了，凡是讀過幾年中國書的，幾乎沒有人不知道荊軻刺秦王這個故事。那麼，照這樣說，好的文章都應該有一段不合理違背事實的安排嗎？那也不盡然，文章安排的技巧，本來就是一種藝術。藝術的作品，沒有一定的規律，司馬遷安排這一段送行的場面，可以說是一種特殊的手法，有了這一段特殊的安排，把荊軻的形象，活生生的印入後人的腦海中，如今「易水高歌」已經變成爲國犧牲的代名詞。這是司馬遷藝術的力量，而不是歷史的力量。假如司馬遷老老實實的把當時情景寫下來，荊軻的故事，恐怕不會影響這麼深遠。這像畫家畫人像，即使畫得再像，也不過是很像而已，一個高明的作家一定要有自己的生命力在裏面。假如司馬遷不把自己的生命力灌注在《史記》裏，這部《史記》可能跟別的歷史一樣，不至於這麼有名。好的作品都是一樣，都是作者嘔心肝的結晶，周興嗣寫《千字文》，只有一千字構成一篇文章，並且沒有重複的字，但寫成之後，一夜之間，鬢髮盡白，這些作品，都有作者的生命力在其中。司馬遷的生命力，我們也可以從《史記》中體會出來。《史記》的藝術手法，當然不限於上面所講的。這裏不過是舉例而已。

總之，《史記》是歷史的，也是文學的。它在歷史的體例方面來說，有其創造性；在文學的技巧方面來說，有其藝術性，所以《史記》不但是中國的，也是世界的；不但現在在流傳，也必會流傳永久，這是可以斷言的。

漢賦名家——張衡與王褒

一、前　言

今天我所要講的題目是張衡與王褒，其實將他們放在一起不太合適，因爲就時間先後來講，張衡應該在後，而王褒應該在前。張衡生於漢章帝建初三年，卒於漢順帝永和四年（西元七八～一三五年）；王褒生年不詳，卒於漢明帝永平四年（西元六一年）。但就重要性來講，則張衡應該在前，王褒就應該在後了。今天我想就以重要性來說，先談張衡再論王褒。

歷來談漢賦的都分爲四個時期，當然分法並不很一致，但大致上可分爲：

因襲期——以賈誼爲代表。

隆盛期——以司馬相如爲代表。

模仿期——以揚雄爲代表。

轉變期——以張衡爲代表。

二、張　衡

張衡是漢賦轉變期的代表作家，因爲漢賦到了張衡這個時期，已經慢慢開始轉變了，接下去的就是魏晉的小賦了。漢賦在張衡以前，大部分可以說都是堆砌辭藻，所以班固說已失去諷諭之意（〈藝文志〉），到了張衡才開始有了轉變，這個轉變當然有它的原因，這個原因很繁雜，我僅指出兩點來說明：第一點是時代的因素；第二點是張衡本身的因素。

(一)時代的因素

我們知道漢代中葉以後宦官與外戚專權，尤其是在東漢時期更甚，漢代在這兩種連環禍患之中，國勢日益衰微。但是由於外戚與宦官是因政治體制而產生的，所以外戚與宦官又是政治體制上所不可或缺的，而後漢二百多年外戚宦官的歷史，也可以說是後漢二百多年的政治史。張衡剛好就出生於外戚宦官爲禍最厲害的這個時代，後漢在章帝以前，外戚和宦官的衝突還沒有明顯的產生，從章帝以後，尤其是和帝時，外戚與宦官的衝突漸漸地表面化。

和帝時期，竇憲專權。和帝是梁貴人所生，梁貴人又爲竇太后（章帝之皇后）所嫉，被讒憂憤而死，竇太后雖妒嫉梁貴人，但自己沒有兒子，就視和帝爲己出。和帝即位之時，竇太后親臨朝政，盡封竇氏於重要的地位，執掌朝廷大權。和帝當時年紀尚小，不能和朝廷的大官親近，所接觸的都是宮中的宦官，於是乎宦官中有個叫鄭衆的，與大家商議將竇憲除去。因爲惟有將竇氏剷除，和帝才可親自持政。但當時竇憲爲攻打匈奴，鎮守於涼州，所以一直不敢動。等到竇憲返回京師的時候，宦官鄭衆又與衆商議，將竇憲收捕，於是外戚政權被誅，宦官就當權了。和帝在位十七年，先是外戚執政，後又是宦官專權，可以說只是虛位而已。殤帝在位不到一年，以後就是安帝卽位，這段時間都是宦官當權。安帝卽位時，鄧太后臨朝，外戚宦官又爭鬩不已，朝政日非，在這種情況之下，人心思靜，因此道家思想應運而興。張衡剛好在這個時候出生、長大。和帝、安帝時正是他活動時期，而在這時期，由於道家思想的應運而興，張衡不能不受到它的影響，因而對其作品風格也就產生了很大的轉變。不專做鋪張誇大的漢賦，而由長篇的體物寫志，富麗堂皇的大賦，轉變成短篇的抒情小賦，這當然是時代因素所造成的。在另一方面，漢代從西漢末年揚雄以後，道家自然的思想已經產生了，到了王充時已經很興盛，張衡恰好在這個時候繼承了道家自然的思想，政治與時代思潮的因素，是促使張衡作品風格改變的原因之一。

(二)張衡本身的原因

其次，張衡個人的因素，也是促使其作品風格改變的因素之一，張衡不但是一個文學家，也是個思想家，尤其他還是個科學家，所以張衡在這三種歷史中都有他的地位，在文學史中常常要提到他；在思想哲學史中，也要提到他；在科學史中，更是要提到他。最近李約瑟在其所著的《中國科學與文明》一書中，稱讚他不但是個科學家，而且還是一個偉大的科學家。張衡本身的思想很複雜，他具備了科學家清晰的頭腦；也具備了文學家豐富的感情；更具備了哲學家冷靜的智慧，他有許多條件使賦產生出不同的風格。我們都知道，科學講究發明，他精天文算術，作渾天儀，又作候風地動儀，反對當時的經學思潮。當時的經學，就是所謂的「圖讖之說」。後漢自光武帝時卽好圖緯，一時學者爭相學習，圖讖之說遂大行天下，復附以妖言，可以說已入於迷信的境地。張衡以圖緯虛妄，非聖人之法，曾向皇帝上疏反對，這也是他作品風格改變的一個很大原因。這是我們要講他作品的內容之前，首先應該要了解的部分，再從這個角度來探討他的著述。

三、張衡的作品

因爲時代思潮的影響，所以張衡的著述都帶有濃厚的道家思想的色彩，這些作品中可以他的〈歸田賦〉來作說明；另外還有一篇〈思玄賦〉，也帶著極濃厚的道家思想的色彩。〈歸田賦〉收於《昭明文選》，根據李善注說：

歸田賦者，張衡仕不得志，欲歸於田，因此作賦。

《漢書》記載說：

永元中（漢和帝年號，西元八九～一〇四年）舉孝廉不行，連辟公府不就。安帝（西元一〇七～一二五年）觀聞衡善術學，公車特徵，拜郎中，再遷為太史令。順帝初，再轉。復為太史令，衡不慕當世，所居之官，輒積年不徙，自去史職，五載復還。

張雲璈說：

〈本傳〉稱：所居之官輒積年不徙云云，卽仕不得志。歸田之賦，意在斯時。

根據以上的資料，我們可以知道張衡本身就是不太願意作官的人，安帝時聽到他非常有才學，就遣公車，特別徵召他出來作官。張衡在三公推薦他時，他不肯去。等到皇帝徵召的時候，他才出來作官，拜爲郎中，因爲他懂天文，所以又遷爲太史令，掌管曆法、天文的事情。後來又徵爲太史令，順帝時再徵召他，還是爲太史令。張衡做來做去，都只是做個太史令，所以很灰心，就辭官歸隱，這篇〈歸田賦〉，根據後人的考訂，應該是在第二次做太史令之前所寫的。

從這篇賦裏，可以分幾方面來說明，剛才我們說張衡受道家思想的影響，不過我要特別說明，漢代以及魏晉的所謂道家老莊興起，嚴格說起來，都是儒家並不是道家。所以張衡這篇賦中，固然有歸田的意思，但他基本上是遵奉儒家「用之則行，舍之則藏」的信條。所以在第一段他說：

> 遊都邑以永久，無明略以佐時，徒臨川以羨魚，俟河清乎未期。

顯然地在第一段中就說明：在都邑這麼久了，我沒有很好的才幹來輔佐當時的國君，這當然是他的謙詞；我要等到什麼時候，才能將我的才學表現出來呢？「俟河清乎未期」，「河清」指黃河水清，據說黃河水一千年清一次，所以說等黃河水清是來不及的。既然沒有很好的才幹來幫助時君，徒羨榮祿，不如退脩其德，等待明時固未可期。最後兩句說明他將歸於命運。接著第二段說：

> 感蔡子之慷慨，從唐生以決疑，諒天道之微昧，追漁父以同嬉。

感慨蔡子不得志，《史記》中記載：「蔡澤，燕人，不遇，從唐舉相，唐舉，魏人善相，從蔡澤入秦爲相。」慷慨，意謂壯士不得志之狀。命中既不得作官，則應歸隱待時。所以說「信天道愚昧，不如追漁父同嬉」。接著他又寫下兩句：

超埃塵以遐逝，與世事乎長辭。

這是寫自己與世不合，願離京邑，歸隱於田。從以上這些話看來，他是儒家的信徒，有「達則兼善天下，窮則獨善其身」的氣概。在這一段的內容中，我們可以看出張衡賦的風格，是一種表現其個人胸懷情趣的言志作品，和漢賦鋪采摛文的內容風格完全不同。在形式上來說，像這種句法也影響了以後曹植、王粲、魏晉間的俳賦。在內容上來說，影響了魏晉的玄風，像陶淵明的詩歌，多少都受到他作風的影響。還有以後的所謂田園作家，都可以說是從這篇〈歸田賦〉開其端，所以這篇賦對後世文學影響很大。

剛才我們提到的俳賦，也叫小賦。根據鈴木虎雄的《賦史》，賦大致可分爲六個時期：屈原時的賦，稱爲騷賦；漢代時的賦，稱爲漢賦；魏晉間的賦，稱爲俳賦（小賦）；唐代的賦，稱爲律賦；宋代的賦，稱爲文賦；明清的賦，稱爲八股賦。從漢賦到魏晉的俳賦，這中間當然有一個過渡的關鍵時期，在這關鍵時期的人物就是張衡。

〈歸田賦〉第二段是描寫他遊玩的快樂，我們再看它的原文：

於是仲春令月，時和氣清，原隰鬱茂，百草滋榮，王雎鼓翼，倉庚哀鳴，交頸頡頏，關關嚶嚶，於焉逍遙聊以娛情。爾乃龍吟方澤，虎嘯山丘，仰飛纖繳，俯釣長流，觸矢而斃，貪餌吞鉤，落雲間之逸禽，懸淵沉之鯋鰡。

這一段是寫田居的快樂，但是這種快樂是眞的快樂嗎？當然張衡的意思並不是很快樂，因爲這種快樂是暫時的。魚和鳥不是也很快樂嗎？但是鳥觸矢而斃，魚貪餌吞鉤。這裏很顯然地告訴我們，前段他要歸田是對的，因爲榮祿就像魚吃餌一樣，假如留在京師太久的話，可能就和魚一樣貪餌吞鉤啊！又可能像鳥一樣的被射死亡。張衡在朝廷的時候，當然也受到許多的排斥，因爲他是科學家，有一套與衆不同的見解，不受當時執政者的歡迎，是可以想像得到的。當時又是宦官外戚當權，想要報效國家的忠臣，是沒有辦法和國君親近的，並且還要常常害怕人家的讒言，就像魚鳥一樣，隨時會碰到箭鉤的傷害，他也有這種恐懼的心理。這一段雖然是寫田居吟嘯弋釣之樂，但事實上已爲下段伏筆，表面上說不能像鳥魚一樣觸矢而斃，貪餌吞鉤，實際上是在暗示富貴不可久居，接應上段就應該「超塵埃以遐逝，與世事乎長辭」。這種「超塵埃以遐逝，與世事乎長辭」的觀念，對文學思想也有若干的影響，後世有所謂山水文學，就是從這裏開端。這樣清幽、自然的情景，漢賦中是很少見的，有之應該是從張衡開其端。

最後一段他寫：

于時曜靈俄景，繼以望舒，極盤遊之至樂，雖日夕而忘劬，感老氏之遺誡，將迴駕乎蓬廬，彈五絃之妙指，詠周孔之圖書，揮翰墨以奮藻，陳三皇之軌模，苟縱心於域外，安知榮辱之所如。

第一句中的「俄景」，是指日光斜影，下句的「望舒」是指月光出現，我們常說景物西墜，月吐東昇，遊玩得非常快樂。再說雖然是從早玩到晚，但卻忘記了勞苦。這時，想到老子《道德經》的教訓，在老子《道德經》十二章記載「馳騁田獵，令人心發狂」，說假如玩得太過分的話，會讓人心發狂，樂極生悲呀！所以應該要回到自己安居的蓬廬，彈堯舜時的音樂，讀周公孔子的書。從這兩句話看起來，張衡是具有儒道混合的思想。寫寫文章、著著書，羨慕上古三皇五帝太平安樂的時代，這當然是儒家的思想，但後二句又是道家的思想。儒、道混合在一起構成他的思想，所以他的思想也可以說是很複雜的。在漢賦中，是沒有這種遊樂抒情的小賦，也沒有揉合儒、道兩家的思想。固然司馬遷與董仲舒有一篇〈士不遇賦〉，不過佔的分量很少。賈誼的〈鵩鳥賦〉、〈弔屈原賦〉都可以說有道家的思想，但賈誼實際上是個政論家，他不過是受貶長沙，經過湘水弔屈原，又因長沙卑隰，鵩鳥飛來，所以感慨人生，寫下〈鵩鳥賦〉來自我解嘲。基本上他不是一個純粹的道家，雖然他表現道家的思想，但是他和儒家的思想分得很清楚。賈誼三十多歲就去世，我們看得出來，他用世之心太切，又看見梁懷王墜馬而死，自己就跟著鬱鬱不樂而死。假如他是道家，他就能「苟縱心於域外，安知榮辱之所如」，被貶至長沙，也不會那麼鬱鬱不樂，所以他所表現的道家思想只是刹那間。而張衡表現的道家思想是一種揉合的作用，這一點我特別提出來說明，因爲有揉合的一種作用，所以他的賦的內容就和漢賦不同。這也就表示漢賦的內容思想已經在轉變了。

漢賦是什麼？在《漢書・藝文志》記載：

大儒孫卿及楚臣屈原，離讒憂國皆作賦以風，咸有惻隱古詩之義。

在《昭明文選》第一篇，班固的〈兩都賦〉也說：「賦者，古詩之流也。」古詩是什麼？古詩本來是有諷諭的作用，賦也是寄託諷諭之意，所以揚雄也說：「詩人之賦麗以則，詞人之賦麗以淫。」麗以則是說規律，它是有一個作用存在。漢代的文學受實用主義的影響，大都有一種寄託諷諭的作用。後來漢賦慢慢轉變爲沒有諷諭之意，漢賦的精神也就跟古代的賦不一樣了，變成爲沒有內容、鋪張誇大的長賦，以致漢賦一直受到後來文學家所批評、詬病，說它是僵化的文學作品，謂「競為侈麗閎衍之詞，沒其諷諭之義」。其後劉勰的《文心雕龍・詮賦篇》也提到：

> 逐末之儔，蔑棄其本，雖讀千賦，愈惑體要，遂使繁華損枝，膏腴害骨，無貴風軌，莫益勸戒。

說漢賦捨本逐末，只知富麗堂皇失去它的諷諭作用，不曉得其寫賦的目的在那裏？雖然是讀了千賦也不能知道。但是文辭又非常富麗，因為花太重所以把枝都壓壞了。對漢賦以後失去勸誡的意思，非常地感歎。張衡就在漢賦到「繁華損枝，膏腴害骨」的時候，他就轉變賦的風格，來引導賦的方向，使僵化的漢賦注入一種精神和生命力量。極度表現其個人的情趣，給僵化的賦，灌注了精神的生命，他的〈歸田賦〉，是一篇非常重要的作品。不但如此，魏晉的玄風也從這裏開始。魏晉是專論儒、道兩家「如何同？如何異？如何合？如何離？」的一個時代，而張衡正好是把儒家和道家混合起來，如此不但對魏晉的玄風有直接或間接的影響，並且在文學的理論及批評方面也有若干的影響。固然還沒有產生出系統的理論，但有間接的影響；文學批評雖然從先秦以來各家有其不同的思想與特質，但站在文學批評上來說，應該是以儒和道的思想為準則。因為儒家和道家都是講如何調和我們的人生，如何使我們人生與社會自然能夠和諧。孔子講大同社會，是求社會的和諧；道家呢？《莊子・天下篇》說「調適而上遂」，〈大宗師篇〉說：「不知天之爲人，人之爲天。」都有調和的意思。把人生和自然調和在一起，儒家是從人生的調和，達到天人的調和；而道家是直接性的。儒家思想對文學的影響，是在內容方面，引導人生的方向；道家思想影響文學的，則偏於境界藝術方面，兩者皆爲文學所不可缺少的要素。而道家的思想對文學的關係是抽象的，儒家思想則比較直接具體。六朝時的劉勰在《文心雕龍．神思篇》說明了文學的境界是人生與自然的結合。

〈神思篇〉說：「形在江海之上，心存魏闕之下，神思也。」神思的結果，則「登山情滿於山，觀海意溢於海，我才之多少，將與風雲並驅矣」。自然與我化而爲一了。情與山、意與海，能夠結合在一起，儒家和道家思想的結合，構成文學理論最高峯的境界，是很顯然的。張衡雖沒有一套系統的儒、道思想混合的理論，但是實際上有這種趨向。如果太注重心智的活動，所謂「超塵埃以遐逝，與世事乎長辭」，「苟縱心於域外，安知榮辱之所如」。表現於文學，如果缺少經驗的基礎，那將會顯得不切實際，太過玄遠，正是所謂「淡乎寡味」；反之，如果太重視實際的經驗，不能進入心智的活動，那所表現的文學，其境界必不高。文學必須靠外界具體的事物所給予的感受，加上心靈的體驗，超出人生的實際，這樣所寫下的作品，才是最佳的文學。所以人生與自然一定要調和，張衡剛好把兩者調和得非常好，這對於魏晉文學思潮的影響可以說非常的大。張衡的作品除了〈歸田賦〉給予魏晉文學的玄風影響外，還有一篇〈思玄賦〉。〈思玄賦〉在內容上來說，也有承先啓後的作用，這個「玄」是繼承揚雄的《太玄經》，是根據道家思想而來的。唐朝的劉知幾雖說揚雄的《太玄經》是因襲孔子而來，但揚雄有他的發展，本質上他是將《易經》和《老子》、儒家和道家思想揉合在一起，張衡繼承這一方面的思想，所以一開始就說：「仰先哲之玄訓兮，雖彌高而弗違。」揚雄的《太玄經》多少給魏晉玄學有若干的影響，中間再經張衡的過渡，整個的貫穿起來，這條線索是不難說明的。當然，張衡〈思玄賦〉的思想不是純粹的玄學思想，其基本上可以說是儒家的思想。很多人都以為魏晉的玄學是道家思想，實際上它只不過是把儒家思想，披上一層道家的外衣而已。如說：「匪仁里其焉宅兮，匪義跡其焉追。玩陰陽之變化兮，詠雅頌之徽音。」是儒家的口吻。在體裁上來說，有《楚辭》的遺風，「苟中情之端直兮，莫吾知而不恧」，《楚辭》中也有「苟中情其好脩兮，又何必用夫行媒」的句子，其他若干文句，對魏晉的俳賦也都有或多或少的影響。又如「雲師黮以交集兮，涷雨沛其灑塗」，說雲會交集，雨會灑在地上，魏晉的文章常常會有「風伯掃塗，雨師灑道」的詞句。因為沒有更多的時間，對此也就不再舉例，或一句句的比較。另外，假如魏晉玄學是討論儒道同、合的問題，那麼，張衡的這兩篇賦已開其端，「墨無為以凝志兮，與仁義乎逍遙」就充分說明了儒道思想相合的趨向。

張衡在漢賦轉變期中是一個非常重要的人物，他一面開創俳賦的體制，使長篇的漢賦變成抒情的小賦；另一方面他仍然繼承漢賦的傳統，保持漢賦原有的特點與風格，像〈西京賦〉與〈東京賦〉，據說寫了十年才完成，其體制比班固的〈兩都賦〉更偉大，但也像其他類型的賦一樣，文學價值並不很高，然而卻具有漢賦許多特點。除了像其他漢賦一樣，鋪寫東南西北所有，以及宮室、動物、植物以外，還寫了許多民情風俗，他實在不愧為博學多才，像〈西京賦〉中寫商賈、游俠、辯士，以及角觝百戲；〈東京賦〉寫大儺、方相等。這種風俗民情和今天我們臺灣的拜拜一樣，不過，現在的情況要比漢賦更熱鬧一些。

張衡的賦，重要的大概就是這兩方面：一類是漢賦鋪張的特點；一類是轉變述志的小賦，另外還有一類我稱之為雜賦的，像〈扇賦〉、〈冢賦〉、〈髑髏賦〉等都是，其中以〈髑髏賦〉的技巧比較好，以後曹植的〈髑髏說〉，大都就是模仿這篇的。

張衡的作品，除了賦以外，還有一篇為歷來文學家所稱道的〈四愁詩〉。據說張衡晚年為河間相，當時天下漸敝，鬱鬱不得志，就作了這首很有名的抒情詩。詩分四章，寫他的所思，所思在太山，所思在桂林，所思在漢陽，所思在雁門。太山、桂林、漢陽、雁門等都是遠道，遠道就有障礙，有所思而不能至，所以寄託一種非常哀怨的情思。因為當時張衡為河間相，據說那時「國王驕奢，不遵法度，又多豪右兼并之家，衡下車治威嚴，能內察屬縣，姦猾行巧劫，皆密知名，下吏收捕，盡服，擒諸豪俠，游客悉惶懼逃出境，郡中大治，爭訟息，獄無繫囚。」因此作了這首詩。這首詩的形式是依屈原以美人為君子，以珍寶為仁義，以水深雪雰為小人，思以道術相報貽於時君，而懼讒邪不得以通。後人認為序文不是張衡自己所作，而是後代編集張衡詩文的人增損歷史文辭寫成的。其中對於本篇寓意的解釋不是定說，可以用之參考而不必拘泥。詩中所說的美人也不必確有其人，而是或東或西的，顯然是有所寄託之作，所以舊說還是有值得參考的地方。

本篇共分四章，每章七句，每句七言，在形式上這是很值得注意的一個特點，因爲像這樣整齊的七言詩，在東漢張衡的時候是很少見的。漢武帝時所作的〈柏梁臺〉聯句詩，雖然也是七言體，但根據考證是後人所僞作。《詩經》、宋玉〈招魂〉、荀子〈成相篇〉有一些七言的句子，到了漢代的韻文中七言漸多，但通篇是七言而又首尾完整的詩篇，應該以這首詩爲最早。我們來看原詩：

我所思兮在太山，欲往從之梁父艱，側身東望涕沾翰。美人贈我金錯刀，
何以報之英瓊瑤，路遠莫致倚逍遙，何為懷憂心煩勞。
我所思兮在桂林，欲往從之湘水深，側身南望涕霑襟。美人贈我金琅玕，
何以報之雙玉盤，路遠莫致倚惆悵，何為懷憂心煩傷。
我所思兮在漢陽，欲往從之隴阪長，側身西望涕霑裳。美人贈我貂襜褕，
何以報之明月珠，路遠莫致倚踟躕，何以懷憂心煩紆。
我所思兮在雁門，欲往從之雪紛紛，側身北望涕霑巾。美人贈我錦繡段，
何以報之青玉案，路遠莫致倚增歎，何為懷憂心煩惋。

第一章中太山卽泰山，比喻君王。梁父比喻小人。金錯刀指君王所贈的榮祿。我所想到的是君王，我想跟從他卻很困難，因爲小人從中阻撓，於是我側身向東望，眼淚不禁流下來，國君贈我以爵祿，我願報以仁義之道，以成君德，但我雖有這份心志，可是因爲路遠不能到達，我怎麼不憂勞呢？

四章的意思都是一樣的，以重複的形式寄託他的政治懷抱，並且採用了《楚辭》比興的作法，寫成了一首很微妙的思念伊人的情詩，其表達的技巧，可以說是很高明的，也可以說是從屈原以後整齊七言詩的開始。

張衡的賦與詩表現了新的風格，在文學史上佔有重要的地位，但他還有一部分不在文學範圍之內的貢獻，諸如科學懷疑的精神、創造的精神。

科學懷疑的精神，起於儒家，儒家始終不贊成迷信，所以孔子不語怪力亂神。東漢王充的〈訂鬼篇〉無鬼論，對張衡有啓發的作用，所以在他的著述中，頗有破除迷信的色彩，最有名的一篇是〈駁圖讖疏〉，他認爲古代的聖人都是以天文、曆法以及自然的現象來推算人事的吉凶，並沒有讖緯這一類的迷信。他說：

臣聞聖人明審律歷，以定吉凶，重之以卜筮，雜之以九官，經天驗道，本盡於此。

說明古代成大功立大業者，也並不是靠圖讖來成事。如文中：

自漢取秦，用兵力戰，功成業遂，可謂大事，當此之時，莫或稱讖。

又前代著述，也沒人提起，如：

夏侯勝眭孟之徒，以道術立其名，其所著述，無讖一言，劉向父子，領校秘書，閱定九流，亦無讖錄。

然後他又說明圖讖的不可靠，大致下列數事：

尚書堯使鯀理洪水，九載績用不成，鯀則殛死，禹乃嗣興，而春秋讖云，共工理水。

凡讖皆云黃帝伐蚩尤而詩讖以為蚩尤敗，然後堯受命。

春秋元命巷中有公輸般與墨翟事，見戰國，非春秋時也。

又言郡有益州，益州之置在於漢世，其名之輔諸陵，世數可知。

至於圖中，迄於成帝，一卷之書，互異數事，聖人之言，皆無若是，殆必虛偽之徒，以要世取資。……皆欺世罔俗。

他列舉讖圖之僞後，加以論斷說：

且律曆卦侯九宮風角數有徵效，世莫肯學，而競稱不占之書，譬猶畫惡圖犬馬，而好作鬼魅，誠以實事難形，而虛偽不窮也。

最後他主張應該下詔禁止這類的書籍：

宜收藏圖讖，一禁絶之則朱紫無所眩，典籍無瑕玷矣。

這在當時讖緯很盛行的時候，他能獨起反對這種思想，非常令人敬佩，也因爲這樣，他遭到一般小人的妒嫉。

張衡的科學思想，不但是見於觀念，他還有著述，如〈曆議〉、〈渾儀〉等文。漢世曆法，初用顓頊（三統曆），以甲子十月爲歲首，但極不準確，朔望晦弦常有謬誤。武帝時，改用太初曆，以建寅正月爲歲首，十九年置七閏月，朔、望、晦、弦轉爲正確。章帝時又改用四分曆，以一年爲三六五點二五天，一月爲二九點五三〇八五天，這種曆法討論了二十多年以後才採用。延光二年中（安帝年號，西元一二三年），謁者亶誦言當用甲寅元，河南梁豐言當復用太初曆，當時張衡、周興參與商議，有的認爲太初曆過天日一度，弦望失正；也有提自改用四分曆以來，災異率起，未有善應，張衡、周興乃上疏以兩曆相課，在六千一百五十六歲而太初曆多一日，又冬至日直斗而云在牽牛，迂闊不可用。史官所共見，亶誦所主張的甲寅元，也多違失皆未可取正，災異與曆法無關，不能歸咎於四分曆，結果還是用四分曆。

這當然是張衡以科學的精神來判斷曆法，不是用災異來判斷曆法，順帝漢安二年（西元一四三年），尚書郎邊韶又上書討論，到靈帝熹平四年，五官郎中馮光又討論曆法，最後經測候的結果，還是張衡所主張的四分曆最好，所以以後都採用四分曆。

漢代討論曆法一共有五次，還有一次是討論日蝕、月蝕的問題，但是不管怎麼討論，仍以張衡所主張的最爲正確，所以李約瑟在《中國科學與文明》一書中以及日本《中國科學史》的作者，都說張衡是偉大的科學家、天文家，不是沒有根據的。

總而言之，張衡是一個多才多藝的文學家、思想家、天文科學家，他的〈渾儀〉以及〈靈憲〉是天文思想的重要文獻。在漢代時，他可說是天文、曆法方面的權威，這固然與我們的文學沒有關係，但因爲他具備了科學的頭腦，所以寫出來的文章都與衆不同，這是我們應該瞭解的。

四、王褒的生平及其作品

王褒字子淵，蜀資中人（四川資陽縣北）；宣帝時官拜諫議大夫，奉命往益川祭「金馬碧雞」之寶，據《漢書・郊祀志》記載：「宣帝時或言益州有金馬碧雞之神，於是遣諫議大夫王褒，使持節而求之。」注云：「金形似馬，碧形似雞。」當時的四川包括今雲南一帶，今雲南省昆明縣東有金馬山，縣西南有碧雞山，二山相對，相傳就是漢時祀金馬碧雞之神的地方，山上有神祠。王褒就在往雲南求金馬碧雞時，死於道途中。

《漢書・藝文志》說他有賦十六篇，以〈洞簫賦〉最有名。〈洞簫賦〉前面描寫簫幹之所生，並寫出了竹林中各種奇異不同的景物；後面寫簫聲如何的動人，這種過分的描寫，表現了漢賦特有的誇張的手法，這是一篇很早寫音樂的賦，對後來音樂文章有若干的影響。在體裁上說，它是模仿《楚辭》，但也用排偶句，對後來駢儷文學有創始之功。

王褒的文章除了〈洞簫賦〉和〈移金馬碧雞文〉，還有一篇〈僮約〉值得提出來，它是一篇用當時的口語寫成的遊戲文字，也是賦體。對當時奴隸、僮僕在主人家生活的情形，描寫得很生動，文筆也很簡潔。原文是這樣的：

蜀郡王子淵以事劉煎上寡婦楊惠舍，有一奴名便了，倩行酤酒，便了提大杖上冢巔曰：「大夫買便了時，只約守冢，不約為他家男子酤酒。」子淵大怒曰：「奴寧欲賣耶！」惠曰：「叔父許人，人無欲者，子卽決賣券之。」奴復曰：「欲使皆上，不上券，便了不能為也。」子淵曰：「諾。」券文曰：「神爵三年正月十五日，資中男子王子淵從成都安志里女子楊惠買夫時戶下髯奴便了，決賣萬五千。奴從百役，使不得有二言。晨起灑掃，食了洗滌，居當穿臼，縛帚裁盂，鑿井浚渠，縛落鉏園。」

從原文看來，可以知道契約上的規定很苛刻也很好笑，但文章卻非常的簡約，是一篇很好的白話文。

王褒除了賦以外，他的文章也很有名，他的文章有〈聖主得賢臣頌〉、〈四子講德論〉，在當時很有影響力，所以《昭明文選》特別的收了這兩篇文章，對後世的散文及駢儷文都有影響。

五、結論

張衡與王褒，我們要講的當然還很多，尤其是在著作方面，雖然數量不算多但也不少，因爲限於時間無法一一介紹，我只是取其重點而已。張衡在賦方面可分爲三部分，一部分是傳統的；

另一部分是轉變的抒情小賦；還有一部分是雜賦。最主要的是他的科學精神，因爲有科學的精神，所以表現了他特殊的文學風格，突破了漢賦的藩籬，創造出新的體裁。王褒是比較平淡的一個人，他出仕後不久就死了，他的文章以〈洞簫賦〉最有名。其他有關散文方面，在文學史上，他們兩人都佔有自己的地位。

阮　籍

一、阮籍的時代與行事

(一)阮籍的時代

阮籍字嗣宗，陳留尉氏人，就是現在的河南省尉氏縣。父親阮瑀，曾擔任過曹操的掾屬。他生在後漢獻帝建安十五年（西元二一○年），死在魏元帝景元四年（西元二六三年），享年五十四歲。這一段時間，正是社會變化最劇烈的時代，也是社會演變最複雜的時代。建安十五年，名義上是漢朝的天下，事實上曹操已經自封爲丞相，掌握軍政大權。第二年（建安十六年），立曹丕做副丞相，儼然是儲君的姿態。就在這一年，益州牧劉璋迎接劉備入蜀，孫權則早已繼父兄的基業，雄踞江東，天下已經是鼎足三分了。建安二十五年正月曹操卒，曹丕繼位丞相，執掌政權。十月就廢獻帝爲山陽公，自立爲帝。那一年阮籍是十一歲，對於政權的轉移，雖然內幕情形不很瞭解，但以魏晉人士都早熟穎悟的情形看來，對於曹操挾天子以令諸侯以及曹丕篡位的事實，阮籍是會留下深刻的印象。這種事實，對他的性格產生極深遠的影響。後人對於阮籍爲司馬昭寫〈勸進文〉一事有不同的看法，有的人認爲阮籍是忠於曹魏的，因爲在司馬父子的手下做官，寫〈勸進文〉是一種無可奈何明哲保身的做法❶。也有的人則指摘阮籍有傾向司馬氏的嫌疑❷。假使我們知道他童年所感受的種種經過，就不難瞭解爲什麼他有這兩種不同的心理狀態。他生在漢季衰世，對曹氏父子篡漢的行爲，記憶猶新，對漢朝多少有若干同情的成分存在。然而曹魏代興又是一個事實的問題。從他長大到爲官出仕，可以說都是在魏的年號之下渡過一生。而在晚年又看見司馬氏重演曹氏的故技，因此他有很多的感觸。站在魏室的立場說，他是不應該替司馬氏出力的，但若回憶到曹氏篡漢的故事，他心中多少是有點袒護漢朝的。當司馬昭封晉公加九錫時，他代公卿百官起草〈勸進牋〉，可以說是潛意識報復的一種表現。就是寫這一篇文章的時候，還有一段插曲，據說他因酒醉早把這件事忘記了，等到使者到他府上去拿的時候，他還在伏案醉眠。使者催促，他才提筆立刻寫成，而且「無所改竄，辭甚清壯，爲時所重」哩❸！這都可以看出他雖然反對司馬氏，而在無形之中，仍有若干爲漢室不平的情愫存在，而發出的一種潛意識的行

---

❶ 這種意見，可以中華版（民國四十五年五月臺一版）的《中國文學發展史》爲代表。其他葉慶炳《中國文學史》等意見相同。

❷ 指摘阮籍有傾向司馬氏的嫌疑，可以明倫版《中國詩史》爲代表（民國五十八年五月再版）。

❸ 見《晉書・阮籍傳》。原文爲：「會帝（司馬昭）讓九錫，公卿將勸進，使籍爲其辭，籍沉醉忘作，臨詣府使取之。見籍方據案醉眠，使者以告，籍便書案使寫之，無所改竄，辭甚清壯，爲時所重。」

動。再加上時代環境的因素，就構成他矛盾的生活。這種矛盾的行爲，也充分表現在〈勸進牋〉的文稿中。張溥說：「晉王九錫，公卿勸進，嗣宗製詞，婉而善諷。」❹。所謂「婉而善諷」的意思，大概是指牋文所說的，稱讚司馬昭「盛勳超於桓文」，然後又希望司馬昭「登箕山而揖許由」❺。這樣無異暗示希望司馬昭功成身退，爲魏室留一地步。他的意向所以這樣左右不定，都可以從他童年到長大所歷經的環境中去理解。

阮籍的童年，是一個極其動盪的時代。從建安開始，就是羣雄割據、攻城略地的局面。開始是董卓殺弘農王而立獻帝，徙都長安焚洛陽宮室，於是袁紹、韓馥等擁兵稱雄，天下大亂。董卓受誅，接著又是部將李傕、郭汜自相攻伐，以長安爲戰場。當時穀一斛五十萬，豆麥二十萬，人相食❻，到阮籍出生時，社會情形表面上尚稱安定，然曹操伐張魯，攻孫權，取漢中，擊劉備。一直到曹丕即位，仍舊是戰伐頻仍、民生凋弊的局勢。當時社會，所過之處，千里無人煙。魏雖奄有十二州之地，而承喪亂之後，人民戶口不及漢時一大郡❼。這些社會荒蕪混亂，百姓離亂傷

❹ 見《漢魏六朝百三家集．題辭》（民國五十一年四月新興書局初版）。

❺ 《昭明文選》卷四十〈阮籍爲鄭沖勸晉王牋〉說：「今大魏之德，光于唐虞。明公盛勳，超于桓文。然後臨滄州而謝支伯，登箕山而揖許由，豈不盛乎？」（民國五十六年十月藝文印書館影印胡刻本）

❻ 《晉書》卷二六〈食貨志〉說：「及卓誅死，李傕、郭汜自相攻伐，於長安城中以爲戰地。是時穀一斛五十萬，豆麥二十萬，人相食啖，白骨盈積，殘骸餘肉，臭穢道路。」

❼ 《三國志集解》卷一四〈蔣濟傳〉曰：「陛下方當恢崇前緒，光濟遺業，誠未得高枕而治也。今雖有十二州，至於民數，不過漢時一大郡。」《集解》曰：「魏據中原，戶六十六萬三千四百二十三，口四百四十三萬二千八百八十一耳。漢時〈郡國志〉所載以南陽一郡，戶五十二萬八千五百五十一，口二百四十三萬九千六百一十八。今以全魏十二州戶僅六十六萬，故曰不過漢時一大郡。」

亡的情狀，都是他所身處的環境。而最重要的是正當戰爭稍爲平息的時候，政爭接著起來。排除異己，誅殺名士，戰爭是有形的攻伐，有時還可以逃避；政爭則是無形的殺戮，隨時會有莫須有的罪名降臨身上。從曹操的殺楊修、孔融，到司馬昭殺嵇康、呂安爲止。這一段時間，文士們可以說是人人自危。尤其自魏明帝去世後，司馬懿和曹爽爭權。正始十年（西元二四九年）正月，司馬懿趁曹爽侍齊王曹芳朝明帝高平陵的時候，部勒兵馬，控制洛陽，發動政變，與曹爽有關的人物，諸如何晏、鄧颺、李勝、丁謐、畢軌、桓範等，控以與曹爽同謀，全遭殺害，並夷三族，沒有一個倖免。嘉平五年（西元二五三年），司馬師又誅夏侯玄、李豐。阮籍就是在這樣兵荒馬亂、政爭殺戮的環境中生活長大的，那是一個悲哀、苦悶的時代，也是一個風雨飄搖、朝不保夕的時代。因此，從小就養成他喜怒不形於色的個性，有時閉戶讀書，累月不出；有時則登臨山水，竟日忘歸，酣飲爲常，沉醉不起，彈琴長嘯，放浪形骸。旁人都以爲他是癡呆❽，誰知道他心裏的徬徨、憂鬱和痛苦呢？其實他又何嘗不想一展抱負以匡時濟世呢？他之所以酣飲沉醉，登山長嘯，遇途窮大哭，可以說都是他內心苦悶、徬徨的一種表現。也惟有這樣，才可以排脫現實所不能解決的問題。據說阮籍有一個女兒，司馬昭爲兒子司馬炎向他求婚。這是他所不願意做

❽《晉書・本傳》說：「籍容貌瓌傑，志氣宏放，傲然獨得，任性不羈，而喜怒不形於色。或閉戶視書，累月不出；或登臨山水，經日忘歸。博覽群籍，尤好老莊。嗜酒能嘯，善彈琴，當其得意，忽忘形骸，時人多謂之癡。惟族兄文業，每嘆服之，以爲勝己。」

的事，但是，不答應吧！恐怕災禍會臨身，於是他只有大醉六十日，使司馬昭不得言而止。另外一件事，是鍾會故意向他問時事，無論回答什麼，都要歸罪，他也以酣醉逃過這一次災難❾，可見喝酒是他的護身符。甘露初年，司馬昭輔政，阮籍曾向司馬昭說：平生曾遊過東平，喜愛那裏的風土。司馬昭就命他為東平相，只十幾天，又離職而去。以後又聽到步兵廚營善於釀酒，藏有美酒三百斛，他又求為步兵校尉。到任後，和劉伶等酣飲竹林❿，習以為常。這是一種避害的最佳手段，因為如果有什麼錯誤的話，也可以說「君當恕醉人」⓫，請求別人的諒解。這種酒與人生處世的結合，到晉末的陶淵明，更是發揮得淋漓盡致了。

(二)禮豈為我輩設哉

魏晉人士最受後人批評的，就是鄙夷禮教的問題。其實魏晉人之所以鄙夷禮教的動機，也和所處的環境有關。他們既然要藉酒來解脫人生的苦悶，而又受當時老莊思潮的洗禮，反對禮教是

---

❾《晉書・本傳》說：「文帝初欲為武帝求婚於籍。籍醉六十日不得言而止。鍾會數以時事問之，欲因其可否而致之罪，皆以酣醉獲免。」

❿《世說新語・任誕》第二十三注引〈文士傳〉曰：「籍放誕有傲世情，不樂仕宦；晉文帝親愛籍，恒與談戲，任其所欲，不迫以職事。籍常從容曰：『平生曾遊東平，樂其土風，願得為東平太守。』文帝說，從其意。籍便騎驢徑到郡；皆壞府舍諸壁障，使內外相望，然後教令清寧。十餘日，便復騎驢去。後聞步兵廚中有酒三百石，忻然求為校尉。於是入府舍，與劉伶酣飲。」

⓫陶淵明〈飲酒詩〉第二十首：「若復不快飲，空負頭上巾，但恨多謬誤，君當恕醉人。」

很自然的事。反對禮教可以說是對現實環境不滿的一種消極反抗，也是任性純眞的一種自我表現。他們看到在位的人表面上是彬彬有禮，談論的是仁義道德，而所行的又是陰謀篡奪、殺戮異己。反對這種的禮教，能說不應該嗎？因爲反對虛僞的禮教，所以連帶的也反對世俗的禮教。我們可以這麼說，反對言行不一、表裏不符的虛僞禮教，是現實環境所造成。反對世俗的禮教，是受老莊思想的影響。這兩者當然也很難去區分它，有時是揉雜在一起的。

就禮的定義說有兩種不同的內容含義。《禮記・仲尼燕居》說：「禮也者，理也。」然理有天理、人理的分別。《禮記・禮器》說：「禮也者，合於天時」，這是天理；又說：「合於人心」，這是人理。《春秋》昭公二十五年傳：「夫禮，天之經也，地之義也，民之行也。」可見禮是含天理與人理而言。道家的禮重天理，儒家的禮重人理。天理要合自然，所以率性任眞，不循常軌。人理貴乎實踐，所以養生送死，必盡其禮。這兩種觀點時常有衝突，但也有調和。《莊子・大宗師篇》記載一段故事：

子桑戶死，未葬。孔子聞之，使子貢往待事焉。或編曲，或鼓琴，相和而歌曰：「嗟來桑戶乎！嗟來桑戶乎！而已反其真，而我猶為人猗！」子貢趨而進曰：「敢問臨屍而歌，禮乎？」二人相視而笑曰：「是惡知禮意！」

這一段話的意思是這樣的：子桑戶、孟子反、子琴張三個人是很要好的朋友，不久，子桑戶死了，還沒有下葬，孔子聽到這個消息，就命子貢去助理喪事。子貢去了，看見孟子反和子琴張，一個在編歌曲，一個在彈琴，一會兒，他們合唱起來，說到：「啊！桑戶呀！啊！桑戶呀！你已經歸返本眞了，而我還在做人呀！」子貢走上前問道：「請問對著朋友的屍體唱歌，合乎禮嗎？」孟子反、子琴張兩個人相視而笑，說道：「他那裏知道禮的意義呢？」這裏面有兩個禮字，一個是子貢問的「臨屍而歌，禮乎？」的「禮」；一個是孟子反、子琴張回答的「是惡知禮意！」的「禮」。雙方面都提到「禮」，但是因爲立場不同，所以對於「禮」的見解也就不一樣。子貢所說的「禮」，當然是儒家的「禮」，站在儒家的立場，禮是人理的意思。旣然是人理，那朋友死就應該盡哀，才合乎禮。子貢看孟子反、子琴張朋友死，在高興的唱歌，覺得很奇怪，所以問說：「對朋友屍體唱歌，合乎禮嗎？」孟子反、子琴張守的是道家的禮，站在道家的立場，禮是天理的意思，旣然是天理，那人的死生就像晝夜、春夏秋冬循環一樣，是一種自然的現象。我們認爲是死，說不一定在另一世界卻是生，像東半球是黑夜，西半球卻是白天一樣。人死不但不用悲傷，還應該高興才對，因此他們兩個人就唱起歌來，所以反而說子貢不知「禮」的意義。這兩種「禮」的含義是有衝突的，也因爲這個緣故，阮籍被一般禮法之士所攻擊。《晉書》說：

籍又能為青白眼，見禮俗之士，以白眼對之。（籍遭母喪）及嵆喜來弔，籍作白眼，喜不懌而退。喜弟康聞之，乃齎酒挾琴造焉，籍大悅，乃見青眼，由是禮法之士，疾之若讎。

在某一方面說，阮籍所守的禮，是道家的禮，因此他嫂子歸寧，他去相見道別。在世俗的禮節看來，這是不可以的。〈曲禮〉說：「嫂、叔不通問」，因此大家都譏笑他。阮籍就說：「禮豈爲我輩設哉！」⑫阮籍的意思，世俗的禮，不是他所遵守的。禮俗之士，是阮籍排斥的對象。難怪嵇喜去弔喪，他要見白眼了。

不過，阮籍所反對的，只是虛僞的世俗的禮，至於儒家的禮制，他是不反對的。他非但不反對儒家的禮制，而且自己還在實踐儒家的禮制。《晉書》說：「司馬昭引爲大將軍從事中郎。有一天有司說：『有兒子殺母親的。』阮籍嘻笑著說：『殺父親還可以，怎麼殺母親呢？』同座的人聽了，都怪他失言。司馬昭問說：『殺父親是天下的極惡，怎麼認爲可以呢？』阮籍說：『禽獸知道母親，而不知道父親。殺父親是禽獸一類的人，殺母親則連禽獸都不如了。』大家聽了，才高興嘆服。」⑬而且阮籍自己也天性至孝，《晉書》說：

---

⑫《世說．任誕》第二十三：「阮籍嫂嘗還家，籍相見與別，或譏之。籍曰：『禮豈爲我輩設哉！』」

⑬見《晉書》卷四九〈阮籍傳〉。原文爲：「帝引爲大將軍從事中郎。有司言有子殺母者。籍曰：『嘻！殺父乃可，至殺母乎？』坐者怪其失言。帝曰：『殺父天下之極惡，而以爲可乎？』籍曰：『禽獸知母而不知父，殺父禽獸之類也，殺母禽獸之不若。』衆乃悅服。」

籍性至孝，母終，正與人圍棊，對者求止，籍留與決賭，既而飲酒二斗，舉聲一號，吐血數升。及將葬，食一蒸肫，飲二斗酒，然後臨決，直言窮矣⓮。舉聲一號，又吐血數升，毀瘠骨立，殆致滅性。

古代「居喪之禮，毀瘠不形」⓯，是說居喪只可以羸瘦，不許骨露見。阮籍母喪，以致於「毀瘠骨立，殆致滅性」，不能說他不盡哀。這可以說明阮籍反對的不是儒家的禮，他只是不守世俗虛僞的禮而已。因爲反對世俗的虛禮，所以有反常的行爲，無異是給講世俗虛禮的人一種諷刺，禮俗之士，當然要恨之如仇了。但是另外許多不注重禮節的人，卻不以爲怪。《晉書》又說：

鄰家少婦有美色，當壚沽酒，籍嘗詣飲，醉便臥其側，籍既不自嫌，其夫察之，亦不疑也。

又說：

⓮ 孝子喚奈何，喚窮，疑爲洛陽及其附近風俗；蓋父母之喪，孝子循例要喚窮也。（見《魏晉南北朝史論叢》）

⓯ 《禮·曲禮》：「居喪之禮，毀瘠不形。」

兵家女有才色，未嫁而死，籍不識其父兄，徑往哭之，盡哀而還。

這兩則小故事，都可以說明阮籍並不是背叛禮教的人，而只是不拘禮教，給社會上表面講求禮法，而行爲又不遵禮法的人一種諷刺。假使阮籍是背叛禮法，能夠醉臥少婦之側，而使其夫也不疑嗎？所以《晉書》說他是「其外坦蕩而內淳至」，對阮籍是很中肯的批評。

魏晉的人士，大都是儒道雙修，他們雖然談玄學論道德，但對孔子並沒有輕視，對經學的研究也並沒有完全放棄。他們不過是用老莊的學說，來解說經學，像何晏的《論語集解》、王弼的《易注》。阮籍又何嘗沒有儒家的經世濟民之志呢？我們看他「登廣武，觀楚漢戰處，嘆曰：『時無英雄，使豎子成名』，以及登武牢山，望京邑而嘆！」（《晉書．本傳》）的情形看來，他是有多少的豪情壯志，要想爲天下蒼生做一番轟轟烈烈的事業哩！所以《晉書》說：「籍本有濟世志，屬魏晉之際，天下多故，名士少有全者，籍由是不與世事，遂酣飲爲常。」這又是多少的無可奈何。我們說阮籍表面的行爲酣飲不拘禮節是可以的，而說他根本背叛禮法則不可以。至於後來演變成「搢紳之徒，翻然改轍，洙泗之風，緬焉將墜，遂令仁義幽淪，儒雅蒙塵」，那不是何晏、王弼的錯誤，更不能歸罪於阮籍，那只是時代思潮發展必然的結果⑯。在魏晉時，

⑯范寧〈何晏王弼論〉：「游辭浮說，波蕩後生，飾華言以翳實，騁繁文以惑世，搢紳之徒，翻然改轍，洙泗之風，緬焉將墮。遂令仁義幽淪，儒雅蒙塵。」錢大昕曰：「寧爲此論，以箴砭當世，其意非不甚善。然以是咎嵇、阮可，以是罪王、何不可。」（〈何晏論〉）然阮籍母喪毀瘠骨立，以是罪嵇、阮亦不可矣。

不拘禮教，也是一種禮，不過稱爲「方外之禮」而已。《世說新語・任誕篇》說：

阮步兵（籍）喪母，裴令公（楷）往弔之。阮方醉，散髮坐牀，箕踞不哭。裴至，下席於地，哭弔唁畢，便去。或問裴：「凡弔，主人哭，客乃為禮；阮既不哭，君何為哭？」裴曰：「阮方外之人，故不崇禮制；我輩俗中人，故以儀軌自居。」時人歎為兩得其中。

「兩得其中」就是以「儀軌自居」和「不崇禮制」都是對的。可見阮籍的放蕩不拘已經得到社會一致的承認，那也是一種禮呢！假使要說這種「不拘禮制」的「禮」，是阮籍始作俑者，那也不對，早在東漢時已經有了。張璠〈漢紀〉說：

初，山陽太守薛勤喪妻，不哭，將殯，臨之曰：「幸不為夭，復何恨哉！」及（王）龔妻卒，龔與諸子並杖行服。

這兩種極端相反的禮儀，正是魏晉時，方內方外禮儀的寫照。所以要把不拘禮制的行為，以魏晉人士為開端，是不公平的。瞭解這一點，我們就可以知道阮籍說的「禮豈爲我輩設哉！」那個「禮」字的內容意義了。

二、阮籍的達莊論

(一)達莊論的時代背景

魏晉人重視老莊，就像漢人重視經書一樣。當時學者都以老莊爲宗，而黜六經（《晉書・愍帝紀》）。干寶《晉紀・總論》也說：

學者以莊老為宗，而黜六經。談者以虛薄為辨，而賤名檢。行身者以放濁為通，而狹節信。仕進者以苟得為貴，而鄙居正。當官者以望空為高，而笑勤恪。（《全晉文》卷一二七）

老莊思想，到魏晉時大盛，這當然有其內在的原因，但也有外在客觀的因素。前人曾論述魏晉老莊學說的興起，是由於魏武帝的破壞名節，《晉書・傅玄傳》說：

近者魏武好法術，而天下貴刑名，魏文慕通達，而天下賤守節。其後綱維不攝，而虛無放誕之論，盈於朝野。（《晉書・卷四七》）

認爲「虛無放誕之論，盈於朝野」的原因，就是由於「魏武的好法術，魏文的慕通達」。不過這種看法，並不很正確。我們知道，魏武帝雖然破壞名節，但也不重視道家的學說。魏文帝並且曾經頒布詔令，禁吏民不得禱祀老子，譏諷漢桓帝不師聖，以嬖臣而事老子⑰。可見老莊學說的興起，和「魏武好法術，魏文慕通達」關係並不大。魏晉老莊學說興起，主要原因是由於時代思潮和政治環境的緣故。曹魏時代，幾乎都是爭奪政權、黨同伐異的局面，文人爲了逃避政治的殺戮異已，所以都鑽研老莊學說不問世事⑱。老子學說還偏於治術，所謂君人南面之術（《漢書・藝文志》）。莊子之說最爲玄遠，不切人事。荀子批評爲「蔽於天而不知人」（〈解蔽篇〉）。揚雄所謂「莊周放蕩而不法」（《法言》）。「不知人」和「放蕩不法」，正是處亂世的護身符。所以魏晉人研究《莊子》，不是想揚名，而是希望遠禍。

當然，時代思潮的影響，也是重要的因素。老莊之學是當時人士必須要研究的學問，好像不懂老莊，就不能算是名流學者，父兄的勸戒、師友的講求，都以研究老莊爲第一件事。《世說・文學》云：

---

⑰ 見《全三國文》卷六（民國五十年三月世界書局初版）。

⑱ 《世說新語・德行第一》：「晉文王稱阮嗣宗至愼，每與之言，言皆玄遠，未嘗臧否人物。」又曰：「王戎云：『與嵇康居二十年，未嘗見其喜慍之色。』」

支道林，許（詢）謝（安）盛德，共集王（濛）家，謝顧謂諸人：「今日可謂彥會，時旣不可留，此集固亦難常，當共言詠，以寫其懷。」許便問主人有《莊子》不？正得〈漁父〉一篇。

可見大家相聚，都是以談論老莊爲第一件事。甚至將老莊的學說應用到軍事上去，《晉書》記載鍾會伐蜀問計王戎的一段故事說：

鍾會伐蜀，過與戎別，問計將安出。戎曰：「道家有言，爲而不恃，非成功難，保之難也。及會敗，議者以爲知言。」（《晉書》卷四三〈王戎傳〉）

這是道家學說應用到軍事上，得到應驗的證明。又魏晉老莊學說興盛，和當時人士的情性有關，從前宋徽宗命綠衣小女郎誦〈秋水〉一篇，後世傳爲佳話。大概是因爲綠衣小女郎和莊子風神韻致有關。魏晉人士的風神韻致，都俊邁高雅。飄若遊雲，矯若驚龍。何晏面似敷粉，夏侯玄如玉樹，李安國頹唐如玉山將崩。嵇康身長七尺八寸，巖巖若孤松獨立。王夷甫容貌整麗，手如白玉。潘安仁、夏侯湛並有美容，時人稱爲雙璧。裴楷有雋容儀，時人以爲玉人。杜弘治面如凝脂，眼如點漆，如神仙中人，所謂觸目所見，都是琳琅珠玉⑲。這和徽宗命綠衣小女郎誦〈秋

⑲ 以上各節均見《世說新語・容止》第十四。

水〉一篇的情趣相合。魏晉另一部分人士則行迹曠放，與世相違。像劉伶縱酒放達，脫衣裸形處屋中，自認爲是以天地爲棟宇，以屋室爲幃衣。又《世說》記載：

王平子（澄）出為荊州，王太尉及時賢送者傾路。時庭中有大樹，上有鵲巢，平子脫衣巾，徑上樹取鵲子，涼衣拘閡樹枝，便復脫去，得鵲子還，下弄，神色自若，傍若無人。

魏晉人士大都是這樣放蕩不拘，當時的人，還稱爲曠達哩⑳！這種行爲，也和莊子妻死，鼓盆而歌，穿補過的粗布大褂，用蔴繩拴著破鞋的裝束㉑有若干相通的地方，因此魏晉的人士，和莊子就特別的接近而形神相親。阮籍的〈達莊論〉，很自然的就在這種情勢之下產生了。

㈡達莊論的內容

阮籍〈達莊論〉主要的思想，是在闡發「天地與我並生，萬物與我爲一」的道理。他認爲天地萬物，一氣盛衰，變化無常，名稱不同，其本質實在沒有兩樣，所以說：

⑳王平子故事見《世說新語・簡傲・第二十四》。又鄧粲《晉紀》曰：「澄（王平子）放蕩不拘，時謂之達。」

㉑《莊子・至樂篇》：「莊子妻死，惠子弔之，莊子則方箕踞鼓盆而歌。」又〈山木篇〉：「莊子衣大布而補之，正緳係履而過魏王。」

天地生于自然，萬物生于天地，自然者無外，故天地名焉。天地者有內，故萬物生焉。當其無外，誰謂異乎，當其有內，誰謂殊乎？（《全三國文·卷四五》）

自然、天地、萬物，按照其先後說，是有層次的。自然生天地，如果按照它的本質來說，其實又是一體的。因爲自然是萬物的原始，它是無形無狀的，所以我們稱之爲天地。天地雖然生於自然，但與自然可以說是同義詞。而天地又是空洞的名詞，天地之中，必有萬物，然後才能成其爲天地，這樣說，萬物和天地是一體的兩面，也就沒有什麼相異之處了，這是阮籍宇宙觀的基本理論。這種說法，固然是根據莊子的〈齊物論〉思想而來，但是和老子的「人法地，地法天，天法道，道法自然。」（《老子》第二十五章）也有一定的關聯。因爲自然天地萬物是一體，所以天地之間的萬物像日月山川、風雨星辰、水火雷澤、陰陽晦冥，不管怎麼變動，都是調和的、有秩序的，不會相互衝突；地流其燥，天就抗其濕，月東出，日就西入，都是互相跟從的，這樣才能構成宇宙的整體。我們人類就依從這自然變化所產生的物質和現象，給它名稱。昇的稱爲陽，降的就叫做陰。在地表的叫做理，在天上的稱爲文。蒸氣聚集多而下降的稱爲雨，氣體擴散所形成的叫做風。炎熱的稱爲火，水凝聚的叫做冰。堅固有形的稱爲石，根據曆象出現的叫做星。太陽出來叫做早晨，黑暗了叫做冥。流動不息的叫做川，水流回旋的叫做淵。平面的叫做土，堆積高起來的叫做山。這些形形色色、林林總總的萬物，都是和諧的存在，不會相互的損傷，因爲它們本來是一體的呀！所以又說：

男女同位，山澤通氣。雷風不相射，水火不相薄。天地合其德，日月順其光。自然一體，則萬物經其常。入謂之幽，出謂之章。一氣盛衰，變化而不傷。是以重陰雷電，非異出也。天地日月，非殊物也。故曰：「自其異者視之，則肝膽楚越也。自其同者視之，則萬物一體也。」

這當然是在闡發莊子萬物一體的理論。莊子以爲天地萬物，散則萬殊，合則爲一。分別稱呼，鬚髮眉睫都有它不同的名稱，合併來說，都是人體的一毛。擴大來說，宇宙可以說是「至大」了，人類處於宇宙之中，又可以說是「至小」了。但是就性分來說，則各自滿足，泰山也不以爲大，秋毫也不以爲小，本來天地就是「一馬」，萬物也不過是「一指」呀！因此〈達莊論〉又說：

人生天地之中，體自然之形，身者，陰陽之精氣也，性者，五行之正性也。情者，遊魂之變欲也。神者，天地之所以馭者也。以生言之，則物無不壽，推之以死，則物無不夭。自小視之，則萬物莫不小，由大觀之，則萬物莫不大。殤子為壽，彭祖為夭。秋毫為大，泰山為小。故以死生為一貫，是非為一條也。

阮籍認爲人生在天地之中，是稟於自然而有形體。所以這個形體，是陰陽給予精氣而產生，性是五行給予的正性，情欲之所以產生，則是由於意識的作用，阮籍稱之爲「遊魂」。至於神，那是天地所駕馭的樞紐。綜而言之，無論那一方面都是天地所給予的。從這個理論出發，以至於人類的壽夭，也是天地自然的安排，既然都是天地所安排，那長壽的、夭折的，在性分上說，就沒有什麼不同了。所以就生存方面來說，萬物可以說都是長壽的。以死亡來說，那萬物又可以說都是夭折的。再以大小來說，天地之外，固然是無窮，毫末之內，也正是無窮。但是等差是沒有一定的，因此萬物也沒有大小可言。物的本身並無所謂大，而是和小的相比較，就覺得大，別人就稱它爲大。如果物體的本身比較小，那任何物體都可以說是比它大，這不是物體本身自以爲小，而是被大的物體比較之後，而覺得它小，所以人也就稱它爲小了。這都是由差別比較而產生的不同現象，沒有什麼眞是眞非的道理存在。這樣說，夭折的殤子我們也可以說它是長壽的。活了七百多歲的彭祖，也可以說他是短命的。秋毫可以說它是大的，泰山也可以說它是小的。如果把生死看做一件事，是非不使對立，那什麼大小、壽夭的差別就都沒有了。然而在現實生活之中，我們不能不承認泰山爲大，秋毫爲小，但就個體單位來說，都是一個個體，沒有什麼不同的。從前夜郞國國君問漢使臣說：「漢與孤家孰大？」（《史記・西南夷列傳》）後人引爲笑談，以面積而論，漢是大國，夜郎只有一個小縣那麼大，可以說是蕞爾小國。但如果以個體來說，同是一個國家，就沒有什麼差別了。這許多理論，和《莊子．秋水篇》所說的「以差觀之，因其所大而大之，則萬物莫不大，因其所小而小之，則萬物莫不小，知天地之爲稊米，知毫末之爲丘山，則差數睹矣。」是一線相承的。

天地萬物既然是一體，那麼宇宙間的萬物爲什麼有彼此的分別呢？阮籍認爲物論之不齊，是由於後人不知道「道通爲一」的道理。各是其所是，各非其所非，病根則在於「有我」。所以〈達莊論〉又說：

後世之好異者，不顧其本，各言我而已矣。

有我之見壞處之大，簡直不可以用語言來形容，到極端的時候，非但殘生傷性，還會自相殘害，甚至賊殺自己的肢體，到最後禍亂發生而萬物就遭殃了。所以他又說：

何待於彼，殘生害性，還為仇敵，割斷肢體，不以為痛，目視色而不顧耳之所聞，耳所聽而不待心之所思，心奔欲而不適性之所安，故疾癘萌則生意盡，禍亂作則萬物殘矣。

人類本來和萬物是一體的，如果要和自然分離，終至於彼此相殘，不但是彼此不同的個體互相殘殺，就是連自己本身的行為動作都不能一致。這都是不知天地萬物是一體的緣故。這種思想之所以產生，當然也是由莊子「萬物一體」的理論而來，但是和當時政治的排斥異己、殺戮名士，也有密切的關聯。

阮籍的宇宙觀，雖然和莊子一樣，視「至道之極，混一不分，同爲一體，得失無聞。」但是和莊子的本意並不完全相同。莊子罕言自然，內篇涉及自然意義的，都是以自然爲用。阮籍說宇宙本體，則是以自然爲體，所以說：「天地生于自然」，「自然者無外，故天地名焉。」〈通易論〉說：「道，自然也。」萬物都是從這自然的道變化而生。所以說：「道者，法自然而化。」（〈通老論〉）以後郭象《莊子注》的「自生說」，多少受阮籍自然主義的影響。

〈達莊論〉另一主要思想是「守本」。莊子曾經說：「命物之化而守其宗」（〈德充符篇〉）命物就是順物的意思，但是順物又不離其宗，宗就是本。知道宗本，當然就了解「萬物與我爲一」的道理。知道宗本，然後才能歷小變而不失大常，遺形骸而全德。阮籍根據這個理論推廣到生死的觀念上。〈達莊論〉說：

至人者，恬於生而靜於死。生恬則情不惑，死靜則情不離。故能與陰陽化而不易，從天地變而不移。生究其壽，死循其宜，心氣平治，消息不虧。是以廣成子處崆峒之山，以入無窮之門。軒轅登崑崙之阜，而遺玄珠之根，此則潛身者易以為活，離本者難以永全也。

這裏所說的「陰陽化而不易，從天地變而不移」實在是「命物之化而守其宗」的擴大說明。宇宙間的事物，無時而不變，無動而不移。陰陽不斷的消長，晝夜永遠的循環，以至於死生、存亡、窮達、貧富的變化，人處其中，當順應自然的變化而行，不可擾亂本心的清和，這就叫做守本。阮籍處事接物，人不知他說話行事的所以然，甚至有人稱他爲癡，可以說深得「命物之化而守其宗」的大旨。

〈達莊論〉除了說明莊子「萬物一體」、「守本」的理論外，還有論〈逍遙遊〉之旨。阮籍對於《莊子・逍遙遊》的思想，似乎特別有會於心，〈達莊論〉開始就標示〈逍遙遊〉的旨趣，說：

伊單閼之辰，執徐之歲，萬物權輿之時，季秋遙夜之月，先生徘徊翺翔，迎風而遊，往遵乎赤水之上，來登乎隱坌之丘，臨乎曲轅之道。顧乎泱漭之州，洸然而止，忽然而休。

可見〈達莊論〉之所以作，就是爲了要達到「洸然而止，忽然而休」的逍遙境地。所以說：「聊以娛無爲之心，而逍遙於一世」，而阮籍的作品中，也處處提到逍遙遊的樂趣。阮籍之所以能夠避禍遠害，應歸功於他深悟莊子逍遙的妙旨。這也是阮籍雖然譏諷世俗，爲禮法之士所疾，而終能「賴大將軍保持之」的原因。

〈達莊論〉雖然是在魏晉時代思潮影響下所產生的作品，但其思想內容卻深契莊子〈逍遙遊〉、〈齊物論〉的主旨。闡發莊子思想的著述，雖在漢代已經開始，然而留傳下來的，實以阮籍〈達莊論〉爲最早，這不是沒有理由的。

三、結　論

阮籍出生時，正是漢末羣雄割據、社會極度混亂的時代。童年眼見曹氏父子殺戮異己、篡奪漢家的天下，壯年又遭遇到司馬氏父子黨同伐異，正要奪取魏室的江山，歷史的重演，對他人生有很大的影響，造成他任性不羈、喜怒不形於色的個性。而他所經歷的時代，又是一個政治上明爭暗鬥的時代，所過的生活，是朝不保夕的生活。他時而臨高長嘯，時而登山大哭，無非是現實生活所感受的一種反映。但是他終能明哲保身，不爲世所害，這不能不歸功於他通達莊子的思想。莊子處世，無往不因，無因不可，呼我爲牛，卽應之以爲牛。呼我爲馬，卽應之以爲馬。有五石之瓠，卽慮爲大樽，而浮乎江湖。有大樹，卽樹之於無何有之鄉，廣漠之野，彷徨乎無爲其側，逍遙乎寢臥其下（《莊子・逍遙遊篇》），消除自我的存在，與道化合爲一體。阮籍對於這一點，深得其中的三昧，所以能逍遙於世而遠於禍害。他的〈大人先生傳〉說：

與造物同體，天地並生，逍遙於世，與道俱成，變化散聚，不常其形。

魏晉人士，篤信老莊的很多，但是能夠像阮籍「變化散聚，不常其形」的人卻不多見，所以終不能免於禍害。阮籍曾告誡他兒子阮渾說：「仲容已預之，卿不得復爾。」㉒推想就是深恐他只知道自我有形的「迹」，不知道「不常其形」的「冥」，而蹈前人的覆轍。從這一點看來，了解莊子的境界，深悟莊子逍遙無已的深趣，也不是一件容易的事哩！魏晉時代，了解莊子神理的人士，除了稍後的陶淵明外，阮籍要算是第一人了。

㉒《世說新語・任誕・第二十三》：「阮渾長成，風氣韻度似父，亦欲作達。步兵曰：『仲容已預之，卿不得復爾。』」

論魏晉詩歌風格的思想性

談論文學史分期的，有人以朝代分，有人以帝王年號分，像近人陳延傑〈魏晉詩研究〉，就分爲建安、正始、太康、永嘉等時期，建安是漢獻帝的年號(西元一九六～二二〇年)，一般都以建安七子，卽孔融、王粲、陳琳、徐幹、劉楨、應瑒、阮瑀爲代表。正始是魏廢帝齊王芳的年號(西元二四〇～二四八年)，以何晏、阮籍、嵇康爲代表。太康是晉武帝年號(西元二八〇～二八九年)，一般都以三張、二陸、兩潘❶爲代表。永嘉是晉懷帝年號(西元三〇七～三一二年)，那時劉聰、石勒、劉曜相繼入寇，天下擾亂，以郭璞、劉琨、陶淵明爲代表。這種區分法，他的好處在便於說明，但也容易令人有一種錯覺，以爲時代不同，文學的風格也各異，其實文學風格的形成，是逐漸的也是錯綜多變的，譬如說，正始時代，一般都認爲詩雜玄風，《文心雕龍・明詩篇》說：

❶三張卽張華、張載、張協，一般也有以張亢替代張華的，此從《詩品》，二陸卽陸機、陸雲兄弟，兩潘卽潘岳、潘尼叔侄。

正始明道，詩雜仙心，何晏之徒，率多浮淺。

又說：

嵇志清峻，阮旨遙深，故能標焉。

可見文學風格是複雜的，在同一時代裏，就有浮淺的、清峻的、遙遠的。由此看來，文學風格是不能用時代來統攝的，而且上面所說的幾個時代，實際上也不能完全包括。建安有二十四年，正始只有九年，太康只有十年，永嘉只有六年。以短短五十年的時間要包括有建安七子以至陶淵明約一百七十年長時間的詩歌風格，是不可能的。顯然的，所謂正始、太康、永嘉，只是爲了說明方便的一個代表名詞而已。所以用文學風格來說明，或許比較切實些，那麼，魏晉文學的風格又是什麼呢？

談起魏晉，大家都會聯想到玄學，文學與時代思潮實有密切的關係，魏晉文學的風格，當然也受到當時思潮的影響，自不待言。不過，文學風格雖然受時代思潮的影響，但當文學風格形成一種風氣時，也會促進時代思潮的改變。魏晉文學的風格，應該是受著兩種思想的影響，一是儒家思想，一是道家的思想，當然這兩種思想是混合的，有時偏於入世的儒家思想，有時則偏於出世的道家思想，並不可能截然的劃分。」

魏晉文學風格受著儒、道思想的影響，並不是沒有原因的，這要從曹丕的《典論論文》談起。漢代的文學，受著儒家荀子思想的影響❷，偏於實用主義，《荀子》書中卽使以賦、詩名篇，都帶著濃厚的教訓意味。到了曹丕，主張文學的內涵，一面要因襲漢代的實用主義，說：「文章乃經國之大業，不朽之盛事。」另一方面又給文學灌注了新的內容，那就是他所提出的「氣」，他說：

> 文以氣為主，氣之清濁有體，不可力强而致，譬諸音樂，奏度雖均，節奏同檢，至於引氣不齊，雖在父兄，不能以移子弟。

文學的功能有二，一爲指導人生方向，一爲提高人生境界，所謂「文章乃經國之大業，不朽之盛事」，顯然是屬於指導人生方向方面。至於「文以氣爲主」，顯然是屬於提高人生境界方面。指導人生方向的偏於儒家思想，提高人生境界的則偏於道家思想。《莊子・天運篇》有一段「輪

❷漢代文學是經學的附庸，而漢代經學大部分是荀子所傳授（見唐晏《兩漢三國學案》），可見漢代文學風格也受著荀子文學思想的影響，多偏於實用教訓的爲多，這可從荀子的賦及佹詩等內容看出來。

扁斲輪」的故事，敍述有「數」存焉，也是父子不能相傳的❸，與曹丕所說的「氣」，父兄不能以移子弟，若合符節。魏正始時代，有所謂「儒道同」、「儒道合」之說，而文學風格，似乎也受這種思潮的影響。不過，也因爲這樣，文學有了新的內涵，一改漢代偏於實用爲主的風格。這種趨勢，其實從曹操已經開始了。曹操的詩歌風格，已經有這兩種思想的趨向，其〈樂府詩〉云：

神龜雖壽，
猶有竟時，
騰蛇乘霧，
終為土灰，
老驥伏櫪，
志在千里，

❸《莊子・天道篇》：「桓公讀書於堂上，輪扁斲輪於堂下，釋椎鑿而上，問桓公曰：『敢問公之所讀者，何言邪？』公曰：『聖人之言也。』曰：『聖人在乎？』公曰：『已死矣。』曰：『然則君之所讀者，古人之糟粕已夫！』桓公曰：『寡人讀書，輪人安得議乎！有說則可，無說則死。』輪扁曰：『臣也以臣之事觀之。斲輪，徐則甘而不固，疾則苦而不入，不徐不疾，得之於手而應於心，口不能言，有數存焉於其間。臣不能以喻臣之子，臣之子亦不能受之於臣，是以行年七十而老斲輪。』」這裏所說的「數」與《典論論文》所說的「氣」，都是父子不能相傳。

烈士暮年，
壯心不已。（〈龜雖壽〉）

表現他橫槊賦詩，一世豪雄的氣概。但在〈蒿里行〉、〈秋胡行〉樂府中，卻表現出低沉悲傷消極的情調。其〈蒿里行〉中有一段：

鎧甲生蟣蝨，
萬姓以死亡，
白骨露于野，
千里無雞鳴，
生民百遺一，
念之斷人腸。

在〈短歌行〉中，更是兼具進取與消極的兩種風格。如：「山不厭高，海不厭深，周公吐哺，天下歸心。」表現出他求賢若渴的心意，但也時時流露出人生無常，「譬如朝露，去日苦多」的傷感，和「對酒當歌，人生幾何」的消極情緒。這種風格的表現，與時代背景以及個人的環境，可能都有關聯。

魏晉文學的風格，就是在儒道這兩種思想消長，而又互相結合交錯的情形之下轉流表現著。所以要說明魏晉文學的風格，必先了解其時代思潮的本質。魏晉是玄談的時代，而正始時代是玄談的代表時代，同時也是文學的代表時期。往往玄談的名士，也是文學的專家。所以玄談的內容，往往也影響文學的風格，一般人都認爲魏晉玄談的內容是談老莊，其實並不盡然。正始玄談的代表者是何晏與王弼，王弼雖然是老學專家，注過《老子》，但是在儒家的思想範圍中，他也是一個重要的人物。他注《周易》，爲十三經注疏本中的一節，是儒家經典中很有權威的著述，他還作《周易略例》及《論語疑義》❹，都是發揮儒家的思想。何晏雖然撰〈無名論〉，發揮老氏「無名天地之始」的旨趣，但他也集解《論語》，在研究《論語》的過程中，有不可磨滅的地位與貢獻。可見他們都是儒家的信徒，只是企圖調和儒道的思想而已。魏晉文學的風格。多少受到這種調和作用的影響，尤其曹丕提出文學實用與聲氣❺合一的意見，更是促成文學趨向調和的主動力。當然，文學家個人的行爲，也是主要因素之一，魏晉的文士，因受不正常的政治制度的影響❻，常常是一邊清談，一邊要富貴，也是促成文學儒道思想調和的主因。不過，儒道思想的調

❹《周易略例》收漢魏叢書中，《論語疑義》已佚，但在《論語》皇侃疏及邢昺疏內可見片段。

❺曹丕〈典論論文〉，一面主張因襲儒家實用的文學觀，一面又提出「文以氣爲主」的主張。他所說的「氣」與道家的「道」很相似，詳見註❸。曹丕所說的氣，以音樂爲比喻，有聲氣之意，後世所謂「因聲而求氣」，實受其影響。

❻所謂不正常的政治制度，指君權旁落，曹操挾天子以令諸侯。司馬氏又挾持魏帝，擅生殺大權。一般士子不知所從，常徘徊徬徨在出仕與歸隱之間。

和，表現得恰到好的，不但是本身可以在當時的政治環境中避禍遠害。而其所發表的詩文，其情境旨趣也比較高超。儒道調和的思想是當時爲人處世的南針，也是文學理論的準則。否則，不但本身會遭遇到不幸，卽其所表達的詩文，也是具有一股不和諧的情調，俗謂患得患失，境界也必不高。如正始時代的何晏與嵇康，可以說是這一類型的代表者，我們看何晏的〈擬古詩〉：

鴻鵠（一作鶴）雙比翼，
羣飛戲太清，
身常入網羅，
憂禍一旦並。
豈若集五湖，
順流唼浮萍，
消搖放志意，
何為怵惕驚。

鍾嶸《詩品》評其詩說：「鴻鵠之篇，風規見矣。」何晏崇尚虛無，可以從篇中看他希冀出世的意圖。但畢竟是入世的，所以在希望「羣飛戲太清」的同時，又說「身常入網羅」。在出世與入世不能調和的情狀之下，結出「憂禍一旦並」的驚懼。這種不和諧的情景，就人生界說，是痛苦的人生，就文學的境界說，雖可備為一格，但不能稱為高。清陳祚明評論何晏說：「非不自知，而不自克，悲哉！」（見《敝帚集》）是很中肯的批評。「非不自知，而不自克」，充分說明何晏無奈矛盾的人生。這種詩歌的風格，可以說是入世與出世，也是儒與道思想不能調和的一種。在何晏稍後有嵇康，《詩品》說他屬於清峻的一格。假使說何晏之不能調和，是偏於入世的方向，而嵇康之不能調和則偏於出世的一面，過與不及，都屬於不和諧的一類。嵇康雖然也篤好老莊，恬淡寡欲，據《世說新語》記載，王戎和嵇康在山陽相處二十年，未嘗見其喜慍之色。他有〈養生論〉，認為善養生者，應該「清虛靜泰，少私寡欲，知名位之傷德，故忽而不營。」要「蒸以靈芝，潤以醴泉，晞以朝陽，綏以五絃。」可惜他自己終不能長年。其原因可以說是太過於清峻。觀察其作品，也可以看出一股不和諧的氣氛，如〈贈秀才詩〉說：

單雄翻孤逝，
哀吟傷生離，
徘徊戀儔侶，
慷慨高山陂。
鳥盡良弓藏，

謀極身心危，
吉凶雖在己，
世路多嶮巇。
安得反初服，
抱玉寶六奇，
逍遙遊太清，
攜手長相隨。

其患得患失、無可奈何之心情，溢於言表。嵇康還有〈幽憤詩〉，也都是自道身世，《詩品》評他「過於峻切，訐直露才，傷淵雅之致」。把他置於中品，不與阮籍同列。推測其原因，大概就是以嵇康不能像阮籍「逍遙浮世，與道俱成」，使入世與出世、人生與自然，達到和諧的境界，有以致之。詩歌的風格如此，其人生遭遇的不幸，可想而知，孫登說他「性烈而才雋，其能免乎」，可謂確論。

在正始時能夠調和儒、道思想，使人生與自然、入世與出世融合無間，要推阮籍了。阮籍字嗣宗，他是竹林七賢的領袖，也是建安七子之一阮瑀的兒子，是一個儒、道雙修的人物，但卻能使其調和，不發生衝突，因此得以善終。他不想在司馬氏的政權下爲官，但有時卻自己要求官做，使出仕與歸隱融合無間。根據《晉書・本傳》記載，司馬昭輔政的時候，阮籍從容告訴司馬昭說：「籍平生曾遊東平，樂其風土。」司馬昭聽了很高興，以爲阮籍願意到東平做官了，立刻拜爲東平相。阮籍乘驢到那裏上任，只做了一件事，就是把府舍屏障毀壞，使內外相望，不到十天就回去了。《晉書》還記載說，阮籍聞步兵廚營人善釀，貯酒三百斛，於是求爲步兵校尉。但當酒喝完了，他又不幹了。這種行徑，說他不願出仕，他又自求爲官，說他入世出仕，他又旬日而還。把出仕與歸隱結合在一起，套一句成語，可以說是「無迹可尋」。連司馬昭也莫可奈何，只好自己解嘲說：「卿是騙酒而來。」最有趣的一件事，有一次，阮籍與司馬昭同座，有司來告有子殺母者。阮籍在旁嘻哈的說：「殺父親還可以，怎麼殺母親呢？」同座的人都怪他失言。司馬昭說：「殺父，是天下極惡的人，你以爲可以嗎？」阮籍回答說：「禽獸只知道母親而不知道父親，殺父，是禽獸之類，殺母親，則連禽獸都不如了。」大家聽了，才都高興佩服❼。這一則小故事，說明阮籍調和儒道思想運用於世的高明手法。在當時，老莊流於放蕩不羈，所謂放浪形骸之外，所以阮籍聽到有人殺母，隨口說：「殺父乃可，至殺母乎。」母親不可殺，父親當然也不可殺，阮籍這樣說，正是道家正言若反的意思。等到衆人驚異追問之後，才慢慢的回到儒家行爲的規範來，原來殺父親是禽獸，殺母親連禽獸都不如。阮籍這種儒道思想交融表現的行爲，《世說新語》提到的很多，諸如與友人下棋，有人告訴他母親死了，他下棋如故，做出違背常理的舉動，但當到

❼ 以上記載詳見《晉書》卷四五〈阮籍傳〉，大意如此。

達家門，又吐血數升，以至形消骨立，眞誠的盡到儒家所說的父母之喪，泣血三年的孝思。《晉書》轉錄的許多故事，對阮籍儒道雙修的行爲來說，應該是有深意的。阮籍所表現的是一種令人不知其所以然的行爲。雖然很多人都憎恨他，但都能安然免禍遠害。表現於詩歌，也自有他特別的境界，令人莫測高深了，鍾嶸《詩品》評他的詩說：

> 其源出於小雅，無雕蟲之巧，而詠懷之作，可以陶性靈，發幽思，言在耳目之內，情寄八荒之表，洋洋乎會於風雅，使人忘其鄙近，自致遠大，頗多慷慨之詞，厥旨淵放，歸趣難求。

李善《文選》注引顏延年評他的〈詠懷詩〉也說：

> 文多隱避，百代之下，難以情測。

清劉熙載《藝概》也說：

> 阮嗣宗詠懷，其旨淵放，其屬詞之妙，去來無端，不可蹤跡。

〈詠懷詩〉共有八十二首，這八十二首都是五言的。《全三國詩》另著錄他四言的〈詠懷詩〉三首，注引清人錢曾《讀書敏求記》說：

阮嗣宗詠懷詩行世本，惟五言詩八十首，朱子儋取家藏舊本刊於存餘堂，多四言詠懷詩十三首，今所存四言詩僅三首耳。（《全三國詩》卷五）

現在我們看其中的第一首：

夜中不能寐，起坐彈鳴琴，
薄帷鑒明月，清風吹我襟（襟，《文選》作衿），
孤鴻號外野，翔（《文選》作朔）鳥鳴北林，
徘徊將何見，憂思獨傷心。

推測這首詩是作者在夜深人靜的晚上，胸中有數不清的哀愁，是什麼哀愁呢？什麼都不是，陳沆說他「文多刺譏，有悼宗國將亡者，有刺權奸者，有述己志者。」其實什麼都不是，倒是沈德潛說是「興寄無端，雜寫哀怨」比較得其實。因爲哀怨，因此不能成寐，只好把滿腔的哀怨，付之於瑤琴，正當坐起來要彈奏瑤琴的時候，忽然看見皎潔的明月，從薄帷中透射進來，月亮是孤寂的，作者心中也是孤寂的，只有孤寂的明月和那無言的清風，才能了解阮籍這時的心情。正

在面對明月清風的時候，突然間從遙遠的外野，傳來孤鴻的叫聲，那無依的離羣的朔鳥，也在北林哀鳴，劃破了那寂靜的深夜的長空，似在助長作者的哀愁，不禁起來徘徊，但什麼也看不見，只徒增憂思獨自傷心而已。

阮籍用清風、明月、飛禽翔鳥來表達的地方很多，如第九首「寒風振山岡，玄雲起重陰，鳴雁飛南征，鶗鴂發哀音。」第十四首「微風吹羅袂，明月耀清暉。」第十七首「孤鳥西北飛，離獸東南下。」這是因爲寄情於自然界的清風明月、飛禽、走獸，可以寄迹無端令人難以情測，這樣就可以免於禍患了。

魏晉人士，都徘徊在做官與不做官的衝突之中，也是儒與道分歧思想的領域，《世說新語》記載，向秀應本郡計入洛，司馬昭問他：「聞君有箕山之志，何以在此？」向秀答曰：「以爲巢許狷介之士，未達堯心，豈足多慕。」因此相安無事。向秀能夠出來做官，也是幾經考慮的結果，他的《思舊賦》說：「惟追昔以懷今兮，心徘徊以躊躇，棟宇在而弗毀兮，形神逝其焉如。」固然是懷念好友嵇康，但何嘗又不是自述心志，心徘徊躊躇於出仕與歸隱之間呢？這種風氣，雖是魏晉時代思潮的反映，但也很受後人的批評，《晉書》說山濤，「吏非吏，隱非隱」。以後《朱子語類》也說：

晉宋人物，雖曰尚清高，然這邊一面清談，那邊一面招權納貨，淵明真能不要此，所以高於晉宋人物。

朱子雖然是以道學家的立場來批評晉宋人物，如果以「文如其人」的看法來說，也可以應用在文學上。朱子說晉宋人物（其實也可以包括魏），這邊一面清談，那邊一面招權納貨，正是一面出仕與一邊要退隱的矛盾心理的寫照，還有就是眞能不要此，眞能不要此，可以說是既不出仕也不退隱，當然，既不出仕也不退隱是不可能的，可以說是把出仕與退隱調和融合無迹。假使從這個批評來看魏晉文學的風格，那一邊清談，一邊招權納貨是一派，姑且稱之爲儒道思想衝突派，另一派是出仕與退隱的調和，就稱爲調和派。文學是藝術的表現，而調和得恰到好處則是藝術。所以凡是衝突的、不調和的，其詩歌的藝術性必不高，應驗於人生，是失敗主義、悲觀主義。調和得恰到好處，其藝術性必高，應驗於人生，必是曠遠的、達觀的。何晏的〈擬古詩〉，可以說是衝突的一派，因此他人生悲觀，注定他失敗的命運。阮籍則能調和儒道思想，所以他的詩，很難去理解，其藝術性也高，人生也是屬於達觀的。鍾嶸《詩品》從兩漢到齊梁收錄一百二十人，把他們品第爲上、中、下三品，雖然後人批評他不當（王漁洋、沈德潛等都有批評），但把阮籍放在上品，何晏列爲中品，我認爲倒是很正確的。

在晉太康時代：所謂三張二陸，兩潘一左，其中除了左思外，可以說都是偏於人生界，所謂「兒女情多、風雲氣少」的一派。左思以〈詠史詩〉八首有名，左思之〈詠史〉，沒有孤芳自賞的習氣，也沒有感慨不平的怨尤，是一種以平靜的心情，敍述他與自然同在的志向。

皓天舒白日，靈景耀神州，
列宅紫宮裏，飛宇若雲浮，
峨峨高門內，藹藹皆王侯，
自非攀龍客，何為欻來遊，
被褐出閶闔，高步追許由，
振衣千仞岡，濯足萬里流。

他是以「功成不受爵，長揖歸田廬」的心情，來抒寫他的心志，換句話說，他是沒有目的，沒有追求，而在詩歌的修辭方面，又是那麼的樸素，《詩品》說他野於陸機，那個野字，也正是他的好處，又說他的詩「古今難比」，都是很正確的。把他列爲上品，不是沒有道理的，可以說是調和的一派。

其他張華、潘岳、陸機，可以說都是兒女情多、風雲氣少的一派，《詩品》把張華列爲中品，還說：「疑弱」，但處之「下科」又恨少，說是在「季孟之間」，可見連中品的分量都不太夠。現在看他的情詩三首之一：

清風動帷簾，晨月照幽房，
佳人處遐遠，蘭室無容光。
襟懷擁靈景，輕衾覆空牀，
居歡惜夜促，在感怨宵長，
拊枕獨嘯歎，感慨心內傷。

除了思念情人的感情之外，別無可說。這種的情懷，可以說是不調和的，因爲這種情感，只是個別的，不是普遍的。普遍的情感有兩種，一種是純眞的情感，一種是與自然結合爲一的至情。純眞的情感，是人人都能體會到的，像〈古詩十九首〉：

生年不滿百，常懷千歲憂，
晝短苦夜長，何不秉燭遊，
為樂當及時，何能待來茲，
愚者愛惜費，但為後世嗤，
仙人王子喬，難可與等期。

王國維評這首詩說：「寫情如此，方爲不隔。」不隔就是調和。不過就這首詩的內含意義說，還是缺少自然界的至情。王國維大概是以這首詩具有普遍性，爲人人所同感，所以說是不隔。

另外一種是與自然共通，像左思雖是表達志向，但沒有像嵇康的幽憤、像王粲的懷才不遇，表現出有股不平之氣。如王粲的〈詠史詩〉說：

自古無殉死，達人所共知，
秦穆殺三良，惜哉空爾為，
結髮事明君，受恩良不訾，
臨沒要之死，焉得不相隨。
妻子當門泣，兄弟哭路垂，
臨穴呼蒼天，泣下如綆縻。

這眞是所謂替古人擔憂。《詩品》把王粲列爲上品，王士禎頗不以爲然（見《漁洋詩話》），我很有同感。

晉陸機、潘岳和王粲一樣，其情感只停頓在人生界，或是只寫自然界。兩者不能調和，即使他們寫景與抒情詩，在另一角度看，都很不錯，但止於寫大自然的景色而已，如陸機〈招隱詩〉：

明發心不夷，振衣聊躑躅，
躑躅欲安之，幽人在浚谷，
朝采南澗藻，夕息西山足，
輕條象雲構，密葉成翠幄。

又〈苦寒行〉：

北遊幽朔城，涼野多嶮難，
俯入穹谷底，仰陟高山盤，
凝冰結重澗，積雲被長巒，
陰雲興巖側，悲風鳴樹端，
不睹白日景，但聞寒鳥喧。

潘岳更是寫情能手，他最膾炙人口的是〈悼亡詩〉三首，其第一首云：

荏苒冬春謝，寒暑忽流易，

之子歸窮泉，重壤永幽隔，
私懷誰克從，淹留亦何益，
僶俛恭朝命，迴心反初役，
望廬思其人，入室想所歷，
帷屏無髣髴，翰墨有餘迹，
流芳未及歇，遺挂猶在壁。

在這首詩中看不出作者有什麼情感投注其中，卽使有，也是分裂的情感，和他的寫景詩一樣，是一種情與景不和諧的現象，景是景，情是情，卽使描寫景物，美到極點了，也是種脫離自我的一種客觀，我們感覺不到詩人內心起伏的情感。如潘岳的〈在懷縣作〉：

南陸迎脩景，朱明送末垂，
初伏啓新節，隆暑方赫羲。
朝想慶雲興，夕遲白日移，
揮汗辭中宇，登城臨清池，
涼飇自遠集，輕襟隨風吹。

靈圃耀華果，通衢列高椅。
瓜瓞蔓長苞，薑芋紛廣畦。

篇》說：

其他則無甚可取了。雖然後人對陸機、潘岳多所褒贊，所謂二陸入洛，三張減價。《世說·文學

寫景美則美矣，正如李充〈翰林論〉所評的「猶翔禽之羽毛，衣被之縠綃」除了浮豔之外，

潘文爛若披錦，無處不善，陸文排沙簡金，往往見寶。

《詩品》對他兩人更是推崇有加，說陸機：

才高詞贍，舉體華美，……咀嚼英華，厭沃膏澤，文章之淵泉也，張公嘆其大才，信哉。

張華見陸機的文章，篇篇稱善，曰：「人之作文，患於不才，至子爲文，乃患太多也。」清

沈德潛很不以爲然，批評陸機說：

士衡以名將之後，破國亡家，稱情而言，必多哀怨，乃辭旨膚淺，但工塗澤，復何貴乎。

又論其劣點說：

意欲逞博，而胸少慧珠，筆力又不足以舉之，遂開出排偶一家。西京以來，空靈矯健之氣，不復存矣，降自梁陳，專工隊仗，篇幅復狹，令閱者白日欲臥，未必非士衡為之濫觴也。

《詩品》把陸機、潘岳都列爲上品，不但王漁洋認爲陸機、潘岳宜在中品，根據儒道思想調和的標準看，也應該屬於不和諧的一類。太康到永嘉，只有儁上之才的郭璞，和清剛之氣的劉琨，應該屬於情感調和的一派，但《詩品》反而把他們列爲中品，這是後人爲他們抱不平的。郭璞以〈遊仙詩〉有名，情思超越塵俗之表，以爲理想的世界，令人讀後，飄飄如欲凌雲之慨。如：

京華遊俠窟，山林隱遯棲，
朱門何足榮，未若託蓬萊，

臨源挹清波，陵岡掇丹荑，
靈谿可潛盤，安事登雲梯，
漆園有傲吏，萊氏有逸妻，
進則保龍見，退則觸藩羝，
高蹈風塵外，長揖謝夷齊。

永嘉時，貴老黃，崇尚虛說，于時篇什理過其辭，淡乎寡味。而郭璞能稍變其體，《詩品》雖把他詩列爲中品，但仍說他「文體相輝，彪炳可翫，始變永嘉平淡之體，故稱中興第一。」

劉琨曾與祖逖聞雞起舞，是晉中興的功臣。生於亂世，仍表現其剛勁之氣，據《晉書》說：

琨在晉陽，嘗為胡騎所圍數重，城中窘迫無計，琨乃乘月登樓清嘯，賊聞之，皆悽然長嘆。中夜奏胡笳，賊又流涕歔欷，有懷土之切。向曉復吹之，賊並棄圍而走。

其〈扶風歌〉云：

朝發廣莫門，暮宿丹水山，

左手彎繁弱，右手揮龍淵，
顧瞻望宮闕，俯仰御飛軒，
據鞍長歎息，淚下如流泉。

托意深遠，敍述喪亂、感恨之詞，可以概見。詩中有自己的感情在，情與事結合，事卽情，情卽事，改變當時浮豔的風氣，不過當時詩壇不是玄遠，就是華麗，風氣很難改變，所以鍾嶸說：

郭景純用儁上之才，變創其體，劉越石仗清剛之氣，贊成厥美，然彼衆我寡，未能動俗。

晉的詩壇，自郭璞、劉琨之後一直到陶淵明殿後，結束了魏晉的詩壇，也是魏晉文學的總結束，堪稱絕響。其原因是陶淵明既受儒家思想的洗禮，又受道家思想的薰陶，所以造出曠達、放逸而又不避世的態度。其〈飲酒詩〉云：

結廬在人境，而無車馬喧，
問君何能爾，心遠地自偏，
採菊東籬下，悠然見南山，

山氣日夕佳，飛鳥相與還，
此中有真意，欲辯已忘言。

前人謂陶淵明見山忘言，臨流賦詩，但不可謂其見山不賦詩，臨流不忘言，亦不可謂其見山必忘言，臨流必賦詩，蓋其所作所爲，都是出於自然，所以後世模仿他的，都難得其自然之趣，《捫蝨新話》云：

子厚語近而氣不近，樂天學近而語不近，東坡和陶百餘首，亦傷微巧，蓋皆難近自然也。

就是唐人要學陶詩的，也只能得其一偏而已。淸沈德潛論唐人學陶詩時說：

王右丞得其清腴，孟山人得其閒遠，儲太祝得其真樸，韋蘇州得其沖和，柳柳州得其峻潔。

爲什麼呢？吳瞻泰說：「氣韻不似」（見〈陶集彙注序〉）。所謂氣韻不似，就是不容易像陶淵明能把入世與出世調和到最高的境界。《詩品》把陶淵明列爲中品，那是鍾嶸受當代文學風氣的影響，難怪後人要發出不平之鳴了。

總而言之，魏晉時代，是文學從經學分離而獨立的一個時代，是文學發展建立自己理論的時代，文學批評風氣的建立，文學園地的開拓，都在這個時候，在文學史上說，是非常重要的一個時代。它排脫了漢代實用文學觀的羈絆，邁向一個新的境界，爲文學開創一個光明燦爛的前途。推論其原因，要歸功於時代思潮的刺激與影響。一般談論魏晉思想的，都認爲清談誤國，因而以何晏與王弼爲罪人。玄學清談是否誤國，這是另外一個問題，不在本文討論範圍之內，但魏晉玄學使儒道思想合流，又引進當時西土傳來的佛學，充實中華學術的內涵，這是多數人所認定的，而這股思潮，又不知不覺的在散播風氣，使文學得到了充分的養料，能夠開花、結果，這是玄學清談意料之外的收穫。中國文學理論，自孔子主張文質並重，所謂文質彬彬，方爲君子。以後孟子的養氣知言，都在說明，人生的修爲，與文學的涵養，有著密切的關聯。儒家的文學理論，一直爲後人所共識，就是主張文學脫離經學、諸子、史學而獨立的蕭統，也希望能夠達到文質俱備的境地。他曾說：

> 文典則略野，麗則傷浮。能麗而不淫，典而不野，文質彬彬，有君子之致，吾嘗欲為之，但恨未逮耳。

儒家思想爲文學理論的基礎，從魏晉開始，已受文學家所肯定。所以曹丕雖然要建立文學的新方向，提出「文以氣爲主」，但也不能不繼承儒家實用爲主的文學觀，主張「文章爲經國之大業，不朽之盛事」。儒道思想，爲文學發展所遵循的路線，在文學史上可以觀察出或隱或顯或多或少、或直接、或間接的痕迹。雖然文學的風格是複雜的，不能以儒道思想來包括，文學成長的因素，還受其他政治、經濟以及社會等因素的影響，不過，當文學風氣形成的時候，也會影響當代的風氣。魏晉的儒道合的思潮，促進文學風格的改變。而魏晉文學的思潮，也深深影響著後代文學的風格，這是可以肯定的。

《文心雕龍》文學理論的思想淵源

一

文學一詞，早見於《論語》，但那只是文章博學而已❶，儒家經典中的文學意義，姑且不談，先秦時代的諸子，一般人也認爲是以「立意爲宗，不以能文爲本」❷，兩漢爲經學興盛之時代，以通經致用爲進身之階，文學淪爲經學附庸，更無論矣。身爲作家的揚雄，也認爲辭賦是「雕蟲篆刻」、「壯夫不爲」❸。一直到曹丕的《典論・論文》問世，才賦予文學的歷史地位。它一面繼承漢世儒家實用的文學觀，認爲「文章乃經國之大業，不朽之盛事」，一面又揉合道家超事物的直觀宇宙論，主張「文以氣爲主，氣之淸濁有體，不可力強而致，……雖在父兄，不能以

❶《論語・先進篇》：「文學，子游、子夏。」邢昺疏：「若文章博學，則有子游、子夏二人也。」

❷《昭明文選》序：「老莊之作、管孟之流，蓋以立意爲宗，不以能文爲本，今之所撰，又以略諸。」

❸揚雄《法言・吾子篇》：「或問：『五子少而爲賦?』曰：『然童子雕蟲篆刻。』俄而曰：『壯夫不爲也。』」

移子弟」。❹以充實文學的內涵，使文學內容邁進了新的境界，開創文學理論的新紀元。從此以後，無論是論文或是創作，都在儒、道兩家思想的路線上徘徊，不是右偏於儒，就是左袒於道，偏於儒者，重啓引人生方向，袒於道者，重提高人生境界，但以儒道思想調和不分的境界，爲寫作及批評理論的共同準則。所以造成這種趨勢，固然是由於曹丕《典論・論文》開其端，另一方面，也有它的時代背景。

溯自正始時代，王弼主張貴無論，以道家自然爲本，儒家名教爲末，於是自然名教之爭，蔚爲風氣，謂之玄談。開始是何晏、王弼以自然爲本，名教爲末，接著阮籍、嵇康等崇尚自然，排斥名教，於是又有裴頠的尊崇名教，以至於郭象的調和名教與自然，所謂「天下雖宗堯，而堯未嘗有天下也。故窅然喪之，而嘗遊心於絕冥之境，雖寄坐萬物之上，而未始不逍遙也。」❺把名教與自然混而爲一，這種調和名數與自然的理論，雖然不自郭象開始，也不是自郭象而結束，但無疑的，郭象的理論，在兩晉南北朝期間，卻有廣泛的影響，促進儒(名教)道(自然)的結合，對文學理論的影響，有啓發的作用。而清談者，往往是玄學家，也是文學家；是儒家的信徒，也是道家的服膺者。像何晏、王弼是《論語》、《易經》的權威，也是老學的專家，阮籍、嵇康，是清談陣營的名士，也是文壇的詩人。這種儒道調和的風氣對當時文學的風格，也有直接或間接的影響。

---

❹ 詳見黃錦鋐撰〈曹丕典論論文對魏晉文風的影響〉，文刊《書目季刊》十七卷第三期。

❺ 見《莊子・逍遙遊篇》郭象注。

論其原因，大概是儒家的文學觀，太偏於指導人生方向，則難免流於教訓，如《荀子》書中，即使以詩、賦名篇，其內容都帶有濃厚的教訓意味，很少爲文學界人士所重視。道家的文學觀，太偏於提高人生境界，則必流於玄遠，如阮籍的〈詠懷詩〉，雖然名高一時，後世仍嫌其「百代之下，難以情測」，「厥旨淵放，歸趣難求」❻。所以必須兩者調和，才能恰到好處，指導人生方向而不嫌其爲教訓，提高人生境界而不流於玄遠，才是文學的極致。自從曹丕提出混合儒、道兩家思想色彩的文學觀以後，文學創作理論與批評的標準，大致是循著這個方向發展。曹植一方面站在儒家立場，認爲「辭賦小道，固未足以揄揚大義，彰示來世」。然亦有「遊綠林而逍遙，臨白水以悲嘯」之志。陸機〈文賦〉則具體指出文學創作，應熟讀儒家經典：「頤情志於典墳」，同時又必須體會自然的變化，「遵四時以歎逝」。應瑒之〈文質論〉，摯虞的〈文章流別〉，論議評文，都有這種傾向。不過都是零篇短簡，而能歸納各家意見，作系統的著述流傳於今者，當推劉彥和的《文心雕龍》。

二

《文心雕龍》集前代論章評文的大成，章學誠《文史通義》稱：「《詩品》之論詩，《文心

❻見《昭明文選》卷二三，阮嗣宗〈詠懷〉十七首，李善注。

雕龍》之於文，皆專門名家，勒爲專書之初祖。」論其內容，則謂「體大而慮周。」（〈文理篇〉）總之，《文心雕龍》在文學理論上雖然是多方面，而其根本的思想，則是以儒家思想爲核心，以道家思想爲創作的源泉。《文心雕龍》首先提出有關儒家思想的〈原道〉、〈徵聖〉、〈宗經〉各篇以爲文學理論的主要根據，事實上要做一個創作家或批評家，都必須有其基本的要求，所謂「積學以儲寶，酌理以富才」，以爲創作的準備。以及「操千曲而後曉聲，觀千劍而後識器」，然後批評作家作品才會有眞知灼見。有了主觀的修養，然後才能有客觀的批評，這是不易的定論。不過，劉勰的主觀修養，是源於儒家的經典，因此，他特別重視聖人之教，〈徵聖篇〉云：

夫作者曰聖，述者曰明。陶鑄性情，功在上哲，夫子文章，可得而聞，則聖人之情，見乎文辭矣。先王聖化，布在方冊，夫子風采，溢於格言。是以遠稱唐世，則煥乎為盛，近褒周代，則郁哉可從，此政化貴文之徵也。

劉勰把聖人之教，藉文而傳，而文章又爲宣揚政見之工具，所以說，「子政論文，必徵於聖，稚主勸學，必宗於經。」要立文，必徵於聖。這種意見，可以說是以儒家的經義，爲文章的源泉，〈宗經篇〉說：

> 《春秋》辨理，一字見義，五石六鷁，以詳略成文；雉門兩觀，以先後顯旨。……《尚書》則覽文如詭，而尋理卽暢。《春秋》則觀辭立曉，而訪義方隱。此聖人之殊致，表裏之異體者也。至根柢槃深，枝葉峻茂，辭約而旨豐，事近而喻遠，是以往者雖舊，餘味日新，後進追取而非晚，前修文用而未先，可謂太山徧雨，河潤千里者也。

這裏不但認爲文章都是經典的枝葉，而且以文章的邏輯、結構，也都是出乎經典的理則。例如文中所稱「五石六鷁」見於《春秋》僖公十六年。原文是這樣的：

> 隕石於宋，五。六鷁退飛，過宋都。

《公羊傳》曰：「曷爲先言隕，而後言石？隕石記聞，聞其磌然，視之則石，察之則五。曷爲先言六，而後言鷁退飛？記見也。視之則六，察之則鷁，徐而察之，則退飛。」劉勰說以「詳略成文」、「先後顯旨」，大概就是指「記聞」、「記見」的邏輯結構的技巧表現。劉勰之重視儒家經典，不是沒有原因的。

然而，從此發展，必會給《文心雕龍》帶來很大的局限性，幸好《文心雕龍》在論述創作的過程時，卻拋棄了儒家經典的說理原則，而是在儒家的經典義理觀念上求創新。那就是〈通變篇〉所說的：

名理有常，體必資於故實；通變無方，數必酌於新聲。故能騁無窮之路，飲不竭之源，然綆短者銜渴，足疲者輟塗，非文理之數盡，乃通變之術疏耳。

「名理有常」，應該指的是儒家的經典義理觀念，所以說「體必資於故實」。那「通變無方」，應該是道家抽象的理論藝巧。不過，文學的理論，任何的創新、變化，總離不開繼承前人的遺產，然一味的繼承，不知發展，「雖踰本色，不能復化」，終是「齷齪於偏解，矜激乎一致」，不能「騁無窮之路」了。（〈通變篇〉）

儒、道思想結合的文學觀，在先秦、兩漢已經涉及這一問題，曹丕則比較具體的主張文章應該以「雖在父兄，不可以移子弟」的「氣」爲主。劉勰則主張「變文之數無方」，這個「數」與曹丕所說的「氣」，多少有若干的關聯，可以說都是道家思想中的名詞。《莊子・天道篇》說：

桓公讀書於堂上，輪扁斲輪於堂下，釋椎鑿而上，問桓公曰：「敢問公之所讀者何言邪？」公曰：「聖人之言。」曰：「聖人在乎？」公曰：「已死矣。」曰：「然則君之所讀者，古人之糟粕已夫！」桓公曰：「寡人讀書，輪人安得議乎！有說則可，無說則死。」輪扁曰：「臣也以臣之事觀之。斲輪，徐則甘而不固，疾則苦而不入。不徐不疾，得之於手而應於心，口不能言，有數存焉於其間，臣不能以喻臣之子，臣之子亦不能受之於臣，是以行年七十而老斲輪。」

劉勰所說的「變文之數無方」，與這裏所說的「口不能言，有數存焉於其間」，可以看出其間繼承的線索。而「臣不能以喻臣之子，臣之子亦不能受之於臣」，也是曹丕「引氣不齊，巧拙有素，雖在父兄，不能以移子弟」之所本。不過，莊子是以這段寓言說明「意不可以言傳」，而曹丕則用以說明作家的才氣，因人而各異，即使是父兄，也不能相傳授。劉勰則轉化爲鎔鑄經典的藝巧，使「孚甲新意，雕畫奇辭」。

以儒家思想爲體，以道家思想爲用，是劉勰論文的藝巧運用，這個體用結合的樞紐，劉勰稱之爲「神思」，什麼叫「神思」，〈神思篇〉說：

古人云：「形在江海之上，心存魏闕之下」，神思之謂也。文之思也，其神遠矣，故寂然凝慮，思接千載，悄焉動容，視通萬里，吟詠之間，吐納珠玉之聲，眉睫之前，卷舒風雲之色，其思理之致乎！

這完全是魏晉時以老莊爲主的玄學家的口吻，劉勰把它用爲寫作靈感神思的另一說明。然而抽象的神思還是寄託在「恒久之至道」、「不刊之鴻教」的經書上。因此要「積學以儲寶，酌理以富才，研閱以窮照，馴致以懌辭。」然後才能「尋聲律而定墨」，「闚意象而運斤」。積學、酌理，是儒家不易之教言；神思、凝慮，又是道家習慣的用語，劉勰就是結合儒、道兩家思想轉化爲文學創作，批評的理論根據，儒家的經書，是外在的典籍，屬於具體的物；道家的神思、凝慮，是內在的意念，屬於抽象的情。具體的物與抽象的情，是相反相成、互爲因果的。所以劉勰常把「物」與「情」、具體與抽象、外在與內在相提並論。〈體性篇〉說：

> 夫情動而言形，理發而文見，蓋沿隱以至顯，因內而符外者也。

抽象的「情」與「理」，與具體的「言」與「文」、「隱」與「顯」、「內」與「外」，都是互相依賴的，是一體的兩面。推而廣之，主觀的情和客觀的景，也是互相影響、互相轉化的，如〈詮賦篇〉說：

> 原夫登高之旨，蓋睹物興情。情以物興，……物以情觀，……麗詞雅義，符采相勝，如組織之品朱紫，畫繪之著玄黃，文雖新而有質，色雖糅而有本。

劉勰認爲本與末要兼顧，主觀與客觀要並重，如果是逐末棄本，即使是熟讀千賦，必會讀愈多愈迷惑，其結果必將「繁華損枝，亭腴害骨」，那作品就不足貴了。這都是內在與外在、「情」與「物」相互關係的重要性，〈物色篇〉也曾提到說：

> 歲有其物，物有其容，情以物遷，辭以情發。一葉且或迎意，蟲聲有足引心；況清風與明月同夜，白日與春林共朝哉！是以詩人感物，聯類不窮。

劉勰認爲只有細心觀察宇宙物象，才能引發內心深摯的情感。然後作者移情於物，讓外物也感染作者的情感。使情景不分，物我一體，這才是藝術表現的極致。

《文心雕龍》強調從儒家經典通變爲「文辭氣力」，從物到情，從外在到內在，以至於物我不分，表裏一致，正可以說明劉勰以儒、道兩家思想轉化爲文學理論根據之具體說明。

蓋外在的物，則必「言徵實而難巧」，所以必以道家抽象的意濟其窮，何則？「意翻空而易奇」。所以神思之塗，必以積學酌理爲其體，而以虛位無形成其用。〈神思篇〉說：「夫神思方運，萬塗競萌」，而「規矩」又是「虛位」的，「刻鏤」又是無形，然後才能物我一體，達到創作的最高境界。到那時候，將是「登山情滿於山，觀海意溢於海，我才之多少，將與風雲並驅矣。」

魏晉文風，雖然都在儒、道兩家思想上徘徊，但各有所偏，魏代文學風格，受正始玄風的影響，多屬於玄遠的風格，受到劉勰的批評。《文心雕龍・明詩篇》說：

正始明道，詩雜仙心，何晏之徒，率多膚淺，唯嵇志清峻，阮旨遙深，故能標焉。

這種風氣，一直到東晉，並不稍退，所謂「江左製篇，溺乎玄風」，《宋書・沈約傳》也說：

有晉中興，玄風獨振，為學窮於柱下，博物止乎七篇，馳騁文學，義殫于此，自建武暨乎義熙，歷乎百載，雖綴響聯辭，波屬雲委，莫不寄言上德，托意玄珠。

劉勰爲什麼對於何晏的詩歌，評其「率多膚淺」呢？推原其意，大概是以何晏的詩歌趣向，太偏於玄遠抽象，缺乏儒家人生方向的指標。所以鍾嶸也批評他的擬古詩太過虛無，不切實際。《詩品》說：「何晏爲老莊，崇尚虛無，讀鴻鵠之篇，風規可見。」能夠把儒、道思想調和得恰到好處，除了魏的阮籍以外，要數晉的陶淵明了。陶淵明他能夠在出世與入世之間悠然自得，沒有入世的俗累，也沒有出世的虛遠。不以做官爲汙濁，也不以不做官爲清高，如行雲流水，見山則忘言，臨流則賦詩。雖然「結廬在人境」，能夠「而無車馬喧」。這是陶淵明的眞本領，唐代很多詩人，都要學他，但都不近似，《捫蝨新語》說：

> 柳子厚、韋蘇州、白香山、蘇子瞻皆善學陶，刻意髣髴，而氣韻終不似。子厚語近而氣不近，樂天學近而語不近，東坡和陶百餘首，亦傷微巧，蓋皆難近自然也。

這大概是因爲陶淵明受到儒家思想的洗禮，又受到道家思想的薰陶，把儒道思想調和轉化到藝術的境界，造成他曠達、放逸、出世而又不避世的人生觀。卽使努力去學他的人，也只能及其一偏，不能得到他無處不合自然的情致，這恐怕也是《文心雕龍》沒有批評陶淵明的原因吧！儒、道思想的調和，以後成爲文學理論批評的準則，這是因爲儒家思想是指導人生方向，道家思想是提升人生的境界，而這兩種因素，正是文學所必須具備的基礎條件。而首開風氣之先的，當以曹丕《典論論文》爲代表，繼而成爲系統的著述，則爲劉勰的《文心雕龍》爲巨擘，爲後世文學批評的理論開闢一條康莊的大道。

三

儒家思想與道家思想在某一方面說，是有矛盾的，但就其本質而論，儒、道有其共通之處。

儒家主張救世，所以告訴人的都是具體的主張，道家主張避世，所以告訴人的都是抽象的規律，不過，儒家並不是不重視抽象的規律，而是把抽象的規律寄寓在具體的主張之中。道家也不是不重視具體的主張，而是認爲具體的主張不能適應時代的變化。何晏、王弼首先把兩者給結合起來，以老莊思想注釋《論語》與《易經》，於是有儒道同、儒道合之說。劉勰則更進一步，把兩者的思想，結合爲文學發展的規律。《文心雕龍》的文學史觀，就是一面要繼承前人具體的主張，所謂「還宗經誥」，一面又要掌握時代的變化，要「日新其業」。所以他在〈通變篇〉說：

是以規略文統，宜宏大體，先博覽以精閱，總綱紀而攝契。然後拓衢路，置關鍵，長轡遠馭，從容按節，憑情以會通，負氣以適變，采如宛虹之奮骨，光若長離之振翼，迺穎脫之文矣。

劉勰雖然主張爲文要變，所謂「時運交移，質文代變，歌謠文理，與世推移」，但也主張任何「變」，都離不開繼承，所謂「名理有常，體必資于故實」。把儒、道兩家思想轉化運用在文學的理論上，這可能也是劉勰自己在實踐「昭體故意新而不亂，曉變故辭奇而不黷」的具體表現吧(〈風骨〉)！要出新意，創奇辭，都不能離開宗經與師聖的呀！

《文心雕龍》雖有繼承《典論・論文》和陸機〈文賦〉的地方，但它的發展創作的文學理論，影響卻是深遠的。

王績、陳子昂

今天我將要和各位討論的是唐代文學家中王績、陳子昂兩個人的文學。這兩個人由於生長的時代不同，在時間上可說差距很遠。王績死後大約十七年左右，陳子昂才出生，但是這兩個人在詩歌的創作方面卻具有共同的特點，因此，可將之放在一起來討論。

唐初，齊梁六朝以來始終居於領導地位的宮體詩的餘風，仍然在詩壇上有很大的影響，據說唐太宗當時也很喜歡宮體詩，在《唐詩紀事》裏曾有這麼一段記載：

帝嘗作宮體詩，使虞世南賡和，世南曰：「聖作誠工，然體非雅正，上有所好，下必有甚，臣恐此詩一傳，天下風靡，不敢奉詔。」

這段記載大意是說，唐太宗有一回作了宮體詩，要虞世南給他賡和，虞世南就說：「聖上所作的宮體詩，誠然很好，但是宮體詩的體格並不雅正，聖上若有偏好，臣下必定更加喜好，臣恐怕宮體詩一傳，天下風靡，大家羣起效尤，所以不敢奉詔。」據說，唐太宗聽了虞世南的話以後，回答說：「朕試卿爾。」我這只是在試試你而已。以後，唐太宗就不再作宮體詩了，因此後世的人，幾乎看不到唐太宗的宮體詩。

或許是唐太宗聽了虞世南的話以後，覺得既然這種詩體非雅正，因而也就不好意思再作這種詩了。但是，事實上，在唐太宗時卻有許多的大臣都很喜歡作這種宮體詩，而且作得很好，可以稱得上是宮體詩的高手。據《唐詩紀事》及《全唐詩》裏記載：有一位名叫孔紹安的人，曾經做過隋朝的監察御史。唐太宗統一天下以後，建造了一個吟壇，並且召集了當時隋朝的遺老，即所謂的「十八學士」來試吟。當時孔紹安也被徵召去了。孔紹安顯露出了一種患得患失的心態，在試吟的機會裏當著唐太宗的面前作了一首〈詠石榴〉的詩。這首詩的內容是：

可惜庭中樹，遺恨逐漢臣，
只為來時晚，花開不及春。

以石榴花開不及春來比喻自己躬逢盛會的不及時。另有一位名叫李義府的人，因受李大亮、劉洎的推薦，得在吟壇試吟，也吟了一首〈詠烏鴉〉的詩：

日裏颺朝彩，琴中伴夜啼。
上林如許樹，不借一枝棲。

上林是唐太宗的御花園，樹木很多，以上林樹木之多竟無處讓烏鴉棲身，來比喻唐朝這麼一個泱泱大國，竟然沒有一官半職能讓他棲身。唐太宗對此回答得很有意思：「與卿全樹，何止一枝。」把整棵樹都給你了，何止一枝呢？類此不能登大雅之堂，體非雅正的宮體詩，將患得患失的心態表露無遺，在唐初這種情況可說表現得很普遍。因此，這些詩只能當作詩歌的別體，平時用以消遣則可，卻不能當作詩歌的正體來看。

以唐太宗曾經推崇，「才壯意新」，很有創見的李百藥的詩來看，《全唐詩》裏李百藥的許多詩，並不見得當得起這種推崇。舉他的一首〈詠蟬詩〉來說：

清心自飲露，哀響乍吟風。
未上華冠側，先驚翳葉中。

另一首〈詠淮陰侯〉的詩：

弓藏狡兎盡，慷慨念心傷。

從這兩首詩裏可以看出隋朝遺老心情的苦悶與患得患失。這樣做出來的詩，怎能稱得上是好詩呢？那麼怎樣的詩，才是好詩呢？詩歌的主觀性是很強的，它並沒有一定的標準取向，如果有的話，那也就沒有所謂的文學批評了。因此，在這兒我想依我個人的淺見，提出一些較主觀的看法。

我曾經在談論魏晉南北朝詩歌的風格中，提到有關宮體詩歌的主觀理念，其中也說到，有人認爲宮體詩不好；但是，有人卻認爲宮體詩很好。如此，就像鍾嶸在《詩品》中，認爲文采華豔的詩，才是好詩；可是，劉彥和的《文心雕龍》卻不以爲然，且淸朝沈德潛的《說詩晬語》與王士禎的《漁洋詩話》中，對鍾嶸《詩品》所推重的幾個詩人，也都不以爲然。如：鍾嶸《詩品》中很推重陸機的詩，但是沈德潛卻認爲，陸機的評多詩並不是好詩。雖然詩歌愛惡的取向相當主觀，沒有共同的標準，但是卻各有取向的立場。像鍾嶸《詩品》對詩歌取向的立場就是要文采華豔、要自然。什麼才是鍾嶸所說的自然呢？舉例來說，就如女孩子將自己打扮得漂漂亮亮，表現出女爲悅己者容，這就是鍾嶸所謂的自然。就因爲鍾嶸有著這種立場與見解，所以他把一百二十多個詩人分爲上品、中品、下品。事實上，人怎能被分品呢？被分到上品固然高興，可是，若被分到中品、下品呢？那一定會不高興了，是嗎？那麼所謂好詩又需要什麼樣的條件呢？

在談論魏晉南北朝詩歌的風格中，我曾說：「文學最重要的是應該要能指導人生的方向，其次則是提高人生的境界。」能符合這兩個條件的，才是好詩。因爲有了正確的人生方向，才能提高人生的境界；有了這種較能調和人生的態度，才能寫作出良好的且健康的詩歌。若以我個人這種主觀的理念來看，唐初時隋朝遺老所作患得患失的詩歌，就會覺得這些詩既未能指導人生的方向，也無法提高人生的境界，是完全不合乎我主觀的條件。所以，我認爲隋朝遺老所作患得患失的詩歌，不是好詩。這點在此是我要特別聲明的。

在初唐時，詩作得較好的是虞世南，其次就是今天所要討論到的主題人物之一——王績。

王績，山西太原人。他有一個在當時名滿天下的哥哥——大儒王通。唐初，許多的顯達貴人都曾在隋末時寄學在王通的門下，但是王績卻沒有參加這些人的行列，受到哥哥的庇蔭。這到底是什麼原因呢？在許多的歷史書籍中，都沒有說明此中的原因。而從許多其他的記載中，卻可以考察出王績之所以沒有受到當時任尚書令，而且曾是王通門下弟子陳叔達所照顧，一定是有原因的。據我個人的推測，王通曾寫過一本名爲《隋記》的書，這本《隋記》的史書記載至大業爲止。因爲王通死於大業年間，故《隋記》也就未能完成。王通死後，王績有意繼承乃兄之遺志，續完《隋記》；而陳叔達也有意繼承師志，把《隋記》寫完。當時王績曾寫了一封信給陳叔達要借《隋記》，信的內容措辭很不客氣，因此陳叔達堅持不借，故兩人情感不睦。其後，王績又懷疑陳叔達的《隋記》是抄襲他哥哥的，因此，怨恨日深，不願參加陳叔達這批大官的行列，受到他們的照顧，此亦自是意料中的事，故而王績也就因此一生倍極潦倒。

隋煬帝末年王績曾作過個小官，其時因見天下大亂，且性又嗜酒，於是逃官返家。到了唐高祖統一天下時，王績以前朝遺老待詔門下，但未受重視，沒有官做，僅每天賜酒三升。其在朝爲官的弟弟王敬，曾問王績的感受如何？他據實回答說：「俸祿微薄，但是每日有酒三升，也可以忘憂。」這事被陳叔達知道了，雖然兩人情感不睦，但念在其兄王通的情分上，於是每日增加賜酒至一斗，但仍沒有給他官做，因而後人有稱王績爲「斗酒學士」。王績一直待詔，無官可做，就在唐太宗貞觀年間歸隱。歸隱後不久，或因生活困頓，或因不甘寂寞，最後又請求復出待詔。當時太樂署有位焦革，夫妻釀酒冠羣，王績因氣憤不平，且又好酒慕名，因此要求作太樂丞。本來吏部不同意，認爲有損朝廷顏面，但王績很堅持，且說出此中的一番大道理，吏部無奈，只好同意了。王績在自作的〈墓誌銘〉中曾說：「才高位下，免責而已，天子不知，諸侯不識，四十、五十而無聞焉。」從這段話，可以看出王績是因氣憤不平兼以好酒才去當太樂丞的。可惜好景不常，幾個月後焦革死了，焦妻袁氏續供佳釀，一年後焦妻也死了，於是王績感嘆的說：「天下不復有美酒。」因此，罷官而去，自謂東皋子。

王績生於隋唐交替時代，由於懷才不遇，困窮潦倒了一生。早年他曾作了一首詩以表達求官的願望，這首詩說：

弱齡慕奇調，無事不兼修。
望氣登重閣，占星上小樓。
明經思待詔，學劍覓封侯。

雖有作官之意願，可惜沒有作官的命。因此促使他轉而追求阮籍、陶淵明詩歌的意境。在追求此種意境的過程，他曾作了一首詩：

阮籍醒時少，陶潛醉日多。
百年何足度，乘興且長歌。

此外，又因好酒，曾作一首〈過酒家〉詩：

此日長昏飲，非關養性靈。
眼看人盡醉，何忍獨為醒。

王績晚年思想矛盾，因爲他個性喜好喝酒，但又要以儒家思想周、孔爲楷模，所以他之縱酒如狂，與正統儒家的要求是相互矛盾的。同時晚年又喜禪宗的道理，所以詩中包含儒、道、佛思想，當然其中亦不乏好作品，例如這首〈野望詩〉：

東皐薄暮望，徒倚欲何依。
樹樹皆秋色，山山唯落暉。
牧人驅犢返，獵馬帶禽歸。
相顧無相識，長歌懷采薇。

不但格律完整，且盡脫六朝詩之習氣。我們知道六朝詩較「露」，詩太露骨則不美，要求含蓄，將情操寄託於情感中。自曹魏以來五言詩盛行，再經沈約提倡四聲八病說，於是六朝作品，無不講究聲調格律，雕章琢句，乃至唐初四傑，仍帶有六朝詩的餘習。所以這首詩對唐代詩風的開創影響很大，稱得上是張九齡、陳子昂的前鋒。另外：

桂樹何蒼蒼，秋來花更芳。
自言歲寒性，不知露與霜。

已擺脫六朝的風格，非常清新。六朝的宮體詩常描寫宮女，而最好的詩應是人間與自然合一。〈遊北山賦〉一文，王績自己作注，將其兄比爲孔子，而自己因受老莊思想影響，歸於自然，一方面尊崇周、孔，一方面又反對禮教，實在矛盾。但這是可以解釋的：王績生於隋唐交替時代，他的一生多是在一種自認懷才不遇的情境下度過。當時一些在朝廷作官的，大都是他哥哥的學生，但卻不知發揚他哥哥的道理，反而忘記了他的哥哥。如此，自然也忘記了他，所以使他落魄一生。由這首〈介推抱樹死贊〉可得知：

晉侯棄舊，功臣永吟，情隨地遠，怨逐山深，
追兵斷谷，烈火焚林，抱木而死，誰明此心。

他更希望有位公平的人像陳平一樣替他說話：

陳公主社，割肉頒生，心忘厚薄，信若權衡，
風期有素，父老無驚，儻安天下，還如此平。

也希望有位像文王求子牙一樣的君主出來請他作官，而實際上並沒有，因此很感歎：

棲遲養老，寂寞何為？地接皇澗，溪連灞池，
釣舟始泊，漁竿半垂，君王先兆，還應見知。

此外，又感慨世上無知音，如這首：

伯牙揮手，奇聲絕倫，鍾期妙聽，是謂窮神。
六馬仰秣，丹魚聳鱗，崇山流水，知音幾人？

他自己也表白過，自己除了喝酒之外，也懂禮教，並非放浪形骸、不知孝道、不知報恩之人。

老萊父母，白首同歸，欣欣愛養，慊慊無違。
宛轉兒戲，斑斕彩衣，篤哉孝思，心精且微。
隋侯報德，矜傷育鱗，靈蛇感惠，效力輸珍。
月華浮吻，星光曜脣，此猶知報，而況吾人。

他自作墓誌銘：

王績者，有父母無朋友，自為之字曰無功焉。人或問之，箕踞不對。蓋以有道於己，無功於時也。不讀書，自達理。不知榮辱，不計利害。起家以祿位，歷數職而進一階。才高位下，免責而已。天子不知，公卿不識，四十五十而無聞焉。

可看出他一生自怨自嗟，不能作官進階，與他哥哥有很大的關連。「八千子弟，今無一人」認爲人們都不瞭解他，因而表現出一股無助無望的態度，有〈醉鄉記〉一種無可奈何的心情。造成王績這種心情的最主要原因是王績遭遇非時，又無朋友相助，所以轉而追求阮籍、陶淵明的作風，因此詩的境界非常的高。反言之，如果他很得意，或許他的詩歌也可能就不會這麼好了。

促軫乘明月，抽弦對白雲。
從來山水韻，不使俗人聞。

因爲不被世俗所用，故能遊於山水間，將世人看成俗人，而自己卻是聖人。

再看以下這幾首詩：

浮生知幾日，無狀逐空名。
不如多釀酒，時向竹林傾。

這首詩道盡了自己生活的情狀，不喜追求名位。

北埸芸藿罷，東皋刈黍歸。
相逢秋月滿，更值夜螢飛。

這首詩生動的描寫鄉間的情景。

故鄉行雲是，虛室坐間同。
日落西山暮，方知天下空。

這首〈詠懷詩〉，有看破紅塵之意，讓自然景色來說明自己。

石苔應可踐，叢枝幸易攀。

青溪歸路直，乘月夜歌還。

表現出一種悠遊自得的心情。

以上四首，就風格而言，已經改變了六朝的積習。前面提過，六朝多宮體詩，且表現的太過於露骨，此正如我們看中國畫及西洋畫就可知道，西洋畫有裸畫，中國畫就沒有，因爲中國人重含蓄美、朦朧美。〈琵琶行〉裏：「千呼萬喚始出來，猶抱琵琶半遮面」就是極其含蓄的描寫；其次在情感的表現上亦要隱約，將情感寄託在文字表面意義之外的字裏行間，讓人看似無情卻有情，而這種感情才可說是深深不移的。

另外說到「日落西山暮，方知天下空」，更是王績對自然界的深入體驗。如「淚眼問花花不語，亂紅飛過鞦韆去」、「紅杏枝頭春意鬧」、「感時花濺淚，恨別鳥驚心」等這些佳句，都是經由作者的深刻的體驗才能寫出這麼好的句子。因此王績在唐朝文學史上，可說是別開生面、創新風氣的一個作家。但他仍不及阮籍、陶淵明那麼瀟脫自然。朱熹曾批評晉宋人物不夠清高，身在山林而又心懷魏闕；想做官，又瞧不起世俗，喜歡擺姿態。陶淵明對作官就根本不在乎，而王績是因不得意，否則他也想作官。沈德潛評〈唐人學陶詩〉：「王右丞有其清腴，孟山人有其閒遠，儲太祝有其樸實，韋左司有其沖和……」但這些人都學不全陶淵明，蓋難盡自然也。王績一心學陶詩，卻也不如陶詩那麼自然。

唐初改變詩歌風格的除王績外，還有陳子昂，《唐詩品彙》評他爲唐詩正宗，可見後人對其推崇至高。陳子昂四川人，家中富有，出身爲貴公子，不知讀書。有一次進到私塾，看見大家都在念書，於是才離開那些酒肉朋友，閉門苦讀，數年間經史皆通。他文章寫得很好，後人稱他有司馬相如、揚雄的風格，被評爲文章之宗。但在二十一歲到洛陽時，因畢竟還是個年輕人，所以仍未受到注意。在《太平廣記》曾有這一段記載：有一把胡琴價值一百萬，陳子昂卻說這是把好琴，該值一千萬，於是把它買下來。事後，大家爭著來看這把琴，到底有什麼不一樣。因他有錢，就大擺筵席請客。席上他說：「我是四川陳子昂，做了一百多首詩，都沒人能知道我。你們光看這胡琴有什麼用呢？看我的詩吧！」於是將琴打破，結果名聲也因此傳播開來。二十四歲中進士，武后看重他的才華，聘他爲官，但仍不得意。由這首詩可知：

聞君東山意，宿昔紫芝榮，
滄洲今何在，華發旅邊城。
還漢功既薄，逐胡策未行，
徒嗟白日暮，坐對黃雲生。
桂枝芳欲晚，薏苡謗誰明，
無爲空自老，含嘆負生平。

詩中含有憂憤、哀怨。

邊地無芳樹，鶯聲忽聽新，
間關如有意，愁絕若懷人。
明妃失漢寵，蔡女沒胡塵，
坐聞應落淚，況憶故園春。

因屢次上奏武后獻政策，均未被採用，所以雖然在朝爲官，卻仍鬱鬱寡歡。他的〈登幽州臺〉詩最有名：

前不見古人，後不見來者。
念天地之悠悠，獨愴然而涕下。

短暫的人生與永恒的時間對比時，會令人發生感慨，這也是他對宇宙自然的體驗。再拿人生與空間對比，空間無限，而人生有限，讓人有「夕陽無限好，只是近黃昏」的感受，故泫然淚下。現代人對時間、空間的比較，有「日月如梭」、「光陰似箭」之諺，但這些句子是前人的體驗，非現代人的體驗。因此，我們應該要以陳子昂的心情設身處地來體驗他的詩歌，他那種「前不見古人，後不見來者」的感慨，對意境的體驗，是無人能比擬的。陳子昂能寫出以下幾首深入淺出的詩，亦是苦讀了幾十年的結果。說破道理並不值錢，重要的是鞭辟入裏，深深了解。

南登碣石館，
遙望黃金臺，
丘陵盡喬木，
昭王安在哉。
霸圖悵已矣，
驅馬復歸來。

這首詩有帝王功業盡成塵土的感歎，在朝作官不得意，所以戰爭一結束，即以父老而辭官。其後，因四川縣令貪他的財產，將他害死，死時約四十餘歲。

天之神明，與物推移，不為事先，動而輒隨，是以至人無己，聖人不知，子欲全身而遠害，曾是浩然而順斯。

其中「至人無己，聖人不知」爲莊子語。其實他自己卻不能做到無己。

蘭若生春夏，芊蔚何青青，
幽獨空林色，朱蕤冒紫莖。
遲遲白日晚，嫋嫋秋風生，
歲華盡搖落，芳意竟何哉！

這首詩亦已擺脫六朝之習。

樂羊為魏將，食子殉軍功，
骨肉且相薄，他人安得忠，
吾聞中山相，乃屬放麑翁，
孤獸猶不忍，況以奉君終。

這首詩的用詞造語，可與建安古詩媲美。

以下幾則是後代作家對陳子昂的批評。劉後村曰：

唐初王楊沈宋擅名，然不脫齊梁之體，獨陳拾遺首倡高雅、冲澹之音，一掃六代之纖弱，起於黃初建安矣。

韓退之亦云：

國朝盛文章，子昂始高蹈。

由此可看出陳子昂備受韓愈推崇。

文章道弊五百年矣。漢魏風骨，晉宋莫傳，然而文獻有可徵者，僕嘗暇時觀齊梁間詩，采麗競繁，而興寄都絕，每以永嘆，竊思古人。常恐逶迤頹靡，風雅不作，以耿耿也。

由上述陳子昂自己的話可知他做詩歌志在直追漢魏。但詩歌並不能只是自道身世，因這樣還不能到達無己的地步，而要端正人生的方向，提升人生的境界。所以王績、陳子昂這兩人以感慨身世爲主調的詩歌，仍無法與阮籍、陶淵明相比。

滄海叢刊書目㈠

國學類

中國學術思想史論叢㈠～㈧	錢　穆　著
現代中國學術論衡	錢　穆　著
兩漢經學今古文平義	錢　穆　著
宋代理學三書隨劄	錢　穆　著
論語體認	姚式川　著
西漢經學源流	王葆玹　著
文字聲韻論叢	陳新雄　著
楚辭綜論	徐志嘯　著

哲學類

國父道德言論類輯	陳立夫　著
文化哲學講錄㈠～㈤	鄔昆如　著
哲學與思想	王曉波　著
內心悅樂之源泉	吳經熊　著
知識、理性與生命	孫寶琛　著
語言哲學	劉福增　著
哲學演講錄	吳　怡　著
後設倫理學之基本問題	黃慧英　著
日本近代哲學思想史	江日新　譯
比較哲學與文化㈠㈡	吳　森　著
從西方哲學到禪佛教——哲學與宗教一集	傅偉勳　著
批判的繼承與創造的發展——哲學與宗教二集	傅偉勳　著
「文化中國」與中國文化——哲學與宗教三集	傅偉勳　著
從創造的詮釋學到大乘佛學——哲學與宗教四集	傅偉勳　著
中國哲學與懷德海	東海大學哲學研究所主編
人生十論	錢　穆　著
湖上閒思錄	錢　穆　著
晚學盲言(上)(下)	錢　穆　著
愛的哲學	蘇昌美　著
是與非	張身華　譯

邁向未來的哲學思考	項退結 著
逍遙的莊子	吳　怡 著
莊子新注（內篇）	陳冠學 著
莊子的生命哲學	葉海煙 著
墨子的哲學方法	鍾友聯 著
韓非子析論	謝雲飛 著
韓非子的哲學	王邦雄 著
法家哲學	姚蒸民 著
中國法家哲學	王讚源 著
二程學管見	張永儁 著
王陽明——中國十六世紀的唯心主義哲學家	張君勱著、江日新譯
王船山人性史哲學之研究	林安梧 著
西洋百位哲學家	鄔昆如 著
西洋哲學十二講	鄔昆如 著
希臘哲學趣談	鄔昆如 著
中世哲學趣談	鄔昆如 著
近代哲學趣談	鄔昆如 著
現代哲學趣談	鄔昆如 著
現代哲學述評㈠	傅佩榮編譯
中國十九世紀思想史(上)(下)	韋政通 著
存有・意識與實踐—— 熊十力體用哲學之詮釋與重建	林安梧 著
先秦諸子論叢	唐端正 著
先秦諸子論叢(續編)	唐端正 著
周易與儒道墨	張立文 著
孔學漫談	余家菊 著
中國近代新學的展開	張立文 著
哲學與思想——胡秋原選集第二卷	胡秋原 著
從哲學的觀點看	關子尹 著
中國死亡智慧	鄭曉江 著

宗教類

天人之際	李杏邨 著
佛學研究	周中一 著
佛學思想新論	楊惠南 著

現代佛學原理	鄭金德 著
絕對與圓融——佛教思想論集	霍韜晦 著
佛學研究指南	關世謙 譯
當代學人談佛教	楊惠南編著
從傳統到現代——佛教倫理與現代社會	傅偉勳主編
簡明佛學概論	于凌波 著
修多羅頌歌	陳慧劍譯著
禪話	周中一 著
佛家哲理通析	陳沛然 著
唯識三論今詮	于凌波 著

自然科學類

異時空裡的知識追逐——科學史與科學哲學論文集	傅大為 著

應用科學類

壽而康講座	胡佩鏘 著

社會科學類

中國古代游藝史——樂舞百戲與社會生活之研究	李建民 著
憲法論叢	鄭彥棻 著
憲法論集	林紀東 著
國家論	薩孟武 譯
中國歷代政治得失	錢穆 著
先秦政治思想史	梁啓超原著、賈馥茗標點
當代中國與民主	周陽山 著
釣魚政治學	鄭赤琰 著
政治與文化	吳俊才 著
世界局勢與中國文化	錢穆 著
海峽兩岸社會之比較	蔡文輝 著
印度文化十八篇	糜文開 著
美國的公民教育	陳光輝 譯
美國社會與美國華僑	蔡文輝 著
文化與教育	錢穆 著
開放社會的教育	葉學志 著

大眾傳播的挑戰	石永貴 著
傳播研究補白	彭家發 著
「時代」的經驗	汪 琪、彭家發 著
書法心理學	高尚仁 著
清代科舉	劉兆璸 著
排外與中國政治	廖光生 著
中國文化路向問題的新檢討	勞思光 著
立足臺灣，關懷大陸	韋政通 著
開放的多元化社會	楊國樞 著
臺灣人口與社會發展	李文朗 著
財經文存	王作榮 著
財經時論	楊道淮 著

史地類

古史地理論叢	錢 穆 著
歷史與文化論叢	錢 穆 著
中國史學發微	錢 穆 著
中國歷史研究法	錢 穆 著
中國歷史精神	錢 穆 著
憂患與史學	杜維運 著
與西方史家論中國史學	杜維運 著
清代史學與史家	杜維運 著
中西古代史學比較	杜維運 著
歷史與人物	吳相湘 著
共產國際與中國革命	郭恒鈺 著
抗日戰史論集	劉鳳翰 著
盧溝橋事變	李雲漢 著
歷史講演集	張玉法 著
老臺灣	陳冠學 著
臺灣史與臺灣人	王曉波 著
變調的馬賽曲	蔡百銓 譯
黃　帝	錢 穆 著
孔子傳	錢 穆 著
宋儒風範	董金裕 著
增訂弘一大師年譜	林子青 著
精忠岳飛傳	李 安 著

唐玄奘三藏傳史彙編	釋光中 編
一顆永不殞落的巨星	釋光中 著
新亞遺鐸	錢穆 著
困勉強狷八十年	陶百川 著
我的創造・倡建與服務	陳立夫 著
我生之旅	方治 著

語文類

文學與音律	謝雲飛 著
中國文字學	潘重規 著
中國聲韻學	潘重規、陳紹棠 著
詩經研讀指導	裴普賢 著
莊子及其文學	黃錦鋐 著
離騷九歌九章淺釋	繆天華 著
陶淵明評論	李辰冬 著
鍾嶸詩歌美學	羅立乾 著
杜甫作品繫年	李辰冬 著
唐宋詩詞選——詩選之部	巴壺天 編
唐宋詩詞選——詞選之部	巴壺天 編
清眞詞研究	王支洪 著
苕華詞與人間詞話述評	王宗樂 著
元曲六大家	應裕康、王忠林 著
四說論叢	羅盤 著
紅樓夢的文學價值	羅德湛 著
紅樓夢與中華文化	周汝昌 著
紅樓夢研究	王關仕 著
中國文學論叢	錢穆 著
牛李黨爭與唐代文學	傅錫壬 著
迦陵談詩二集	葉嘉瑩 著
西洋兒童文學史	葉詠琍 著
一九八四	George Orwell原著、劉紹銘 譯
文學原理	趙滋蕃 著
文學新論	李辰冬 著
分析文學	陳啓佑 著
解讀現代・後現代——文化空間與生活空間的思索	葉維廉 著

中西文學關係研究	王潤華 著
魯迅小說新論	王潤華 著
比較文學的墾拓在臺灣	古添洪、陳慧樺主編
從比較神話到文學	古添洪、陳慧樺主編
神話卽文學	陳炳良等譯
現代文學評論	亞菁 著
現代散文新風貌	楊昌年 著
現代散文欣賞	鄭明娳 著
實用文纂	姜超嶽 著
增訂江皋集	吳俊升 著
孟武自選文集	薩孟武 著
藍天白雲集	梁容若 著
野草詞	韋瀚章 著
野草詞總集	韋瀚章 著
李韶歌詞集	李韶 著
石頭的研究	戴天 著
留不住的航渡	葉維廉 著
三十年詩	葉維廉 著
寫作是藝術	張秀亞 著
讀書與生活	琦君 著
文開隨筆	糜文開 著
印度文學歷代名著選(上)(下)	糜文開編譯
城市筆記	也斯 著
歐羅巴的蘆笛	葉維廉 著
移向成熟的年齡——1987～1992詩	葉維廉 著
一個中國的海	葉維廉 著
尋索：藝術與人生	葉維廉 著
山外有山	李英豪 著
知識之劍	陳鼎環 著
還鄉夢的幻滅	賴景瑚 著
葫蘆・再見	鄭明娳 著
大地之歌	大地詩社 編
往日旋律	幼柏 著
鼓瑟集	幼柏 著
耕心散文集	耕心 著
女兵自傳	謝冰瑩 著

抗戰日記　謝冰瑩 著
給青年朋友的信(上)(下)　謝冰瑩 著
冰瑩書柬　謝冰瑩 著
我在日本　謝冰瑩 著
大漢心聲　張起鈞 著
人生小語(一)～(六)　何秀煌 著
記憶裏有一個小窗　何秀煌 著
回首叫雲飛起　羊令野 著
康莊有待　向陽 著
湍流偶拾　繆天華 著
文學之旅　蕭傳文 著
文學邊緣　周玉山 著
文學徘徊　周玉山 著
種子落地　葉海煙 著
向未來交卷　葉海煙 著
不拿耳朶當眼睛　王讚源 著
古厝懷思　張文貫 著
材與不材之間　王邦雄 著
忘機隨筆——卷一・卷二　王覺源 著
詩情畫意——明代題畫詩的詩畫對應內涵　鄭文惠 著
文學與政治之間——魯迅・新月・文學史　王宏志 著
洛夫與中國現代詩　費勇 著

美術類

音樂人生　黃友棣 著
樂圃長春　黃友棣 著
樂苑春回　黃友棣 著
樂風泱泱　黃友棣 著
樂境花開　黃友棣 著
音樂伴我遊　趙琴 著
談音論樂　林聲翕 著
戲劇編寫法　方寸 著
戲劇藝術之發展及其原理　趙如琳譯著
與當代藝術家的對話　葉維廉 著
藝術的興味　吳道文 著
根源之美　莊申 著

扇子與中國文化	莊　申　著
水彩技巧與創作	劉其偉　著
繪畫隨筆	陳景容　著
素描的技法	陳景容　著
建築鋼屋架結構設計	王萬雄　著
建築基本畫	陳榮美、楊麗黛　著
中國的建築藝術	張紹載　著
室內環境設計	李琬琬　著
雕塑技法	何恆雄　著
生命的倒影	侯淑姿　著
文物之美——與專業攝影技術	林傑人　著

滄海美術叢書

儺(ㄋㄨㄛˊ)史——中國儺文化概論	林　河　著
挫萬物於筆端——藝術史與藝術批評文集	郭繼生　著
貓・蝶・圖——黃智溶談藝錄	黃智溶　著